문장의 비결

문장의 비결

© 정희모 2023

초판 1쇄	2023년 2월 27일		
초판 3쇄	2024년 6월 7일		

지은이	정희모	펴낸이	이정원
출판책임	박성규	펴낸곳	도서출판 들녘
편집주간	선우미정	등록일자	1987년 12월 12일
기획이사	이지윤	등록번호	10-156
편집	이동하·이수연·김혜민	주소	경기도 파주시 회동길 198
디자인	하민우·고유단	전화	031-955-7374 (대표)
마케팅	전병우		031-955-7381 (편집)
경영지원	김은주·나수정	팩스	031-955-7393
제작관리	구법모	이메일	dulnyouk@dulnyouk.co.kr
물류관리	엄철용		

ISBN   979-11-5925-750-6 (03800)

문장의 비결

좋은 문장 단단한 글을 쓰는 열 가지 비법

정희모 지음

들녘

저자의 말

　인문학을 하는 사람의 입장에서 문장은 아킬레스건과 같은 의미가 있다. 누군가 문장이 잘못되었다고 지적하거나 문장이 좋지 않다고 이야기하면 마음이 상한다. 사실 공부를 해 오면서 문장이 좋지 않다거나 문장이 이상하다는 소리를 한두 번 들어보지 않은 사람은 없을 것이다. 나도 선배로부터 그런 소리를 들은 적이 있다. 그 선배는 자신보다 더 위의 선배에게 그런 소리를 들었다고 한다. 언젠가 정민 교수의 칼럼에서 스승으로부터 문장을 지적받고 큰 깨달음을 얻었다는 구절을 보았다. 좋은 문장을 쓰는 것은 모든 사람의 꿈이다. 아울러 좋은 문장 쓰기를 배우는 것 또한 모든 사람의 희망이기도 하다.

　글쓰기 강의를 해 오면서 문장 책을 써야겠다는 생각을 오래전에 했다. 그러나 어떤 시각에서, 어떤 관점으로 책을 써야 할지 결정하기가 힘들었다. 문장은 문법적인 시각에서 볼 수도 있고, 문체적인 시각에서 볼 수도 있다. 문장을 바라보는 시각은 각양각색이고 관점도 다양한데 이 책은 어떤 방향을 취할까 고민했다.

　이 책은 가능한 교육적 관점, 특히 글을 배우는 초보 필자의 관점에서 쓰되, 특히 좋은 문장을 쓰고 싶지만 어떻게 써야 할지 모르는 필자,

또 문장을 쓰고도 잘못 쓰지는 않았는지 두려워하는 필자들을 위해 쓰기로 했다. 가급적 초보 필자들이 기본적인 내용을 학습해서 자연스럽게 몸에 익히도록 하는 것을 목표로 삼았다.

문장 학습을 잘하는 방법은 무엇일까? 확실한 것은 단편적으로 잘못된 문장을 하나씩 고치는 것은 좋은 문장 학습 방법이 아니라는 점이다. 문장은 글 안에 들어가면 내용의 흐름을 탄다. 그리고 독립된 문장의 의미를 넘어 전체적인 의미를 얻게 된다. 어떻게 보면 문장은 핵심 메시지를 향해 흘러가는 유기체와 같아 보이기도 한다. 한 문장이 다른 문장과 연관을 맺고 때로는 숨을 죽이다가 때로는 폭발하고, 때로는 늦게 가다가 때로는 빨리 가기도 한다. 우리가 문장을 쓸 때 앞뒤 문장과의 관계를 보고, 단락 내의 위치도 보며, 전체 주제와의 관계를 따져봐야 하는 것도 문장이 생명체처럼 작용하기 때문이다. 이 책은 문장 학습의 책이지만 엄밀히 보면 텍스트 내의 문장의 흐름, 즉 유기체처럼 움직이는 글의 흐름을 살피는 책이기도 하다.

문장에 관한 학습에서 내가 가장 좋아하는 말은 추사 김정희의 말이다. 추사 김정희는 "난초를 그리는 데 법이 있어도 안 되고, 법이 없어도 안 된다"고 말했다. 이 말을 문장 학습에 적용하면 '문장을 쓸 때 규칙만을 좇아서도 안 되고, 규칙을 도외시해서도 안 된다'는 뜻이다. 문장을 잘 쓰는 사람은 규칙을 따지지 않지만 규칙에 어긋남이 없다. 작가나 문필가는 규칙을 의식하며 문장을 쓰지는 않지만 그럼에도 규칙에서 벗어나지 않는다. 글을 오래 다루면서 자연스럽게 문장의 어법에 익숙해져 내면화되었기 때문이다. 이 책의 목표는 작가나 문필가처럼 문장의 어법을 의식하지 않고도 자연스럽게 익히도록 하는 데 있다. 그래서 글을 쓸 때 필자가 오로지 주제와 내용에 집중하도록 도와주는 것이다.

　이 책의 앞부분은 문장 학습에 필요한 기본 요소에 관해 설명한다. 구어체와 문어체의 차이를 소개하고, 좋은 문장을 쓰기 위해 알아야 할 기본 문형들을 설명한다. 학생들에게 문장을 가르치면서 힘들었던 것은 관형절, 부사절과 같은 절들이 뒤섞여 복잡한 문장을 만들어내는 경우이다. 특히 대학생의 경우 영어 문법에 익숙하기에 복잡한 명사절이나 관형절을 손쉽게 쓴다. 그런 절들과 종속절이나 대등절이 뒤엉켜 어법에 어긋난 복합문을 만들게 된다. 이 책에서 가급적 짧은 문장을 쓰자고 제안하는 것 역시 학생들이 잘 사용하는 긴 복합문을 되도록 쓰지 않게 하기 위해서이다.

　이 책에서 가장 중요하게 생각한 부분은 문장의 연결 문제이다. 문장의 연결은 앞뒤 문장을 의미적으로 연결하는 것인데 글쓰기에서 의미를 만들기 위해 가장 중요한 요소이다. 문장 하나가 아닌 문장과 문장이 연결되어 스토리나 주제가 형성될 때 텍스트가 만들어진다. 언어학자 할리데이(Halliday)는 개별 문장들이 연결되어 이렇게 텍스트를 만드는 특성을 '텍스트다움(texture)'이라고 명명하고, 문장의 특별한 기능이라고 말했다. 학생들의 글을 보면 한 문장 안에서 오류를 내기보다 문장과 문장을 연결하여 의미를 형성하는 데 실패하는 경우가 더 많다. 이에 관해서는 학술적으로는 결속성(cohesion)이나 응집성(coherence)과 같은 이론이 있지만 이 책에서는 일부분만 골라 가급적 쉽게 설명하도록 노력했다.

　이 책의 저술을 시작한 지는 꽤 오래되었다. 강의 틈틈이 메모하고 노트에 정리한 것을 바탕으로 집필했다. 또한 여러 자료를 참고하면서 학술적 쟁점이 되는 것도 살폈다. 그러나 좀 더 많은 사람이 이 책을 읽고 도움을 받았으면 좋겠다는 생각에서 학술적인 용어는 가급적 평이한 일반 용어로 바꾸고 내용도 쉽게 설명하도록 애썼다. 문법, 리듬, 묘사와 서술, 문장과 단락에 관한 장도 기획했지만 이 책에서는 다루지 못했다.

이 책을 내면서 많은 사람의 도움을 받았다. 특히 오랜 기간 수업에 참여한 많은 학생에게 감사하다는 말을 전하고 싶다. 학생들을 가르치면서 문장에 관해 많은 것을 배울 수 있었다. 꼼꼼하게 원고를 검토해준 김남미 교수, 유재은 선생에게도 감사함을 전한다. 무엇보다 어려운 시기에 책을 출간해준 들녘출판사 이정원 대표와 편집의 전 과정을 맡아서 훌륭하게 책을 만들어준 선우미정 편집장에게 고맙다는 말을 전하고 싶다. 부디 이 책이 출판사에 손실을 끼치지 않기를 간절히 바란다.

2023년 2월 신촌에서
정희모

일러두기

1. 이 책에서 사용하는 문법 용어는 국립국어원의 규정에 따라 사용하되, 필요에 따라 다르게 쓰거나 혹은 새롭게 썼다.

2. 구두점, 괄호 사용 규칙은 출판사의 편집 용례에 따랐다.

3. 핵심 체크에 제시된 모든 문제는 문제를 풀 때 문장을 더하거나 뺄 수 있다. 가능한 답도 한 가지만이 아니라 여러 가지가 나올 수 있음을 밝힌다.

4. 핵심 체크의 단답형 문제들에 관한 답안은 들녘출판사 공식 블로그(https://blog.naver.com/dulnyouk21)에서 확인할 수 있다. 가능한 답안은 계속 업데이트할 예정이다.

차 례

1장

디테일과 균형

좋은 글이란 형식과 내용 면에서 균형감이 있고,
표현의 디테일이 살아 있는 글이다.

아내는 '타짜'였다

얼마 전에 독자 메일을 받았다. "어떻게 하면 좋은 글을 쓸 수 있는가?"를 묻는 내용이었다. 그 질문에 내가 제대로 답할 자격도 능력도 안 되지만, 그래도 나름 성의껏 대답해본다면 이렇게 말할 수 있겠다. 나도 아내도 노름을 즐기지 않는다. 사실 나는 노름을 너무 좋아하기 때문에 의식적으로 멀리한 경우지만 아내는 원래 노름을 싫어하는 것 같다. 그런데도 어쩌다 처가 식구들이 모여 화투를 치게 되면 매번 나는 돈을 잃고 아내는 딴다. 나는 그 이유에 대해 생각해보았다. (1)

우선 판이 벌어지면 아내는 자리 신경전을 벌인다. 담요 한 장을 놓고 둘러앉는 그 좁은 자리 중에 좋은 자리, 안 좋은 자리가 따로 있을 리 없을 터인데 말이다. 아무래도 아내가 자리 운운하는 것은 기선 제압을 위한 제스처다. 분위기를 잡는 것인데 그러니까 아내가 치는 것은 이른바 자기주도 화투다. 가령 아내는 선을 할 때 자기부터 패를 놓은 다음 시계방향으로 패를 돌린다. 문

제 제기를 하면 그건 선 마음이라고 대꾸한다. (2)

아내는 판 전체를 본다. 화투를 하는 동안 나는 내 패 보기에 급급한데 아내는 자기 패는 물론이지만 바닥에 펼쳐져 있는 패를 보고 남이 어떤 패를 내는지도 유심히 살펴본다. 화투를 칠 때 상대방이 무심코 하는 반응이나 표정도 놓치지 않는다. 나는 방심하다가 내 패를 아내에게 들기는 경우가 잦다. 아내는 절대 자신의 패를 내보이는 법이 없다. 언젠가 아내는 이런 말을 한 적이 있다. "원래 화투는 남의 패로 치는 거래." (3)

화투를 치면서 아내는 부지런히 남을 관찰하지만 자신을 성찰하는 데도 게으르지 않다. "노름이 시작되고 10분이 지나도록 호구를 발견하지 못한다면 그 판의 호구는 바로 자신일 가능성이 크다." 어느 도박 영화에 나오는 말이라고 하는데 확실히 아내에겐 자신을 돌아보는 감각이 발달해 있다. (4)

패가 좋지 않으면 아내는 욕심을 부리지 않고 그 판에서 빠진다. 화투를 치다 보면 돈을 따는 시기가 있고 잃는 시기가 있다. 아내는 그 지점을 잘 안다. 한창 돈을 따다가 어느 순간 잃기 시작하는 그 지점에 정확하게 아내는 자리에서 일어선다. "과일 좀 내올게." 물론 아내가 내온 과일을 사람들이 다 먹고 그 판이 끝나도록 아내는 화투를 잡지 않는다. 내 경우는 오히려 돈을 잃기 시작하면 눈에 불을 켜고 화투판에 더 바짝 다가간다. 그러고는 결국 판돈과 시간과 체력을 탕진하는 것이다. (5)

좋은 글이란 어떤 글일까? 중학교 때 국어를 가르치셨던 '예를 들면 선생님'의 말씀처럼 새롭고, 재미있고, 문제의식이 있고, 꿈이 있는 글일 것이다. 선생은 네 가지 모두 있으면 훌륭한 글이지만 한 가지만 있어도 좋은 글이라고 했다. 어쩌면 좋은 글을 쓴다는 것은 화투를 잘 치는 것과 비슷하지 않을까. 아내가 화투를 칠 때처럼 자신의 주변을 열심히 관찰하고 스스로를 성찰한다면 좋은 글을 쓸 수 있지 않을까. 관찰과 성찰이 좋은 글을 담보하진 못하더라도 적어도 출발은 될 수 있지 않을까. (6)

여기까지 쓰고 있는데 지나가던 아내가 뭘 쓰고 있느냐고 묻는다. 나는 글쓰기와 화투의 공통점에 대해 쓰고 있다고 말한다. 둘 다 관찰과 성찰이 중요한 것 같다고.

내 말을 들은 아내는 웃으며 이렇게 말한다. "관찰도 중요하고 성찰도 중요한데 진짜 중요한 건 현찰이지." (7)

_김상득(칼럼니스트)

화투와 글쓰기

위의 예문은 화투와 글쓰기를 흥미롭고 재미있게 비교한 글이다. "아내는 '타짜'였다"라는 제목이 언뜻 눈에 들어오지만 '타짜'에 관한 내용은 아니다. 글의 서두에도 있듯이 어떻게 하면 글을 잘 쓸 수 있는지에 관한 필자의 생각을 담은 것이다. 이 예문의 필자는 일상생활에 관한 짧은 칼럼을 일간지에 발표한 적이 있는데, 독자로부터 많은 인기를 얻었다. 그중 어떤 독자가 "당신처럼 글을 잘 쓰려면 어떻게 해야 할까요?"라고 질문했고, 그 답으로 내놓은 것이 바로 이 짧은 글이다.

이 글은 내용과 형식이 균형감 있게 잘 짜여 있다. '좋은 글을 쓰는 방법'이란 쉽지 않은 주제를 적절한 비유로 풀어나갔다. 문장도 쉽고 간략해서 읽기에 편하다. 짧은 문장을 반복해서 사용한 덕에 운율감이 살고 구어체의 느낌마저 든다. 친구에게 이야기하듯 좋은 글을 쓰려면 어떻게 해야 하는지를 잘 알려준다.

그런데 이 글을 읽으면서 놀랐던 대목은 따로 있다. 도대체 어떻게 글쓰기 방법을 화투와 연결할 생각을 했을까? '글쓰기'와 '화투'는 매우 이질적이다. 아무도 그 둘 사이에서 공통점을 찾으려는 엄두를 내지 못했을 것이다. 나 역시 처음 이 글을 읽으면서 화투를 소재로 글쓰기 방법을 비유한 것을 신기하게 바라보았다. 아마 나 같은 사람은 시도조차 하지 않았을 것이다. 그런데 잘 읽어보면 그 비유가 그럴듯하게 여겨진다. 화투를 칠 때 벌어지는 여러 상황을 지켜보면서 자연히 글쓰기의 '관찰'과 '성찰'의 문제를 생각하도록 연결한 덕분이다.

이외에 글의 형식과 구성면에서도 이 글은 좋은 평가를 받을 만하다. 글의 서두와 전개, 결말에 이르기까지 군더더기 없이 잘 구성되어 있기 때문이다. 우선 이 글이 기본적으로 액자 구성 형식을 취한다는 점도 매우 흥미롭다. 필자는 먼저 글쓰기 방법에 관한 독자 메일을 받았다는 내용과 여기에 답해보겠다는 문장을 서두에 썼다. 그러고는 액자 속의 이야기로 아내와 화투에 관한 이야기를 제시했다. 마지막으로 화투 이야기를 정리하면서 글쓰기의 방법(관찰과 성찰)을 소개하고 있다. 그리고 여운을 남기며 글을 끝맺었다. "관찰도 중요하고 성찰도 중요한데 진짜 중요한 건 현찰이지." 아무리 봐도 흥미롭고 재치가 넘치는 마무리이다.

균형과 주제 전개

앞에서 위의 예문이 균형감 있게 구성되었다고 말했다. 서두와 마무리가 잘 서술되었고 중간 부분에서 화투와 글쓰기를 비유한 것도 적절하게 처리되었다. 이렇게 균형감이 느껴지도록 구성된 글을 나는 기본적으로 좋은 글이라고 생각한다. 읽기 편하고 안정감이 들기 때문이다.

하나를 덧붙이자면 디테일이 살아 있는 글이 되어야 좋은 글이라고 생각한다. 글을 읽을 때 문장이나 표현이 이상하면 시작부터 어긋나는 글이 되어버린다. 즉 좋은 글이란 '형식과 내용 면에서 균형감이 있고, 표현의 디테일이 살아 있는 글'이라고 말할 수 있다.

이제 이런 요소들을 하나씩 짚어볼 텐데, 나는 이 책에서 특별히 '균형'과 '디테일'이란 용어를 사용하려고 한다. 기존의 작문 용어와는 차이가 있지만, 세부 내용을 살펴보면 그렇게 새롭게 볼 것도 아니라는 점을 우선 밝힌다.

먼저 '균형'이란 글 전체 구조의 안정감을 의미한다. 글은 한 편의 이야기와 같다. 시작이 있고, 전개와 발전 과정을 거쳐 클라이맥스로 치달았다가 마무리하는 단계를 밟아간다. 시작이 있고 성장이 있으며, 절정이 있고 결말이 있다. 그래서 글은 각 단계에 적절한 양을 배분하고, 그것이 알맞게 균형을 잡을 때 구조적 안정감을 지니게 된다. 예를 들어 위에서 살펴본 글의 구성을 보면 다음과 같다.

ㅇ 서두의 문제 제기(1단락) : 어떻게 하면 좋은 글을 쓸 수 있는가?

ㅇ 삽화 내용(비유) 전개(2~5단락) : 아내는 판 전체를 본다, 자신

을 돌아보는 감각

　서두는 한 단락인데 이 글을 쓰게 된 배경과 이유를 설명한다. 그리고 둘째 단락부터 여섯째 단락까지 삽화 형식으로 좋은 글을 쓰기 위한 요소를 설명한다. 마무리는 한 단락을 배치해 여운 있게 처리했다. 서두 – 본문 – 결말의 전체 비율을 보았을 때 적절하게 균형이 잘 잡힌 글이라 말할 수 있다. 글은 시작 단계가 지나치게 길면 지루하고, 마무리 단계가 없으면 뭔가 부족한 느낌이 들거나 완성되지 못한 것처럼 보인다. 그래서 글은 안정감 있게 균형을 갖추는 것이 중요하다. 글의 주제도 이런 균형감 속에서 살아난다.

　일반적으로 학술적 글이 아니라면 글의 서두에 주제가 바로 나타나지 않는다. 서두는 배경을 제시하거나 관심을 환기하고 본문의 진행을 통해 말하고자 하는 내용을 전달한다. 주제는 통상 내용이 전개되면서 환기되어 나타난다. 이렇게 서술이 진행되면서 주제가 형성되는 것을 이 책에서는 '주제 전개'라고 부르기로 한다. 영화 관람을 떠올려보라. 처음에는 내용을 잘 이해하지 못하던 것도 30분 정도 지나면 스토리가 잡히기 시작하는 것을 느낄 수 있지 않은가? 그리고 영화가 끝날 즈음 관객들은 이 영화가 무엇을 말하고자 했는지 깨닫게 된다.

　글도 마찬가지다. 텍스트가 균형감 있게 구성되어 있으면 독자가 글을 읽으면서 쉽게 주제를 형성할 수가 있다. 처음에는 이해하지 못했던 내용도 글의 전개에 따라 쉽게 그 의미가 드러난다. 주제 형성은 이처럼 전체 글의 구성적 균형과 밀접하게 관련되어 있다.

문제는 디테일이다

균형이 글 전체의 구성과 주제에 관련된 말이라면 디테일은 한 단락 내의 표현 문제와 관련된 말이다. 균형이 글의 전체적인 측면에서 단락과 단락의 관계, 전체 글의 구성을 다룬다면, 디테일은 글의 미시적인 측면에 해당하는 단락 내의 표현 문제를 다룬다. 우리가 이 책에서 살펴볼 문장 문제가 바로 디테일에 해당한다.

이 책에서는 문장의 문제를 디테일의 문제라고 바꿔 부른다. 문장의 문제를 단순히 맞춤법이나 문법의 문제로 생각하는 통념을 넘어서기 위해서다. 대다수 책에서 문장을 맞춤법이나 문법의 문제로 다루지만, 실제 문장은 이보다 훨씬 중요한 맥락, 의미, 리듬, 장르와 연관을 맺는다. 그래서 문장의 의미를 디테일의 문제라고 부른 것이다. 실제로 문장의 문제는 표면적인 어법의 문제를 넘어서 글의 내용과 필자의 심리, 사회·문화적 관습과 깊게 연결되어 있다.

이제 위의 예문에 나오는 문장을 디테일의 측면에서 다시 검토해보자. 모든 문장은 내용 전개와 밀접하게 연관되어 있다. 먼저 아내 이야기를 가지고 글을 잘 쓰는 법을 설명하기 위해 친밀한 구어체의 문장을 사용했다. 마치 "글 잘 쓰는 법을 배우고 싶다고? 내 아내 이야기를 들려줄게"라고 말을 걸듯이 구어체 문장을 썼다. 그리고 짧은 문장을 썼다. 첫 단락의 글자 수는 195자이다. 문장은 8개나 된다. 문장 하나가 24자에 불과하다. 짧은 문장과 다소 긴 문장을 반복적으로 사용하여 리듬감을 살렸고, 친구에게 말하듯 문장을 꾸몄다. 덕분에 독자는 마치 옆에서 필자가 하는 이야기를 듣는 것처럼 느낄 수 있다. 아울러 문장은 '나'라는 일인칭 주어를 직접 사용하면서 '내가 하는 이야기'라는 점을 강조했다. "그 질문에 내가 제대로 답할 자격도 능력도 안 되지만, 그래도 나름 성의껏 대답해본다면 이렇게 말할 수 있겠다"라는 문장에서 보듯 독자에게 신뢰감을 주고자 필자의 목소리를 적극적으로 드러냈다.

이처럼 한 편의 글에서 내용과 주제는 문장이 주는 느낌과 분위기에 의존한다. 이 글에서도 주제에 관한 독자의 신뢰감을 높이기 위해 필자의 목소리가 들리는 문장, 리듬감 있는 구어체 문장, 가독성이 높은 짧은 문장을 사용했다. 내용과 문장을 적절하게 조율하면서 효과적으로 주제를 드러낸 것이다. 물론 이런 식으로 필자의 뜻을 전달하는 것은 결코 쉬운 일이 아니다.

아래의 글을 보면 좋은 문장으로 자신이 말하고자 하는 바를 나타내는 것이 얼마나 어려운 일인지 알 수 있다.

영원한 위기의 시대인데 금융 위기가 지나가면 감염 위기가 찾아오는 더 큰 충격을 잊지 않을 수 있는 정신력이 정말 우리 국민에게 필요한 것이라고 생각한다.

예문은 학생이 쓴 글에서 뽑은 것인데, 문장이 복잡해 쉽게 이해되지 않는다. 호흡에 맞춰 문장을 읽기도 힘들다. 여러 절과 구가 뒤섞여 의미가 중첩되기 때문이다. 절과 구가 많다는 것은 문장에 포함된 정보량이 너무 많다는 뜻이다. 이렇게 한 문장에 포함된 정보량이 많으면 독자가 모든 내용을 한꺼번에 이해하기 어렵다. '영원한 위기의 시대' '금융 위기' '감염 위기' '충격' '정신력' 등 문장 하나에 핵심 정보가 다섯 개나 된다. 독자를 고려하지 않고 필자의 생각만을 나열하여 이해하기 힘든 문장을 만든 셈이다.

위 문장을 고치려면 다음과 같이 일단 나누어주는 것이 좋다.

금융 위기가 지나가고 감염 위기가 찾아왔다. 영원한 위기의 시대에 이런 충격을 극복할 수 있는 정신력이 우리 국민에게 필요하다.

문장을 짧고 간결하게 써야 독자가 의미를 분명히 파악할 수 있다. 그리고 이런 문장을 쓰는 일이 얼마나 어려운지 짐작하게 해주는 예이다. 문장은 언제나 내용과 결합한다. 문장 속에 담긴 내용을 잘 이해할 수 있기 위해서도 짧고 명료한 문장을 써야 한다.

문장이란 무엇인가

문장의 여러 문제를 설명하기에 앞서 문장이 무엇인지 정의를 내려보자. 문장의 정의는 상당히 다양하지만, 나는 '문장은 일련의 단어가 모여 완결된 생각을 나타내는 최소 단위'라는 말이 가장 적절하다고 본다. 여기서 '일련의 단어'는 단어가 모여 문장이 된다는 형식적인 측면을, '완결된 생각'은 한 문장에 하나의 의미가 담긴다는 내용적 측면을 말한다. 이 정의는 문장의 형식적인 면과 내용적인 면을 적절히 융합한 사례라 할 수 있다. 문장의 형식적인 측면에는 주로 어법적인 규칙들이 포함되어 있고, 내용적인 측면은 문장의 의미와 관련된다(어법과 관련된 복잡한 것은 뒤에서 필요할 때 설명할 예정이다. 여기서는 문장의 의미적인 측면만 잠깐 언급하겠다).

앞에서 문장은 의미를 담은 말의 최소 단위라고 했다. 문장은 상대방에게 의미를 전달하기 위해서 쓰는 것이다. 따라서 문장은 기본적으로 '의사소통'을 목적으로 한다고 할 수 있다. 그러면 문장의 의미와 관련하여 이런 질문을 할 수가 있다. 문장의 의미를 만드는 주체는 누구일까? 그리고 문장의 의미는 어디에 있을까?

문장의 의미

／　↑　＼

필자　텍스트　독자

상식적으로 보면 필자가 글을 썼으니 문장의 의미를 만든 주체는 필자라고 말할 수 있다. 필자가 자신의 생각을 문장으로 썼으니 그렇게 생각할 만하다. 그런데 필자가 의도한 의미를 독자가 달리 해석한다면 어떻게 될까? 그런 경우 문장의 의미는 필자가 의도한 의미일까, 독자가 해석한 의미일까? 이 두 가지 의미가 일치하면 좋을 것이다. 그러나 필자와 독자의 생각이 일치하지 않는 경우도 종종 생겨난다. 예를 들어 어떤 사람이 친구를 만나 "돈이 없다"고 한탄한다면 친구는 "나에게 돈을 빌려달라고 말하는 것인가?"라고 생각할 수 있다. 상황에 따라 해석이 달라지는 것이다.

이처럼 필자가 쓴 의미와 독자가 읽는 의미는 항상 같은 것이 아니다. 필자의 입장에서는 동의하기 힘들겠지만, 문장의 의미는 독자가 만드는 것이라고 보는 학자들이 의외로 많다. 필자가 곧 독자인 일기 글이 아니라면 텍스트의 의미는 독자가 읽는 순간 발생한다. 의사소통이 목적인 글에서는 더욱 그렇다. 그렇다면 문장의 진정한 의미는 독자의 해석 속에 있다는 뜻일까? 항상 그렇다고 말할 수는 없지만, 문장의 해석에는 필자보다 독자가 더 많이 관여한다는 생각은 하고 있어야 한다.

따라서 우리는 문장의 의미가 달리 해석될 수 있다는 사실을 기억해야 한다. 문장의 의미는 필자가 생각한 그대로 전달되지 않는다. 즉 필자와 독자, 혹은 독자들 사이에서 문장의 의미는 조금씩 달라진다. 사람마다 삶의 환경이나 배경지식이 다르고, 생각하는 방식이나 판단 기준이 다르기 때문이다.

헤밍웨이의 빙산 이론

헤밍웨이의 문장에 관한 것으로 유명한 빙산 이론이 있다. 작가는 자신이 무슨 글을 쓰는지 알고 있다면 많은 부분을 생략할 수 있으며, 작가가 진실되게 쓴다면 독자는 감동을 받을 수 있다는 것이다. 그러면서 헤밍웨이가 한 말이 바로 유명한 빙산 이론이다. "빙산의 위엄은 오직 팔분의 일에 해당하는 부분만 물 위에 떠 있다는 데서 나온다." 이 말은 '좋은 문장은 간결하지만 그 밑에 깊은 내면을 가지고 있다'는 뜻이다.

헤밍웨이는 문장을 짧고 간결하게 쓴 작가로 유명하다. 그는 감정을 싣지 않고 객관적으로 상황을 묘사하는 문체를 즐겨 사용했다. 헤밍웨이의 이런 문체를 하드보일드(hard-boiled) 문체라고 말하기도 한다. 건조하고 무정하며 강요하지 않고 상황만 묘사하기 때문이다.

이런 헤밍웨이의 문체를 모두 좋아했던 것은 아니다. 『호밀밭의 파수꾼』으로 유명한 작가 샐린저는 헤밍웨이의 문장이 마치 전보문처럼 짧고 메말랐다며 싫어했다. 샐린저는 헤밍웨이와 달리 형용사와 부사, 여러 구두점을 사용하여 화려한 느낌의 문장을 즐겨 썼다. 풍부하고 화려한 샐린저의 문체와 간결하고 건조하며 군더더기 없는 헤밍웨이의 문체는 서로 극단을 이루어 대비된다.

헤밍웨이가 이렇게 짧은 문장을 쓴 이유가 흥미롭다. 헤밍웨이는 표현의 정확성을 위해 짧은 문장을 사용한다고 말했다. 그리고 간결하고 직접적인 문장이 표현의 정확성을 얻을 수 있다고 믿었다. 언뜻 보면 세밀하고 자세하게 묘사하는 것이 상황을 더 정확하게 설명할 것으로 생각할 수 있지만 꼭 그렇지 않다. 필자의 경험과 독자의 경험이 다르고 상황을 해석하는 방법도 서로 다르기 때문이다. 때때로 필자의 자세한 설명이 오히려 상황을 왜곡하기도 한다. 헤밍웨이는 빙산 이론에서 말한 것처럼 자세히 말하기보다 생략하기가 독자에게 더 많은 것을 알려준다고 믿었다.

그는 짧은 문장을 쓰기 위해 부단히 노력했다. 어떨 때는 자신의 초고 어휘 3분의 2를 들어내기도 했다. 『무기여 잘 있거라』의 마지막 페이지를 39번이나 고친 것은 잘 알려져 있다. 고치면서 무엇이 어려웠느냐는 기자의 질문에 "꼭 맞는 단어와 문장을 찾는 일"이라고 말했다. 그래서 그는 정확하고 명료한 어휘를 찾고 또 생략하기를 반복했다. 헤밍웨이는 글을 쓰다가 생략할 때가 있으면 그 순간 어떻게 보일지 모르지만 주저 없이 생략하라고 말한다. 생략해서 잃을 것은 없다는 것이다. 그는 생략된 부분이 오히려 남아 있는 부분을 강력하게 해줄 수 있다고 믿었다. 문장에 이것저것 집어넣어 풍요롭게 보이려는 필자들에게는 좋은 교훈이 되는 말이다.

_정희모(연세대 교수)

위의 글을 읽어보면 헤밍웨이는 표현의 정확성을 위해 짧은 문장을 썼다고 말한다. 이 글은 바로 이 점에 주목했다. 우리는 대개 사물을 정확하게 표현하려면 상세하게, 또 친절하게 모든 것을 다 설명해야 한다고 생각한다. 그런데 헤밍웨이는 그렇게 말하지 않았다. 오히려 짧고 간결하게 객관적으로 쓰는 문장이 더 정확한 문장이라고 했다. "간결한 문장이 더 정확한 문장입니다."

스티븐 킹은 자신이 쓴 글쓰기 책에서 어휘와 관련된 문제를 다룰 때 헤밍웨이의 문장을 인용했다. 「두 개의 심장을 가진 강」이란 단편소설에 있는 다음과 같은 문장이다.

그는 강으로 갔다. 강이 그곳에 있었다.

짧고 단순하지만 깊은 이야기를 담은 듯 느껴지는 문장이다. 어떤 수식어도 없이 객관적인 사실만 건조하게 제시했는데도 그렇다.

그는 이렇게 간결한 문장이 사물을 더 정확하게 묘사할 수 있다고 말한다. 위의 문장을 보라. 강의 모습이 어떠하다는 것을 말하려고 수식어를 사용하지 않았다. 왜 그랬을까? 그는 독자마다 가지고 있는 강의 모습이나 이미지가 다르다는 것을 알고 있다. 열대 밀림 속을 흐르는 강과 애리조나 사막의 강, 한국 농촌에서 종종 만나는 강은 그 모습이 제각각이다. 숲속에 있는 강과 도시 한가운데를 흘러가는 강도 다르다. 설령 수식어를 사용하여 강의 모습을 자세히 묘사하더라도 독자들이 떠올리는 강의 이미지는 천차만별일 수밖에 없다.

이렇게 생각하면 헤밍웨이가 왜 객관적인 문장이 가장 정확한 문장이라고 말했는지 조금은 이해할 수 있을 것 같다. 앞의 예에서 그는 강에 관한 이미지를 독자의 상상에 맡긴 채 기본 뼈대만 제공했다. 헤밍웨이는 문장의 의미를 독자의 몫으로 남겨두었다. 즉 독자가 문장을 읽고 의미를 찾아내는 그들 고유의 해석에 비중을 더 두었다는 뜻이다. 설사 필자가 무엇을 자세히 설명한다고 해서 그 의미가 독자에게 정확히 그대로 전달되는 것은 아니다. 문장은 필자가 더 자세히, 상세히 설명하려고 들 때 항상 어법에 어긋나고 뜻도 이상해진다. 헤밍웨이는 그것을 잘 알고 있었다.

엄밀히 말해 문장의 의미는 필자의 것이 아니라 독자의 것이다. 문장의 의미는 독자가 문장을 보고 해석할 때 비로소 생성된다. 필자가 어떤 의미로 문장을 쓰든, 그 의미는 독자가 해석할 때 비로소 나타난다. 좋은 문장을 쓰고자 하는 사람이라면 다음과 같은 사실을 명심해야 한다.

○ 문장은 독자에게 의미를 전달하기 위해서 쓴다.

○ 문장의 진짜 의미는 독자가 읽을 때 비로소 발생한다.

○ 문장은 필자의 의도와 달리 해석될 여지가 있다.

독자의 머릿속 상상하기

독자의 입장에서 문장을 읽고 해석한다는 것은 과연 어떤 뜻일까? 독자는 문장을 읽을 때 우선 어휘나 문장 같은 표면적인 언어 정보들을 파악한다. 그리고 내재한 경험과 지식의 도움을 받아 그 문장을 해석한다. 즉 문장의 표면에서 언어 정보가 올라가고 우리의 뇌 속에서 지식 정보가 내려와서 만나는 순간 문장에 대한 해석이 발생하는 것이다. 언어심리학자 킨취(Kintsch)는 이 같은 문장 해석 방식을 '구성통합모형'이라고 불렀다. 그는 문장 해석을 문장 표면의 정보와 독자의 머릿속 정보가 상호 통합하여 만들어지는 과정으로 생각했다.

머릿속 지식

↑↓　　　▶　**문장 해석**

문장 표면의 언어 정보

물론 이런 해석의 순간을 우리가 인식하기란 정말 힘들다. 이런 과정은 의식하지 못할 정도로 찰나에 일어나기 때문이다. 그런데 여기서 우리가 기억해야 할 것이 있다. 문장의 해석이 표면적 언어 정보에만 의존하지 않는다는 점이다. 만약 문장에 드러난 언어 정보만을 가지고 의사소통을 해도 문제가 없다면 SNS에 사용된 다음 문장은 어떻게 해석해야 할까?

- 어제 어땠어?
- 엄청 재미있었지.
- 그래? 나는 지루했어.

드러난 언어 정보만 보아서는 정확한 내용을 알 수가 없다. 하지만 대화를 나눈 두 사람은 서로 충분한 의사소통을 하고 있다. 아마도 어제 영화를 함께 관람했거나 운동 경기를 봤을 것이다. 공유하는 맥락이나 배경이 있으니 이런 대화가 가능하다. 이런 것을 보통 '언어 바깥의 정보' 혹은 '상황이나 맥락 정보'라고 부른다. 구어체뿐만 아니라 문어체도 이런 언어 바깥의 정보에 많이 의존한다.

언어 바깥의 정보라고 하니 외부 환경의 정보를 꼭 집어 말하는 것 같지만 그렇지 않다. 독자의 머릿속에 있는 언어 외의 정보도 이에 해당한다. 이를테면 독자가 문장을 읽을 때 지식이나 상황적 맥락을 떠올리는 것도 언어 바깥의 정보다. 나와 친한 독서 전공의 학자는 이런 머릿속 정보를 '스키마(schema)'라고 불렀다. 우리는 글을 쓰거나 읽을 때 이런 스키마 정보를 이용한다.

따라서 글을 쓰는 사람이라면 문장을 읽을 때 독자가 활용하는 머릿속 정보에 어떤 것이 있는지 알아두면 좋을 것이다. 문장을 해석할 때 사용되는 머릿속 정보에는 다음과 같은 것들이 있다.

○ 상황(맥락)이 주는 정보

○ 경험에 의한 정보

○ 독서나 학습을 통한 정보

○ 사회 · 문화적 관습으로 체득한 정보

문장은 독자가 가진 이런 정보에 힘입어 해석된다. 좋은 문장을 쓰고자 하는 필자라면 독자가 지닌 이 같은 해석 정보를 잘 고려해야 할 것이다. 문장을 쓸 때 독자가 그 문장을 어떤 방식으로 이해할지 여러 경우의 수를 염두에 두어야 한다는 뜻이다.

독자가 글을 해석하는 방식

그렇다면 독자가 문장을 접하면서 머릿속에 떠올리는 개념은 어떻게 만들어지는 걸까? 대체로 논리적 추론과 이미지에 의해 만들어진다. 예를 함께 살펴보자.

A. 평등은 권리나 의무, 자격에서 차별 없이 고른 것을 의미한다.
B. 산을 돌아 마을로 접어들자 우체국이 나타났다.

A의 문장은 논리적인 추론을 통해 해석된 내용이다. 평등하다는 것은 여러 측면에서 서로 차별 없이 고르다는 것을 의미한다. 독자는 이 문장을 해석할 때 머릿속에서 평등의 개념을 논리적으로 구성해야 한

다. 우선 권리, 의무, 자격의 개념을 이해한 다음 '차별 없이 고른 상태'를 떠올려야 한다. B의 문장은 독자의 머릿속에 이미지를 형성해준다. 산을 돌아 마을이 나오고 마을에 접어들면 우체국이 보인다는 문장은 머릿속에서 이미지를 만들면서 해석이 된다(지구에 처음 온 우주인이라면 이 문장을 해석하지 못할 터다. 이 장면을 상상할 수 없기 때문이다). 문장 해석은 이처럼 독자의 머릿속에 적당한 논리적 구성물이나 영상적 이미지가 만들어질 때 가능하다.

> 수지는 울부짖는 얼음 조각을 쓰라린 자전거에 남겨두었고, 그 자전거는 녹았다.

이 문장은 유명한 언어학자 잉에르 엥크비스트(Inger Enkvist)가 문장 의미를 설명하면서 예로 든 것이다. 읽어보면 무슨 말인지 알기가 어렵다. 독자가 이 문장에서 어떤 논리적 추론도 어떠한 이미지도 떠올릴 수 없기 때문이다.

필자는 독자가 이해할 수 있는 문장을 써야 한다. 독자들이 쉽게 추론할 수 있거나 쉽게 이미지를 떠올릴 수 있도록 문장을 구성해야 한다. 독자가 문장을 쉽게 이해하지 못한다면 필자에게도 책임이 있다. 필자는 독자가 문장의 뜻을 제대로 알아채지 못했다고 불평하거나 투덜댈 필요가 없다. 이보다 독자들이 충분히 이해하도록 쓰지 못한 것을 반성해야 한다. 서머싯 몸은 『서밍 업』에서 이렇게 말했다. "나는 독자에게, 자기가 쓴 글의 뜻을 이해하도록 노력해달라고 요구하는 작가들을 도저히 참을 수가 없답니다."

필자는 독자들이 문장을 읽을 때 얼마나 많이 추론하고, 얼마나 많이 이미지를 떠올리는지 고려해야 한다. 예를 하나 살펴보자. 다음은 헤밍웨이가 썼다고 알려진 세상에서 가장 짧은 소설이다. 헤밍웨이는 동료 작가들과 식사를 하다가 세상에서 가장 짧은 소설을 써보자는 내기를 했다고 한다. 그때 헤밍웨이가 썼다고 알려진 것이 바로 다음과 같은 짧은 문구이다.

For Sale : baby shoes, never worn.
(팝니다 : 아기 신발, 사용한 적 없음)

여섯 단어로 된 이 문구는 세상에서 가장 슬픈 소설로 알려져 있다. 고작 여섯 단어로 이루어진 문장이지만, 내용을 해석하려면 이렇게 저렇게 추론하고 상상해야 한다. 아기 신발이 왜 사용되지 못했는지, 왜 아기 신발을 파는지, 아기 엄마는 누구인지 그런 것들을 추론하고 상상하면서 이야기를 추측해야 하는 것이다.

필자의 입장에서 좋은 문장을 쓰고 싶다면 독자의 이 같은 해석 방식을 이해할 필요가 있다. 그리고 가능한 한 논리적으로 잘 짜인 문장, 이미지가 선명하게 떠오르는 문장, 이야기 구조를 따라가는 문장을 쓰는 것이 좋다(인간이 가장 쉽게 이해하는 것이 이야기 구조이다). 이런 문장들은 조금 복잡해진다 해도 독자들이 비교적 쉽게 이해한다. 심지어 언어로 표현되지 않은 것마저 유추해낸다. 어느 글에 "제주도를 가기 위해 표를 끊었다. 멀미가 나서 힘든 여행이 되었다"라는 문장이 있다고 치자. 이 문장을 읽은 사람은 제주도에 가기 위해 비행기를 타야한다는 것, 그날 바람이 불어 비행기가 많이 흔들렸다는 내용을 머릿속에 상상하고 그린다. 그러나 제주도를 잘 모르는 사람이라면 그 문장을 해석하기 어렵다. 만약 제주도가 어딘지 전혀 모르는 외국인을 대상으로 글을 쓴다면 훨씬 자세하게 묘사해야 한다. 좋은 문장을 쓰려면 독자의 해석 방식을 이해해야 한다.

디테일, 균형, 주제

이 책은 문장의 문제를 '디테일'이라는 용어로 설명했다. 디테일이란 표현이 독자에게 조금은 생소할 수 있을 것 같다. 물론 영어 표현을 쓰지 않고 '세부 사항'이라거나 '표현 문제'라고 말할 수도 있겠지만, 영어 '디테일'과 앞의 한국어 단어 사이엔 섬세한 차이가 있다. 내가 이 책에서 디테일이란 표현을 쓴 것은 문장과 관련된 문제뿐만 아니라 맥락, 내용, 텍스트까지 관계를 맺고 있는 세부 사항 전체를 표현하기 위해서이다. 문장의 문제는 단순히 문장 하나의 문제가 아닌 탓이다. 디테일은 문장과 그 문장의 표현을 살필 때 상황과 맥락, 내용의 문제까지 관련하여 다루어야 한다는 개념으로 쓴 말이다.

우리는 무슨 일을 하다가 "문제는 디테일이야"라는 표현을 종종 쓴다. 큰 그림을 그리는 일이나 목표 실행은 어느 정도 잘 이루어졌지만, 세부 사항에 문제가 있다는 뜻이다. 이때 중요한 것은 세부 사항이 전체 사항으로부터 독립되어 있지 않음을 인지하는 일이다. 세부 사항은 보다 큰 전체로부터 나온 것이다. 세부 사항을 점검할 때 전체 그림을 놓치면 안 되는 이유다. 좋은 주제를 잡는 것, 좋은 문장을 쓰는 것, 이 두 가지는 서로 다른 듯하지만 늘 연결되어 있다는 사실을 기억하자.

글쓰기에는 디테일의 요소 이외에도 균형과 주제 전개의 요소가 있다. 문장 쓰기를 연습할 때 함께 살펴보아야 할 중요한 점검 요소다.

○ 디테일 : 문장, 문장 연결, 비유와 상징, 문체, 서법 등
○ 균형 : 서두, 단락, 결말 등 구성상의 균형
○ 주제 전개 : 내용의 전개, 주제의 형성, 주제의 드러남

앞서 말한 대로 균형은 서두에서 결말까지 전체 이야기를 끌고 갈 때 필요한 구조적인 안정감을 말한다. 이 점에 대해서는 앞에서 이야기했으므로 설명은 생략하도록 한다. 다만 좋은 글을 읽을 때 느끼는 안정감은 구성적인 균형감에서 나온다는 것을 기억해두자.

주제 전개는 단순히 주제 파악의 문제를 일컫지 않는다. 이 말은 네덜란드 학자 반데익(Van Dijk)이 말한 '거시구조'를 떠올리면 이해하기가 쉽다. 말하자면 어떤 이야기가 전개되면서 여러 내용이 결합하여 주제가 서서히 형성되는 과정을 상상하면 된다. 주제는 정해져 있는 어떤 것이지만 주제 형성은 내용의 전개 과정을 통해 주제가 만들어지는 전체 과정이기 때문이다. 그리고 그렇게 만들어지는 과정에 디테일적인 문제와 구조적인 문제가 함께 관여한다.

한 편의 글을 쓰는 데 필자는 디테일과 균형, 주제 전개 모두를 신경써야 한다. 모두가 개별적이지만 서로 연관되어 있다. 또 이들의 관계에 신경 써야 하지만 너무 집착해서도 안 된다. 추사 김정희는 "난초를 그리는 데 법이 있어서도 안 되고 법이 없어서도 안 된다"고 말했다. 필자들이 글의 세부 요소에 너무 관심을 쏟아서도 안 되지만 이를 무시해서도 안 된다. 글을 쓰면서 자연스럽게 이런 요소들이 조화를 이루

게 하는 것이 중요하다. 글쓰기의 묘리(妙理)는 이런 데 있다.

문장도 맥락이다

이 책은 문장과 디테일의 문제를 주된 대상으로 다룬다. 그동안 문장을 다룬 책들은 대체로 문법이나 어법을 중심으로 다루었지만 이 책은 문장을 원리적인 측면에서, 그리고 내용과 맥락의 측면에서 다루고자 한다. 그래서 잘못된 문장을 수정하고 교정하는 차원을 넘어 전체 텍스트의 측면에서 문장의 내용과 형식을 살펴볼 예정이다. 글을 쓰는 사람이라면 누구나 앞 문장과 뒤 문장, 상황과 맥락을 고려하여 문장을 작성한다. 문장 하나만 뚝 떨어져 있는 것처럼 글을 쓰는 것은 불가능한 일이다. 그런데 국내외 많은 문장교육은 어법상 오류가 있는 문장을 제시하고 그것을 수정하는 데 집중한다. 이런 형식적인 문장교육이 좋은 글을 쓰는 데 큰 도움이 되지 않는다는 것은 사실이다.

형식적인 문법 지도나 문장교육이 큰 효과가 없다는 사실은 국내나 외국의 연구에서 이미 밝혀졌다. 그중의 한 사례가 미국학자 힐코크(Hillocks)가 조사한 연구 결과다. 힐코크는 여러 논문을 조사해서 문법을 활용한 문장교육의 성공 비율을 조사했다. 그 결과 형식적인 문장교육이 전체 글의 수준을 올리는 데 큰 효과가 없다는 사실이 밝혀졌다. 심지어 어떨 때는 이런 문장 학습이 전체 글의 향상에 해로운 영향을 미치기도 했다. 어법상 틀린 문장을 고치는 연습은 전체 글의 내용 속에서 이루어져야 한다. 틀린 문장 고치기가 반드시 좋은 문장 쓰기를 담보해주는 것은 아니다.

그렇다면 어떤 식으로 문장 학습을 해야 좋은 문장을 쓸 수 있을까? 정답을 찾기란 쉽지 않다. 좋은 문장을 쓰는 일은 좋은 글을 쓰는 일만큼 어렵고, 그만큼 시간이 오래 걸리는 일이다. 잊지 말아야 할 것은 학습자가 주도적으로 자기 문장을 고치는 연습을 해야 한다는 점이다. 학습자가 스스로 자기 문장을 고쳐봐야 하고, 그것을 왜 그렇게 고쳐야 하는지 근거를 찾고, 수정의 이유를 이해해야 한다.

그다음으로 어법이나 문법 중 자신에게 꼭 필요한 부분을 찾아 배우고 연습해야 한다. 맞춤법을 예로 들어보자. 맞춤법은 언어 규칙에 관한 항목들이 너무 많고 예외 조항도 너무 많아 이를 모두 학습하기란 불가능하다. 게다가 상당 부분은 모국어 필자라면 이미 알고 있는 내용이다. 이것들을 전부 학습할 필요는 없다. 문장 오류도 마찬가지다. 문장 오류의 경우는 너무나 다양하고 유형도 많아서 이를 모두 익히거나 학습할 수가 없다. 차라리 문장을 쓸 때 자주 실수하는 부분, 틀리는 유형 등을 찾아 학습하는 편이 좋다. 이때 원리를 알고 실제 전체 텍스트 속에서 오류 문장을 찾도록 노력해야 한다.

언어 감각 키우기

앞에서 문장 학습이 규칙이나 어법을 외우는 일은 아니라고 말했다. 문장 학습을 가급적 규칙이나 규범을 익히는 것으로 보지 말고 내 생각을 자연스럽게 표현하는 학습으로 생각하면 좋을 것 같다. 내가 권하고 싶은 방법은 문장에 관한 언어 감각을 키우는 것이다. 물론 시간이 걸리는 일이다.

언어 감각이 중요하다는 말은 그냥 통념처럼 하는 이야기가 아니다. 여기에는 학술적 근거가 있다. 이전에 인지심리학자들이 글쓰기 능력을 향상하는 데 어떤 능력과 조건이 중요한지 연구한 적이 있다. 예를 들어 켈로그(Kellogg)와 같은 학자는 글을 작성하는 데 '쓰기 동기' '배경 지식' '개요 작성' '언어 지식' 등이 어떤 역할을 하는지 연구했다. 결론은 좋은 글을 쓰는 데 쓰기 동기와 언어 지식이 긍정적인 효과를 낸다는 것이었다. 다른 요소들도 효과가 있었지만 이 둘만큼은 아니었다.

'쓰기 동기'가 중요하다는 말에는 우리도 동의할 수 있다. 좋은 문장을 쓰려면 무엇보다 확실한 동기 부여가 필요하다. 예를 들어 "좋은 문장을 써서 인기 많은 블로그를 운영해야지" "좋은 글을 써서 신문에 투고하고 싶다" "좋은 소설을 써서 작가로 등단해야지"와 같은 분명한 동기는 좋은 문장을 쓰는 데 긍정적인 역할을 한다. 이와 더불어 쓰기 동기는 필자들이 창조적인 몰입의 상태로 들어가 질이 높은 텍스트를 만드는 데도 기여했다. 특히 어떤 과제에 문제의식을 느끼고 좋은 글을 쓰고자 하는 내적인 성취 욕구가 강할 때 필자는 더 좋은 글을 썼다. 글을 쓰는 데 동기 부여만큼 확실한 효과도 없다.

그다음으로 쓰기 능력을 성장시켜주는 요인은 '언어 지식'이었다. 켈로그는 실험을 통해 언어 지식이 높을수록 쓰기의 질이 좋아진다는 결과를 제시했다. '언어 지식(language knowledge, verbal knowledge)'은 학술적인 용어로 풀어서 말하면 '언어에 관한 지식'이 되겠지만 우리말로 표현할 때는 '언어에 대한 감각' 정도가 적당하다. 언어 지식에서 사용한 지식(knowledge)이란 단어는 우리말로 '능력'이란 개념에 더 가깝다. 그러니 언어 지식이 있는 사람이란 곧 '언어 능력이 있는 사람' 정도로 생각하면 된다. 언어 감각이 있는 사람, 즉 수학 능력도 아니고 과학 능력도 아닌, 언어를 다룰 수 있는 능력이 있는 사람이 글을 잘 쓴다. 소설가나 신문기자 같은 사람들이 글을 잘 쓰는 이유는 그들이 오랜 기간 언어를 다루면서 언어에 대한 감각을 키운 덕분이다.

언어 감각과 관련해서 흥미로운 이야기가 있다. 오래전에 미국의 평가이론가인 디데리치(Diederich)가 학생들의 쓰기 점수를 읽기 능력 점수로 대신하자고 주장한 적이 있다. 직접 쓰기 시험을 치르기에는 비용도 많이 들고 시간이 걸리니 읽기 점수로 쓰기 점수를 대체하자고 말한 것이다. 지금은 잘못된 방법이란 것을 알고 있어 그렇게 하지 않지만, 그의 주장이 아주 근거 없는 것은 아니었다. 고등학교 시절 학생들의 쓰기 점수를 보니 읽기 점수와 통계적으로 유사했기 때문이다. 그래서 쓰기 시험에 드는 시간과 경비를 생각해서 엉뚱하게도 이런 방식을 주장한 것이다. 물론 통계적 수치를 과신해서 벌어진 해프닝이었지만 읽기나 쓰기는 실제로 같은 언어 능력에 속한다는 점, 그리고 이 둘은 서로 상관성이 매우 높다는 점을 잘 보여준 사례다. 읽기와 쓰기는 모두 언어를 다룬다. 따라서 언어를 다루는 감각과 능력은 읽기와 쓰기 양쪽에서 모두 중요한 역할을 한다.

언어 감각은 어떻게 키울 수 있을까? 이론이나 원리를 학습하거나 규칙을 외우면 언어 감각이 자랄까? 그렇지 않다. 언어 감각을 키우려면 오랜 기간 읽고 쓰기를 반복해야 한다. 많이 읽고, 많이 쓰면서 언어의 쓰임새를 몸으로 익혀야 한다. 언어 감각은 책을 많이 읽고 쓰기를 반복할 때 조금씩 길러지고 조금씩 싱징한다. 소믈리에가 포도주의 맛을 테스팅 하는 과정을 떠올려보라. 오랜 경험이 그런 맛의 차이를 감각적이고 직감적으로 느끼게 한다. 흔히 쓰기 학습을 할 때 삼다(三多)를 강조한다. 많이 읽고(多讀), 많이 쓰고(多作), 많이 생각(多商量)하라는 것인데, 전통적으로 추천하는 이런 방법 역시 언어 감각을 키우는 데 도움이 된다. 당연히 시간은 걸릴 것이다. 그러나 좋은 문장을 쓰고 싶어 하는 사람이라면 반드시 이렇게 해야 한다.

여러분의 문장은 금방 좋아지지 않는다. 여러분이 쓰는 글도 금방 좋아질 수 없다. 그렇지만 인내심을 갖고 책을 많이 읽어보자. 또한 책을 읽는 동안 문장에 관심을 가져보자. 그러다 보면 여러분의 언어 감각은 조금씩 성장할 것이다. 조금씩 좋은 문장을 쓸 수 있을 것이다.

우리가 잘 아는 유명 작가들 역시 작품을 쓰기 전에 책을 많이 읽었다. 심지어 단 한 문장을 쓰기 위해 열 권 이상의 책을 읽기도 한다. 책을 많이 읽어서 생긴 언어 감각은 좋은 문장을 쓰는 디딤돌 역할을 한다. 책 속에 담긴 내용뿐 아니라 각 작가의 사상과 향기, 문장의 맛까지 자연스레 체득할 수 있기 때문이다. 읽기와 쓰기는 떼려야 뗄 수 없다. 좋은 문장을 쓰고 싶다면 좋은 책을 많이 읽어야 한다. 좋은 문장을 쓰고 싶다면 다양한 분야의 글을 많이 써보아야 한다. 그렇게 하면 언젠가 좋은 필자가 되어 있을 것이다.

핵심 체크

1. 좋은 글이란 글에서 형식적, 내용적 균형감이 있고 디테일이 살아 있는 글이다. 좋은 글이 되기 위해서는 도입, 전개, 결말 부분의 적절한 균형감과 세부 내용의 디테일이 살아 있어야 한다.

2. 글에서 균형이란 글 전체 구조적인 안정감을 의미한다. 글은 단계마다 적절한 양의 내용 및 형식의 배분이 있고 그것이 알맞게 균형을 잡을 때 구조적 안정감을 가지게 된다. 좋은 주제와 내용은 글의 균형감 속에서 드러난다.

3. 글에서 디테일은 한 단락 내의 표현 문제와 연관된 말이다. 디테일은 글의 미시적인 측면인 단락 내의 표현 문제를 다룬다. 이 책에서 살펴볼 문장 문제가 바로 이 디테일의 문제이다.

4. 문장은 맞춤법이나 문법의 문제와 연관이 있지만 이보다 맥락, 의미, 리듬, 장르와 더 중요한 연관을 맺고 있다. 실제 문장은 표면적인 어법의 문제를 넘어서 글의 내용과 필자의 심리, 사회·문화적 관습과 깊게 연결되어 있다.

5. 문장의 의미는 필자가 생각한 대로 그대로 전달되지 않는다. 필자와 독자, 혹은 독자들 사이에서 문장의 의미는 조금씩 달라질 수 있다. 사람마다 문장 해석의 바탕이 되는 삶의 환경이나 배경지식이 다르고, 생각하는 방식, 판단 기준이 다르기 때문이다.

6. 문장의 해석은 문장 표면의 정보와 독자 머릿속 정보가 상호 통합되어 만들어지는 과정이다. 통상 머릿속 정보로는 상황(맥락)이 주는 정보, 경험에 의한 정보, 독서나 학습을 통한 정보, 사회·문화적 관습이 있다.

7. 좋은 문장을 쓰기 위해서는 언어 감각을 키워야 한다. 언어 감각을 키우는 방법은 많이 읽고 많이 쓰는 것이다. 특히 독서가 중요하다. 우리는 책을 읽으면서 책의 내용뿐만 아니라 어휘나 문장 구성과 같은 형식적인 요소도 익히게 된다.

실전 체크

1. 내가 한 말이나 문장이 다른 친구에게 다르게 전달된 경험이 있는지 발표해보자.

2. 이 장을 읽고 좋은 문장을 쓰기 위해 어떤 노력이 필요할지 친구들과 논의하고 발표해보자.

3. 아래 예문에 나오는 것처럼 글을 읽거나 쓰면서 문장이나 단락이 숨을 쉬면서 살아 있다는 느낌이 든 적이 있는지 그 예를 제시하고 이에 관한 감정을 설명해보자.

> 낱말이 모여 문장을 이룬다. 문장들이 모여서 문단을 이룬다. 때로는 문단들이 살아나서 숨을 쉬기 시작한다. 수술대 위에 누워 있는 프랑켄슈타인의 괴물을 떠올려도 좋다. 이때 번갯불이 번쩍거린다. 그 번개는 하늘에서 떨어지는 것이 아니라 낱말들이 모여 있는 하나의 소박한 문단에서 나온다. 그것은 여러분이 처음으로 쓰게 된 정말 훌륭한 문단일 수도 있다. 아직 연약하지만 수많은 가능성을 지니고 있어 여러분은 덜컥 겁이 난다. 시체들을 조각조각 기워 만들어낸 프랑켄슈타인도 똑같은 기분이었을 것이다. 여러분은 이렇게 생각한다. "맙소사. 숨을 쉬잖아. 어쩌면 스스로 생각할 수도 있을지 몰라. 이젠 어떻게 해야 하지?"

4. 아래의 글을 읽어보면 오웰은 여러 작가의 문체를 보면서 자기 문체를 만들어갔다는 사실을 알 수 있다. 이 글을 읽으면서 문장을 모방하고 싶은 작가가 있었는지, 혹은 지금 있는지 친구들과 이야기해보자.

조지 오웰은 5년 동안 버마(지금의 미얀마)에서 경찰관으로 근무한 후 영국에 돌아와 교편을 잡기도 했다. 비록 내색은 하지 않았지만 그는 두 직업 모두 혐오했으며, 오로지 작가가 되기를 간절히 원했다. 『나는 왜 쓰는가*Why I Write*』(1946)에서 그는 다른 작가, 예컨대 아리스토파네스 같은 작가를 모방하여 글쓰기에 조금씩 눈을 떴다고 말했다. "나는 불행한 결말과 세부 묘사, 매력적인 비유와 화려한 미사여구로 가득한 자연주의 소설을 쓰고 싶었다. 때로는 단어의 조합에서 나오는 언어의 아름다움 외에는 다른 어떤 것도 전부 불필요하게 느껴졌다." 『제국은 없다』(1934)가 화려한 미사여구로 가득한 것은 아마 이런 이유 때문일 것이다. 그러나 다행히 서머싯 몸의 수식 없는 문체에 영향을 받은 후에는 장식과 꾸밈으로 가득했던 이전의 과잉 문체를 뜯어고치고 명료하고 직설적인 문장을 쓰는 법을 익혔다. 그 밖에 잭 런던과 에밀 졸라, 허먼 멜빌도 오웰의 문체와 줄거리 구성에 영향을 미쳤다. 오웰은 "형용사가 전혀 없고 허세를 부리지 않는 문장을 쓰기 위해 조나단 스위프트와 서머싯 몸의 글"을 흉내 내기도 했다.

5. 아래 단락의 문장은 어느 번역서의 한 부분이다. 밑줄 친 문장에 무슨 문제가 있는지 논의해보고 이해하기 쉽게 고쳐 써보자.

이것은 단순한 비유에 불과할지 모른다. 하지만 이 비유는 유럽과 아시아 각각의 위치를 양자에 공통된 문명과의 관계에서, 그리고 또 유럽 문명의 위치를 자신의 투영상인 아메리카 문명과의 관계에서 꽤 잘 설명해주고 있다. 최소한 물질적인 측면에서는 한쪽은 다른 쪽과 정반대의 관계로 나타난다. 한쪽은 항상 이득을 보고 다른 쪽은 항상 손해를 보아왔다. 마치 양측이 공동사업을 벌여오는 과정에서 한쪽이 모든 이익을 독차지하고 다른 쪽은 보수로 얻은 것이 비참함밖에 없었다는 듯이, 한쪽의 경우, 규칙적인 인구의 증가가 농업과 공업의 발전을 가능케함으로써 자원이 소비자보다 더 빠른 속도로 증대하였다. 같은 혁명이 다른 쪽에 대해서는 18세기 이래로 정체한 채 머물렀던 부의 총체에 대한 개인의 몫을 착실히 저하시켜왔다.

6. 아래 사진을 보고 이를 묘사하는 글을 한 단락 작성해보자. 작성된 글을 가지고 친구의 글과 비교하고 어떤 차이가 있는지 논의해보자.

2장

짧은 문장은 언제나 좋다

짧고 간결한 문장은 표현의 정확성을 높여주고,

여운과 생각할 거리를 남겨준다.

문장의 묘미

국어사전에는 부사를 '다른 말 앞에 놓여 그 뜻을 분명하게 하는 품사'라고 규정하고 있다. 주로 동사나 형용사 앞에 놓여 의미를 더 뚜렷하게 하는 데 기여한다. 그런데 부사에 대해 전혀 상반된 말을 하는 사람이 있다. 유명한 추리 소설가이자 저술가인 스티븐 킹은 "지옥으로 가는 길은 수많은 부사로 뒤덮여 있다"고 말한다. 게다가 부사는 민들레와 같아서 한 포기가 돋아나면 제법 예뻐 보이지만 곧바로 뽑아버리지 않으면 우후죽순 돋아나 여러분의 잔디밭을 온통 잡초처럼 뒤덮을 것이라고 경고한다.

　글을 쓰는 사람들은 대체로 문장을 늘리는 것을 좋아한다. '나는 점심을 먹었다'라는 표현보다 '나는 점심을 맛있고 배부르게 먹었다'라고 쓴다. 수식어를 써서 독자에게 정보를 좀 더 자세하게 전달하기를 원하는 것이다. 스티븐 킹은 이런 심리를 부사를 써주지 않으면 독자들이 제대로 이해하지 못할까 봐 필자가 걱정하기 때문이라고 말했다. 예를 들어 "'돌려줘', 그는 비굴하게 애원했다"에서 "돌려줘, 그는 애원했다"라고 말하면 되지 굳이 거기에 '비굴하게'라는 말을 쓸 필요가 없다는 것이다. 이는 마치 '정말, 순, 진짜 참기름'이라고 말하는 것과 같다고 보았다.

이렇게 문장을 늘이는 것은 부사뿐만 아니라 관형사나 관형절의 경우도 마찬가지이다. '나는 대학생이다'라는 문장보다 '나는 명문대에 다니고 있는 대학생이다'라고 쓰기를 좋아한다. 나의 정보를 더 많이 전달해주고자 하는 필자의 조바심이나 상대방에게 더 좋은 정보를 전달해주고자 하는 우월심이 작용하는 것이다. 그런데 이런 많은 정보는 독자의 생각을 좁게 만들고 문장의 맛을 떨어뜨린다. 독자가 추측할 수 있다면 굳이 수많은 정보를 덧붙일 필요가 없다. 언젠가 정민 교수의 책에서 한시 구절 '텅 빈 산에 나뭇잎은 떨어지고, 비는 부슬부슬 내리는데'를 불필요한 부분을 삭제해 '빈산 잎 지고, 비는 부슬부슬'로 22자를 11자로 만든 사연을 읽은 적이 있다. 글은 짧아졌는데 생각은 더 깊어졌다. 문장의 묘미는 바로 이런 데 있다.

독자가 이해하지 못할까 걱정을 하는 필자에게 스티븐 킹이 한 말이 있다. "여러분의 독자가 늪 속에서 허우적거린다면 마땅히 밧줄을 던져줘야 할 일이다. 그러나 쓸데없이 30미터나 되는 강철 케이블을 집어 던져 독자를 기절시킬 필요는 없다." 우리는 문장을 쓸 때 독자도 그 맥락을 충분히 상상하고 추측할 수 있음을 잊어서는 안 된다.

_정희모(연세대 교수)

스티븐 킹과 부사

위의 예문에는 부사 사용에 관한 흥미로운 이야기가 나온다. 특히 스티븐 킹의 지적이 재미있다. 그는 자신의 글쓰기 책에서 문장 쓰기와 관련된 내용을 많이 다루었는데, 그중 플롯과 부사를 언급한 부분은 굉장히 흥미롭다.

스티븐 킹은 플롯에 관해서 조금 독특한 생각을 하고 있다. 그는 소설가인데도 인위적인 플롯 짜기를 거부한다. 억지로 플롯을 짜서 인물을 배치하기보다 어떤 상황을 먼저 만든 다음 인물을 던져놓길 즐긴다. 그러고는 각 인물이 그 안에서 자연스럽게 행동하게 한다. 예를 들어 스티븐 킹의 소설 『미저리』를 살펴보자. 유명한 인기 작가 폴 셸던은 새로운 소설을 완성한 후 술에 취해 과속운전을 하게 된다. 그러다 차가 미끄러져 사고가 나고 폴 셸던은 의식을 잃는다. 그는 자신의 애독자인 간호사 애니에게 구조되고, 그녀의 집에서 꼼짝없이 치료를 받게 된다. 애니는 작가 폴을 감금하고 자신이 원하는 대로 소설을 쓰라고 협박한다. 두 다리가 골절되고 움직일 수 없는 작가 폴 셸던이 할 수 있는 일은 무엇이었을까? 스티븐 킹은 급박한 상황 속에 인물을 던져놓고 인물들의 행동을 탐구한다. 위급한 상황에서 인간의 행위 패턴은 매우 유사하다. 스티븐 킹은 그런 인간의 행위를 살짝만 틀어주어도 좋은 플롯이 나올 수 있다고 보았다.

스티븐 킹이 자연스러운 플롯을 좋아한 또 다른 이유가 있다. 첫째, 실제 우리의 삶에(설령 합리적인 예방책이나 신중한 계획이 있다 하더라도)는 플롯 따위가 존재하지 않는다. 그러니 억지로 그것을 만들 필요가 없다. 둘째, 플롯 자체가 자연스러운 창작 방식에 어울리지 않는다.

펜이 이야기를 따라 흘러가듯 소설은 인물의 심리와 행위를 자연스럽게 따라가면 된다. 언제나 캐릭터가 우선하기 때문이다. 사건은 캐릭터가 만드는 것이지 사건이나 상황이 캐릭터를 만드는 것은 아니다. 물론 스티븐 킹이 소설을 쓸 때 정말로 아무 플롯도 사용하지 않았을까 하는 의심도 들지만, 그 이유를 들어보니 일면 그럴듯하게 보이기도 한다.

스티븐 킹은 플롯 짜기만큼이나 부사 쓰기를 싫어했다. 그의 책에는 부사 사용에 관한 끔찍한 독설이 가득하다. 글을 쓸 때 부사 사용을 줄이고 문장을 간략하게 써서 독자들에게 여운을 남겨야 한다고 강조한다. 예를 들어보자. "그는 문을 굳게 닫았다"란 문장이 있다. 여기서 '굳게'라는 말이 꼭 필요할까? 어떤 사람은 "그는 문을 닫았다"와 "그는 문을 굳게 닫았다" 사이에는 분명한 차이가 있기에 분리해서 써야 한다고 말할 것이다. 그러나 스티븐 킹의 생각은 다르다. 어차피 앞뒤 문맥을 보면 상황을 알 수 있기에 "그는 문을 닫았다"라는 표현만으로도 충분하다는 것이다. 상황적 배경을 보면 되는데 거기에다 '굳게'라는 설명을 굳이 붙일 필요가 없지 않은가? 스티븐 킹은 부사를 쓸 필요가 없을 때는 "무조건 빼라"고 권유한다.

앞의 예문에 제시된 "돌려줘, 그는 비굴하게 애원했다"라는 문장도 마찬가지다. 여기서도 굳이 '비굴하게'를 덧쓸 필요가 없다. '애원했다'라는 표현으로 이미 화자의 입장을 충분히 설명하고 있다. 스티븐 킹이 부사에 대해 얼마나 거부감을 가졌는지는 그가 쓴 작법서에도 잘 나타난다. "지옥으로 가는 길은 수많은 부사로 뒤덮여 있다고 나는 믿는다. 지붕 위에서 목청껏 외치라고 해도 기꺼이 하겠다"라고 말하는가 하면, "부사는 민들레와 같아서 잔디밭에 한 포기 돋아날 때 곧 뽑아버리지 않으면 이튿날에는 다섯 포기가 되고, 그다음 날에는 50포기가 되고 그래서 잔디밭은 철저하게, 완벽하게 어지럽게 민들레로 뒤덮인다"
고 말하기도 한다. 이 모두 그가 군더더기 표현 없는 간략하고 선명한
문장을 선호했기에 나온 이야기일 것이다.

　그런데 스티븐 킹만 가급적 부사를 쓰지 말자고 강조했을까? 그렇지
않다. 윌리엄 스트렁크가 지은 유명한 책『영어 글쓰기의 기본*The Elements
of Style*』에도 비슷한 내용이 나온다. 미국에서 출간된 후 1,000만 부 이
상 팔린 이 작은 책은 지금도 영어 글쓰기의 바이블처럼 읽힌다. 바로
이 책의 목록에 '불필요한 단어는 생략하라' '산만한 문장의 나열을 피
하라'가 나온다. 스티븐 킹은 아무래도 윌리엄 스트렁크의 충고를 실천
한 것 같다. 간결한 문체를 사용하고 수동태를 사용하는 습관을 절제해
야 한다면서 윌리엄 스트렁크의 이 책을 인용하기 때문이다. 앞의 예문
에서 스티븐 킹이 늪 속에 빠져 허우적거리는 독자가 있다면 강철 케
이블 말고 밧줄을 던져주어야 한다고 말했는데, 이 말은 스트렁크 책을
편집한 E.B. 화이트의 글이다.

　윌리엄 스트렁크는 독자들이 마치 늪에 빠져 버둥거리는 사람처럼 늘
　상 심각한 곤란을 겪는다고 생각했다. 그러므로 이 늪에서 재빨리 물
　을 빼내어 독자를 마른 땅으로 인도하거나 아니면 하다못해 밧줄이라
　도 던져주는 것이 글 쓰는 사람들의 의무였다.

　짧은 문장을 사용하자는 스티븐 킹의 제안은 정말이지 강력하고도
흥미롭다. 그는 또한 문장을 길게 쓰는 습관을 문법 문제나 수사학적
이슈로 돌리지 않고 필자의 심리 문제로 파악한다. 즉 필자들이 지나치
게 독자를 걱정한 나머지 이것저것 너무 많이 알려주려 한다는 것이다.

쓰지 않아도 될 말을 계속 덧붙이면서. 자기 책임을 피하려고 다른 사람의 의견을 자꾸 끌어들이는 말버릇도 마찬가지다. 그러다 보면 말은 길어지고 청자들은 "그럼 이것은 누구의 생각인가?" 하면서 고개를 갸우뚱하게 된다. 이 모두 필자가 자신을 드러내지 않으려고 하거나 자기 생각에 확신이 없어서 수동태를 쓰는 것과 같은 맥락에서 나온 것이다.

우리말은 짧게 쓸 때 더 빛난다

그런데 나는 '우리'가 문장을 짧게 써야 하는 이유를 다른 데서 찾아보았다. 바로 한국어의 어법적인 특징에서다. 여러분도 알다시피 우리말은 알타이어족에 속한다. 여기엔 몽골어, 터키어, 만주어 등이 함께 속한다. 알타이어의 특징으로 흔히 모음조화와 두음법칙을 꼽지만, 나는 그것보다 더 중요한 속성이 '주어+목적어(보어)+서술어' 구조에 있다고 본다. 거기에 조사나 어미에 문법적 기능이 있고, 수식어가 피수식어의 앞에 온다는 점도 들 수 있다. 이 같은 어법적 특징은 정말 중요하다. 이것이 바로 한국어 문장을 짧게 써야 하는 필연적인 이유가 되기 때문이다.

‖ 한국어 문장의 주요 특징

ㅇ '주어 + 목적어 + 서술어' 구조

ㅇ 문법적 기능으로 조사, 어미 사용

ㅇ 수식어가 피수식어에 앞에 옴

한국어 문장에서는 주어가 앞에 오고 서술어가 맨 마지막에 온다. 이 점은 변하지 않는다. 물론 예외적인 경우도 있다. 도치문의 경우가 여기 해당한다(먹었어, 밥을). 그렇다고 어순 규정이 바뀐 것은 아니다. 주어가 맨 앞에 오고, 서술어가 맨 마지막에 온다는 규칙에는 변함이 없다. 반면 영어는 '주어+서술어+목적어'로 구성된다. 어순상 우리말과 서술어 위치가 다르다. 물론 특이한 어순을 가진 언어들도 있다. 예를 들어 아랍어에서는 동사가 먼저 나온다. '동사+주어+목적어'와 같은 어순을 가진다. 동사가 문장의 맨 앞에 오다니, 우리로서는 상상하기 어려운 일이다. 아무리 생각해도 신기하다. 반면 우리에게 익숙한 영어나 유럽어의 어순은 '주어+서술어+목적어'이다. 영어는 어순의 자리가 문법의 기능을 한다.

He gave her a book. [주어 + 서술어 + 간접목적어 + 직접목적어]
He gave a book her. [×]

영어에서는 주어 다음에 바로 서술어가 온다. 그러고 나서 목적어를 쓴다. 만일 이런 위치가 달라지면 문장의 의미가 바뀌거나 아예 잘못된 문장이 된다. 예를 들어 위의 문장 중 "He gave a book her."는 틀린 문장이다. 어순이 잘못되었기 때문이다. 이런 면에서 보면 우리말의 어순은 영어보다 자유롭다.

그는 그녀에게 책을 주었다. [주어 + 부사어 + 목적어 + 서술어]
그는 책을 그녀에게 주었다. [도치문]
책을 그는 그녀에게 주었다. [도치문]

그녀에게 그는 책을 주었다. [도치문]

위의 예문을 보라. 우리말에서는 목적어의 위치를 바꾸거나 어순을 바꾸어도 의미 전달에 문제가 발생하지 않는다. 단어 뒤에 붙은 조사와 어미가 문법적인 관계를 보여주기 때문이다. 즉 어떤 단어가 주어인지, 목적어인지, 서술어인지를 조사와 어미가 구분해준다. 아래 예문을 보지. 한국어에서는 조사와 어미가 단어의 꼬리에 붙어 단어와 함께 움직이기 때문에 위치가 바뀐다 한들 문제가 없다.

철수가 영희에게 책을 준다.
가 = 주격조사
에게 = 부사격조사
을 = 목적격조사
ㄴ다 = 종결어미

그런데 반드시 기억해야 할 점이 있다. 이 점 역시 한국어 문장을 짧게 써야 하는 이유와 직결된다. 바로 이런 모든 변화가 서술어 앞에서 이루어진다는 점이다. 우리말은 항상 서술어로 끝나기 때문에 주어와 서술어 사이에 목적어, 부사어, 보어 등이 추가되어 문장이 완성된다. 그리고 조사와 어미가 붙어 문장을 변화시킨다. 그래서 주어와 서술어가 우리 문장의 핵심이고 요체라 할 수 있다.

명사형 언어, 동사형 언어

　많은 사람이 우리말을 서술어 중심의 언어라고 말한다. 반면 영어는 명사 중심의 언어라고 한다. 영어에서는 명사를 주어나 목적어, 보어 등에 두루 사용한다. 또 이들 명사에 중요한 역할을 맡긴다. 영어는 한국어와 달리 〈S+V+O〉형의 언어로 명사로 문장이 끝나는 경우가 많지만, 한국어는 〈S+O+V〉의 언어로 문장이 무조건 서술어로 끝난다. 영어 평서문의 여섯 가지 기본 문형을 살펴보자. 아래 예문에서 보다시피 영어는 문장의 종결 부분에 명사가 상당수 포함되어 있다.

He ran quickly.	그는 빨리 달렸다.
He meets the friend.	그는 친구를 만난다.
He gave me a book.	그는 나에게 책을 주었다.
He lives in the red house.	그는 빨간 집에 산다.
He is sick.	그는 아프다.
He is a boy.	그는 소년이다.

　예문을 보면 명사로 끝나는 것이 무려 네 개나 된다. 이제 영어 문장을 한국어로 옮긴 것을 보라. 모두 서술어로 끝난다. 신기하지 않은가? 문제는 그다음부터다. 명사로 끝난 영어 문장은 그 뒤에 관계대명사를 붙여 얼마든지 더 길게 만들 수 있다.

He met the friend who plays soccer well.
그는 축구를 잘하는 친구를 만났다.

He gave me a book which is fun.

그는 나에게 재미있는 책을 주었다.

He lives in the red house which is beautiful.

그는 아름다운 빨간 집에 산다.

He is a boy who studies well.

그는 공부 잘하는 소년이다.

이렇게 보면 영어와 한국어의 문장 차이를 분명히 알 수가 있다. 한국어는 주어(그는)로 시작해 서술어로 끝나야 한다(만났다, 주었다, 산다, 이다). 반면에 영어는 명사(friend, book, house, boy)로 끝나는 문장이 많고, 그럴 경우 관계절을 통해 문장을 확장할 수가 있다(who plays soccer well, which is fun, which is beautiful, who studies well). 한국어의 경우 주요한 정보를 서술어 앞에 넣어야 한다. 그래서 주어와 서술어 사이가 너무 길면 서술어에 도착하기까지 의미가 복잡해져서 정보 전달이 힘들어진다. 독자가 문장의 정보를 모두 기억할 수 없기 때문이다.

[주어 ——————— 서술어]

한국어 문장에서 주어와 서술어 사이에는 수많은 정보가 올 수 있다. 목적어, 부사어, 관형절, 부사절, 명사절 등이 모두 주어와 서술어 사이에 들어갈 수 있는 것들이다. 그런데 이런 문장의 주요 성분들도 서술어와 만나야만 주요한 의미를 생산해낼 수 있다. "나는 밥을 먹었다"라는 문장에서 '밥'이라는 목적어는 '먹었다'라는 서술어가 있어야 의미가 완성된다. '나는'이란 주어도 서술어 '기쁘다' '슬프다'와 같은 서술어가 있어야 의미가 완성된다. 한국어에서 서술어는 가장 중요하고 핵심적인 기능을 한다.

우리 모두 알다시피 명사는 주로 사물이나 사람을 지칭하고 주어와 목적어로 많이 사용된다. 반면에 서술어인 동사나 형용사는 주어(사람 혹은 사물)의 동작이나 상태를 설명하는 데 사용된다. 그런데 서술어는 이런 동작과 상태의 의미 외에 여러 기능을 가지고 있다. 예를 들면 동사의 경우에는 시제, 부정, 존칭, 진행, 명령과 같은 중요한 문법적인 뜻을 담고 있다. "학교에 갔다" "학교에 가지 않았다" "밥을 먹어라" "잠을 주무셨다"와 같이 여러 다양한 의미는 서술어에 와서 완결된다.

여기에 덧붙여 어떤 서술어인가에 따라 중간에 오는 목적어나 부사의 위치가 결정되기 때문에 많은 학자가 서술어가 문장을 구성하는 데 가장 중요한 역할을 하고 있다고 본다. 수여동사 '주다'의 경우, "나는 철수에게 책을 주었다"라는 문장에서 목적어(책)와 부사어(철수에게)를 모두 요구한다. "꽃이 피었다"에서 '피었다'는 '꽃'이라는 주어만 요구한다. 이렇듯 서술어는 주어와 서술어(주어-서술어) 사이에 어떤 문장 성분이 올지를 결정한다.

그렇다면, 서술어가 문장 구성에 중요한 역할을 하는데 서술어가 맨 마지막에 온다면, 문장을 읽고 해석하는 데 불리하지 않을까? 한국어에서는 중요한 의미를 맨 마지막에 가서야 파악할 수 있기 때문이다. "학교에 갔다" "학교에 가지 않았다" "학교에 가려다가 말았다" "학교에 갈 예정이다" "학교에 갔다고 말하고 싶었다" 등등 우리말은 끝에 가서야 판별되고 결정되는 것이 많다. 그래서 한국어는 끝까지 들어봐야 안다는 말이 나왔다.

여기서 이제 우리는 중요한 사실을 알 수 있다. 한국어 문장은 서술어에 가서야 중요한 의미가 판별되므로 주어부터 서술어까지의 길이가 길지 않아야 한다는 것이다. 주어부터 서술어 사이가 너무 길면 서술어에 도달하기 전까지 입력해야 할 것들이 많아져 정보 전달에 문제가 생긴다(학자들은 통상 한 문장 안에 3~4개 미만의 정보가 있는 것이 좋다고 한다).

나는 초등학교 때부터 친하게 지내고 공부도 잘하고 명문대학에 진학한 영수를 만나기 위해 영수가 다니고 있는 대학교 도서관에 갔지만 영수를 만나지는 못하고 철수를 만났다.

이런 문장을 보면 참 난감하다. 이 문장의 주어는 '나는'이다. 그리고 서술어는 '만났다'이다. 이 사이에 너무 많은 정보가 들어가면 우리는 문장을 이해하기 힘들다. 서술어를 만나기 전에 기억해야 할 정보가 너무 많은 탓이다. 이 글에서 주어와 서술어 사이에 들어가는 정보가 몇 개인지 확인해보면 알 수 있다.

나는 영수와 초등학교 때부터 친하게 지냈다.
영수는 공부를 잘해 명문대학에 다닌다.
나는 영수를 만나기 위해 영수 대학의 도서관에 갔다.
나는 영수 대학의 도서관에서 영수가 아니라 철수를 만났다.

이런 모든 정보를 한 문장 안에 담았다. 그러니 전달에 어려움을 느끼게 된다. 한국어 문장을 될 수 있는 대로 짧게 사용하라고 하는 것도 서술어에 도달하기까지 정보를 단순화하여 쉽게 이해할 수 있도록 하기 위해서다.

수식어의 위치

문장을 읽을 때 기억해야 할 것은 먼저 주어와 서술어를 파악하는 일이다. 주어와 서술어가 문장의 의미를 결정하는 데 가장 중요한 역할을 하는 까닭이다. 그런데 서술어를 파악할 때 한국어나 일본어는 조금 불리한 점이 있다. 서술어가 문장의 맨 뒤에 있기 때문이다.

앞에서 살펴보았듯 한국어는 〈S+O+V(주어+목적어+서술어)〉 구조이고, 영어는 〈S+V+O(주어+서술어+목적어)〉 구조이다. 영어는 주어와 서술어가 앞에 나오고 목적어가 뒤에 붙는다. 이때 목적어로는 대개 명사나 명사구가 쓰인다.

이번에는 명사를 꾸미거나 설명해주는 수식어의 문제를 한번 살펴보자. 한국어에서는 수식어가 항상 피수식어 앞에 온다. 예를 들어 관형어를 보면 꾸밈을 받는 명사 앞에 나온다(예쁜 꽃). 영어는 한국어와 조금 다르다. 영어는 수식어가 피수식어 앞뒤에 모두 올 수 있다. 예를 들어 'a pretty girl(예쁜 소녀)'에서는 수식어(pretty)가 피수식어(girl) 앞에 붙었다. 그런데 '학교에 간 예쁜 소녀'라고 쓸 경우엔 관계대명사를 이용해서 수식어를 뒤에 붙일 수도 있다.

a pretty girl who went to school (학교에 간 예쁜 소녀)

이처럼 영어 문장에서는 명사(girl) 앞뒤로 수식어를 배치하는 것이 가능하다. 한국어와 영어 간에 정보배열은 문장의 주요한 부분인 서술어를 중심으로 좌측에 있느냐 우측에 있느냐에 따라 차이가 난다. 영어가 동사를 중심으로 정보를 오른쪽으로 배열해가는 구조라면, 한국어는 서술어를 중심으로 정보가 왼쪽으로 뻗어가는 구조이다.

The economic crisis caused by the persistent recession and widening income disparities between the rich and the poor.
(→ 우측으로 정보배열)

경기불황이 지속되어 빈부 간에 소득 차이가 커지게 됨에 따라 생겨나게 된 경제적 위기.
(←좌측으로 정보배열)

영어는 피수식어(명사) 다음에 오는 수식 문장이 길어지면 관계대명사를 사용하여 그것을 피수식어 뒤에 붙인다. 피수식어 다음에 오른쪽으로 쭉 이어지는 문장이 형성되는 것이다(우분지 언어). 반면 한국어는 수식어 뒤에 피수식어가 온다(좌분지 언어). 위의 예문을 정보 전달의 입장에서 보면 영어 문장이 의미를 이해하는 데 조금 더 편할 수 있다. '경제적 위기'라는 주제를 먼저 알고 수식어를 읽기 때문이다.
반면에 한국어는 긴장을 늦추지 않고 중간 정보들을 잘 기억하면서 마지막까지 도달해야 한다. 일상에서 자주 쓰는 구어체는 짧고 진행 속도가 빨라 수식어가 어디에 있든 이해하는 데 별 어려움이 없다. 그러나 문어체의 경우는 다르다. 수식어가 많아 복잡해지면 문장이 길어지고, 그러면 정말 이해하기 어려운 문장이 된다. 한국어 문장은 짧게 써야 빠르게 이해되고 정확하게 전달된다고 말한 이유이다.

> The South Korean government has decided to increase its budget to support people with low incomes.
> 한국 정부는 소득이 낮은 사람들을 지원하기 위해 예산을 증액하기로 결정했다.

위의 두 문장을 보라. 영어에서는 'decide'란 동사를 중심으로 정보들이 오른쪽으로 뻗어나간다. 반면 한국어 문장에서는 '결정했다'라는 동사가 맨 끝에 오고 다른 모든 정보가 그 앞에 놓인다. 정보 전개의 입장에서 영어는 핵심 정보인 주어와 동사가 먼저 나오고 다음 정보가 오른쪽으로 이어지는 우분지 언어이다. 그리고 한국어는 동사가 맨 마지막에 나오고 다른 모든 정보는 서술어의 왼쪽으로 자리 잡는 좌분지 언어이다.

영어 문장은 오른쪽으로 여러 정보가 이어져 계속 확장되는 구조인 반면 한국어 문장은 서술어 안에 모든 정보가 갇히는 구조다. 영어 문장은 주어와 동사가 먼지 나와 다음 정보를 예측하기 편리하지만, 한국어 문장은 대체로 내용을 끝까지 듣거나 읽어야 의미를 제대로 파악할 수 있다. 서술어인 동사나 형용사에 시간, 부정, 진행 등 주요한 정보가 많이 들어 있기 때문이다.

~ 증액하기로 결정하지 않았다.

~ 증액하기로 결정했는지 알 수 없다.

~ 증액하기보다 채권을 발행했다.

~ 편성하기로 계획했다.

이런 문장상의 차이를 보면 정보 전달 면에서 한국어 문장이 될 수 있는 대로 짧은 것이 좋다는 사실을 알 수 있다. 주어로부터 시작해 서술어에 와서야 모든 정보가 완결되기 때문에 그렇다. 한국어 문장은 정보를 짧게 하여 주어부터 서술어에 도달하는 거리를 줄여주는 것이 좋다. 한국어 문장을 가급적 짧게 써야 하는 이유이다.

압축적 표현의 맛

지금까지 우리는 한국어 문장의 주요 특성 하나를 살펴보았다. 바로 주어로 시작하여 서술어로 문장을 닫는 구조라는 것이다. 그래서 정보 전달 면에서 볼 때도 문장을 짧게 쓰는 것이 좋다는 것을 알 수 있었다. 짧고 간결하게 문장을 쓰면 이점이 많다. 그중에서 가장 중요한 것은 짧고 간결하게 쓰면 표현의 정확성을 높일 수 있다는 점이다. 만일 글을 쓸 때 자세하고 상세하게 설명할수록 상황을 더 정확하게 묘사할 수 있을 거라고 여긴다면 그것은 잘못된 생각이다. 수식어를 많이 사용해 지나치게 설명을 많이 하면 독자들의 생각은 더 복잡해진다. 그렇게 되면 내용을 정확히 파악하기도 어렵다. 뭔가 자꾸 더 이야기하고, 덧붙이고, 설명하려고 애쓰지 말자고 권하는 이유다.

글을 짧게 쓰면 생각보다 얻는 것이 많다. 그중 하나가 짧게 쓴 글이 여운을 더 많이 남기고 독자에게 생각할 거리도 더 준다는 점이다. 생각이 많아 복잡한 글은 명료하지 않을 뿐만 아니라 독자 스스로 생각할 거리를 주지 않는다. 간결하고 압축적인 글은 뜻을 분명하게 해주면서 독자에게 사색의 공간을 열어준다. 정민 교수의 글을 한번 읽어보자.

빈 산 잎 지고

빈 산 잎 지고 비는 부슬부슬
상국의 풍류도 이같이 적막쿠려.
슬프다 한 잔 술 되올리기 어려워라
지난 날 그 노래 오늘 아침 이름일세.
空山木落雨蕭蕭 相國風流此寂廖
惆悵一盃難更進 昔年歌曲卽今朝

조선 중기의 시인 권필(權韠, 1569~1612)이 스승처럼 따르던 송강 정철의 산소에 들러 지은 「과정송강묘유감過鄭松江墓有感」이란 시다. 황량한 숲에 분분히 잎이 진다. 비마저 부슬부슬 내리니 처창한 감회를 어쩔 수가 없다. 서글서글하던 눈빛과 질탕한 풍류도 이제는 흙 속에 말없이 누워 있다.

"선생님! 술 한 잔 올립니다. 제 절 받으십시오. 누워 계신 그곳은 지낼 만하신가요? 예전 지으신 노래 「장진주사(將進酒辭)」에서, 죽은 뒤 무덤 위에 잔나비 휘파람 불 제면 누가 술 한잔하자 하겠느냐시며, '한잔 먹새 그려. 또 한잔 먹새 그려. 잔나무 산(算) 놓고 무진무진 먹새그려' 하시던 그 노래가 딱 오늘 아침의 정경을 염두에 두고 하신 말씀입니다 그려. 선생님! 제 술 한 잔 더 받으시지요." 잔을 따르려다 말고 그는 복받치는 슬픔을 이기지 못한다.

천성 강골의 시인이었던 권필은 서인의 영수로 역시 강골이었던 송강 정철을 평생 앙모하며 사숙했다. 뒤에 정철이 세자 책봉 문제로 책략에 말려 멀리 강계 땅에 귀양가게 되자, 권필은 벗 이안눌과 함께 정철의 집으로 찾아가 의분을 토로했다. 송강은 "이번 길에 천상의 두 적선(謫仙)을 만나 보았으니 이 먼 길이 어찌 다행이 아니겠는가?" 하며 기뻐했다.

어지러운 현실에 절망한 권필은 결국 벼슬길을 깨끗이 포기하고 만다. 그 이유를 『연려실기술』은 이렇게 적고 있다. "스스로도 강직하여 능히 세상과 구차하게 합할 수 없음을 알고, 더욱이 정철이 죽은 뒤에 죄를 입기에 이름을 아프게 여겨 마침내 다시는 과거에 나아가지 않았다." 어쨌거나 권필의 삶 속에 정철은 짙은 음영을 드리우고 있다. 그런 그가 마음으로 섬기던 스승의 무덤 앞에 섰을 때 느낀 사무치는 감회가 저 시 한 수에 담겨 있다. 뒤에 권필은 임금을 풍자하는 시를 썼다가 광해군의 노여움을 입어 혹독한 형벌 끝에 죽고 말았다.

석사논문을 권필의 한시로 준비하고 있을 때 일이다. 첫 구절을 "텅 빈 산에 나뭇잎은 떨어지고 비는 부슬부슬 내리는데"로 번역을 해서 스승께 보여드렸다. 논문의 여기저기를 펼치시던 스승의 눈길이 하필 딱 이 구절에 와서 멎었다.

"넌 사내자식이 왜 이렇게 말이 많으냐?" 다짜고짜 말씀하셨다. "네?" 선생님의 손가락이 원문의 빌 공(空) 자를 짚으셨다. "이게 무슨 자야?" 나는 당황했다. "이게 무슨 자냐구?" "빌 공 잡니다." "거기에 '텅'이 어디 있어?" 그러더니 '텅 빈 산'에서 '텅' 자를 지우셨다. "'나뭇잎'이나 '잎'이나. 그놈 참 말 많네. '떨어지고'의 '떨어' 도 떨어내!" 다시 쉴 틈도 없이 "부슬부슬했으면 됐지 '내리는데' 가 왜 필요해? 부슬부슬 올라가는 비도 있다더냐?" 하시며 마지 막 펀치를 날리셨다.

이렇게 해서 "텅 빈 산에 나뭇잎은 떨어지고 비는 부슬부슬 내 리는데"의 22자가 "빈 산 잎 지고 비는 부슬부슬"의 11자로 딱 반 이 줄어들었다. 정신이 번쩍 들었다. 아찔했다. 나는 KO 패를 당 한 채 아무 소리도 못 하고 선생님의 연구실을 나왔다.

권필의 이 시는 스승 송강과의 애틋한 사연도 사연이지만, 개인 적으로 글쓰기에 얽힌 이 추억 때문에 잊으려야 잊을 수 없다. 그 후 글을 쓸 때마다 더 뺄 것은 없나, 군더더기는 없나를 살피는 것이 버릇이 되었다. 박사논문을 쓸 때는 초고를 쓴 후 이런 식으 로 쥐어짰더니 1400매 원고가 1200매로 줄었다. 말은 줄었는데, 생각은 더 많아지는 신기한 체험이었다. 글쓰기의 묘리(妙理)를 이 일에서 나는 크게 깨쳤다.

_정민(한양대 교수)

위의 글을 읽어보면 정민 교수는 스승을 통해 문장 쓰는 방법을 배웠 다고 했다. 글에서 뺄 것이 없나, 군더더기는 없나 살펴보는 과정에서 단어나 문장을 뺄수록 내용이 더 선명해지고, 의미는 깊어지는 체험을 한다. 이 글에서 "텅 빈 산에 나뭇잎은 떨어지고 비는 부슬부슬 내리는데"라는 22자의 글이 "빈 산 잎 지고 비는 부슬부슬"의 11자로 줄어들었다. 삭제된 부분을 표시하면 무엇이 줄었는지 알 수 있다. "텅 빈 산에 나뭇잎은 떨어지고 비는 부슬부슬 내리는데"로 의미상 뺄 수 있거나 반복된 것을 줄여 압축할 수 있는 대로 압축했다. 그런데 글자는 줄 있는데 생각은 더 깊어졌다. 뜻은 분명해지고, 생각할 것은 더 많아졌다.

언어는 원래 불완전하다. 우리가 본 것이나 생각한 것을 언어로 완전하게 표현할 수는 없다. 학생들이 수업을 받는 교실 현장을 묘사한다고 상상해보자. 학생이 30명 있다. 그런데 학생 모두를 하나하나 자세히 묘사하기는 어렵다. 각기 다른 표정, 복장, 동작 등 수많은 것을 언어로 다 담아내기 힘들다. 그럴 필요도 없다. 이럴 때는 수업 분위기를 보여주는 몇몇 사람을 대표적으로 묘사하면 된다. 그러면 수업의 특성이 드러난다. 수업이 지루하다면 하품을 하거나 조는 학생이 있을 것이고, 수업이 흥미로우면 눈을 반짝이며 열심히 필기하는 학생이 있을 것이다. 이처럼 필자는 전달하고자 하는 의미의 핵심을 드러내면 그만이다. 전체의 모습을 구상해내는 것은 독자의 몫이다. 독자는 글을 읽으며 각자 적절하게 교실의 상황을 구성해낸다. 그래서 너무 상세하거나 친절한 것은 오히려 독자의 상상을 방해할 뿐만 아니라 상황을 왜곡시키기 쉽다. 문장을 압축하고 간결하게 제시하는 것은 글을 쓰는 데 아주 중요한 지침이다.

한시는 특히 언어가 가진 압축미를 잘 보여주는 장르다. 시인 보들레르는 산문을 쓸 때도 시인의 정신으로 쓸 것을 권했다. 니체도 문장을 쓸 때 시를 쓰는 것처럼 쓰라고 말했다. 시는 압축하고 생략해서 독자에게 다시 생각하기를 권유한다. 우리의 옛 조상들도 자기 마음을 닦듯이 문장을 닦았다. 간결하게 할 말만 하고, 여운을 남기며 침묵했다. 그래도 의미와 뜻이 글자 사이에 흘러 행간에 고여 넘쳤다고 한다. 옛 시인들은 백지 편지가 와도 답장을 보냈다. 지금 생각하면 과연 그것이 가능할까도 싶지만 언어가 모든 것을 설명해주지 않는다는 것을 보여준 것이다. 생략과 압축은 글에 여운을 주고 독자를 깊은 생각에 잠기게 만든다.

문장, 단순하게 만들기

간혹 어려운 단어를 쓰거나 문장을 복잡하게 하는 것을 좋은 글을 쓰는 것처럼 착각하는 학생들이 있다. "내면의 공간에 침잠하여 다양한 사유의 가능성을 심연에서 끌어올렸다"라고 썼다면 이 말을 과연 어떻게 이해해야 할까? 그냥 "깊은 생각을 했다"고 쓰면 더 낫지 않을까? 학생들은 간략히 쓰지 않고 문장을 어렵게 꼬아 복잡하게 만든다.

이렇게 복잡한 문장은 결코 좋은 문장이 될 수가 없다. 좋은 문장은 지극히 단순하되 그 속에 담긴 생각은 깊은 것이다. 성철 스님이 화두로 던진 "산은 산이요, 물은 물이다"란 말이 그런 문장이다. 문장은 정말 단순하다. 그렇지만 그 속에 담긴 의미의 깊이는 측량하기가 힘들다. 이 문장을 다음과 같이 말한다면 과연 명문으로서 의미를 가질 수 있을까?

산을 이리저리 둘러봐도 숲과 바위가 가득 찬 산일 뿐이로다. 이리저리 흘러가는 물을 아무리 지켜봐도 물일 뿐이로다.

"산은 산이요, 물은 물이다"는 화두는 일체만물의 근본에 관한 깨달음을 촉구하는 말로서 우리에게 깊은 깨달음을 준다. 실존과 인식의 깊은 문제를 이렇게 한 문장에 담기는 쉽지 않다. 문장은 단순하지만 그 속에 들어 있는 깨달음과 깊이는 헤아릴 수가 없다. 이런 문장을 쓸 수 있다면 더는 문장 공부를 할 필요가 없다.

짧고 간결한 문장을 쓰려면 무엇보다 중복되고 불필요한 어휘를 버리고 핵심적인 어휘들만 살려놓을 줄 알아야 한다. 문장을 이렇게 간략히 정리하면 기본적인 문형이 드러나고, 어법에 맞지 않은 비문이 나올 확률이 줄어든다(기본 문형에 관해서는 4장을 보기 바란다). 아울러 문장에 여운이 남고, 생각은 깊어진다.

이제 직접 연습을 해보자. 아래 글은 학생이 쓴 글이다. 이 글을 어떻게 줄여가는지 직접 확인해보자. 아래 제안한 순서대로 불필요한 부분을 지워보기 바란다.

1. 중복되는 의미나 어휘를 지운다.
2. 불필요한 부사나 형용사를 지운다.
3. 긴 문장을 줄여 여러 문장으로 나눈다.
4. 필요하면 간단히 보충 문장을 넣어준다.
5. 이 과정을 여러 차례 반복한다.

예시문은 다음과 같다.

〈빌리 엘리어트〉를 보고

우리는 제각기 여러모로 다양한 꿈을 가지고 열심히 산다. 그 꿈은 단지 취득하고 싶은 물건부터 자신이 이룩하고 싶은 미래의 직업까지 온 갖가지 모양의 다양한 모습을 취하고 있다. 하지만 그 꿈을 이루려는 과정에서 아무런 갈등 없이 평탄하게 이루어진 사람은 극소수일 것이라고 나는 생각한다. 중·고등학교 시절에 대학 진학을 목표로 학업에 열중하던 때부터 자신이 간절하게 바라던 대학에 마침내 들어온 이후까지, 꿈으로 인한 여러 갈등이 지속적으로 벌어진다고 말할 수 있다. 여기에 그런 갈등의 요소가 다양하게 들어 있고 해소 상황을 잘 보여주는 영화 〈빌리 엘리어트〉가 있다.

⬇

🍎 **수정 1**　우리는 제각기 여러모로 다양한 꿈을 가지고 열심히 산다. 그 꿈은 단지 취득하고 싶은 물건부터 자신이 이룩하고 싶은 미래의 직업까지 온 갖가지 모양의 다양한 모습을 취하고 있다. 하지만 그 꿈을 이루려는 과정에서 아무런 갈등 없이 평탄하게 이루어진 사람은 극소수일 것이라고 나는 생각한다. 중 · 고등학교 시절에 대학 진학을 목표로 학업에 열중하던 때부터 자신이 간절하게 바라던 대학에 마침내 들어온 이후까지, 꿈으로 인한 여러 갈등이 지속적으로 벌어진다고 말할 수 있다. 여기에 그런 갈등의 요소(와)가 다양하게 들어 있고 해소 상황을 잘 보여주는 영화 〈빌리 엘리어트〉가 있다.

↓

● **수정 2**　　우리는 제각기 꿈을 가지고 산다. 그 꿈은 ~~단지 취득하고 싶은~~ (갖고 싶은) 물건부터 ~~자신이 이룩하고 싶은~~ 미래의 직업까지 다양한 모습을 취하고 있다. 하지만 그 꿈을 ~~이루려는 과정에서~~ 아무런 갈등 없이 평탄하게 ~~이루어진~~(이룬) 사람은 극소수일 것이다. 중 · 고등학교 시절에 ~~대학 진학을 목표로 학업에 열중하던~~ 때부터 대학에 들어온 이후까지, 꿈으로 인한 여러 갈등이 지속적으로 벌어진다. 여기에 그런 갈등의 요소와 해소 상황을 잘 보여주는 영화 〈빌리 엘리어트〉가 있다.

↓

● **수정 3**　　우리는 꿈을 가지고 산다. 그 꿈은 갖고 싶은 물건부터 미래의 직업까지 다양한 모습을 취하고 있다. 하지만 아무런 갈등 없이 그 꿈을 평탄하게 이룬 사람은 ~~극소수일 것이다~~(없다). 중 · 고등학교 시절부터 대학에 들어온 이후까지, ~~꿈으로 인한 여러 갈등이 지속적으로 벌어진다.~~(꿈을 이루기 위해 많은 갈등을 겪게 된다.) 여기에 그런 갈등의 요소와 해소 상황을 잘 보여주는 영화 〈빌리 엘리어트〉가 있다.

↓

● **고친 글**　　우리는 꿈을 가지고 산다. 그 꿈은 갖고 싶은 물건부터 미래의 직업까지 다양한 모습을 취하고 있다. 하지만 아무런 갈등 없이 그 꿈을 평탄하게 이룬 사람은 없다. 중 · 고등학교 시절부터 대학에 들어온 이후까지 우리는 꿈을 이루기 위해 많은 갈등을 겪게 된다. 여기에 그런 갈등의 요소와 해소 상황을 잘 보여주는 영화 〈빌리 엘리어트〉가 있다.

핵심 체크

1. 우리 문장의 주요 특징은 서술어가 문장의 끝에 온다는 점과 조사, 어미를 사용하고 수식어가 피수식어의 앞에 온다는 점이다.

2. 한국어 문장은 서술어가 가장 중요하며, 주어에서 서술어까지 길이가 길지 않아야 한다.

3. 한국어 문장은 짧고 간결한 것이 좋다. 짧은 문장을 쓰기 위해서 불필요하고 중복된 어휘를 지워야 한다.

실전 체크

1. 다음은 한국어 문장의 특징을 나타낸 것이다. 문장의 예를 들어 이를 설명해보자.

① 〈주어+목적어+서술어〉 구조

② 문법적 기능으로 조사, 어미 사용

③ 수식어가 피수식어에 앞에 옴

2. 다음은 어느 문장을 부분적으로 나눠놓은 것이다. 서로 연결하여 의미가 통하는 문장이 되게 만들어보자.

① 정의가

② 사람마다

③ 정도로

④ '보기에 좋은 것'

⑤ 아름다움이란

⑥ 정의 내릴 수가 있다.

⑦ 다를 수 있지만

⑧ 보편적 의미에서 볼 때

⑨ '좋은 감정이 생기게 하는 것'

3. 다음은 영문을 번역한 문장이다. 이를 우리말에 맞게 다시 고쳐보자.

1) 대량 해직은 1989년 이후 주(州)에서 관리하는 대부분의 직장을 훔쳐갔다.
   (Massive firings robbed them of most state jobs after 1989.)

2) 그 여자의 부주의한 낭비는 그녀를 빚으로 이끌었다.
   (Her careless spending led her into debt.)

3) 원숭이들의 우리에의 탈출은 동물원에서 무질서를 만들었다.
   (The escape of the monkeys from their cage created disorder in the zoo.)

4. 다음은 피천득의 「인연」 첫 부분이다. 전체가 한 문장으로 되어 있는데 이를 세 문장으로 나누어 고쳐 써보자.

수십 년 전 내가 열일곱 되던 봄에 나는 처음 동경에 간 일이 있었는데 어떤 분의 소개로 사회교육가 미우라 선생 댁에 유숙을 하게 되었다.

5. 다음 문장에서 불필요한 부분을 정리하여 짧고 간결하게 고쳐 써보자.

1) 인간은 물질인 육체를 지니고 있으면서 동시에 심오하고 깊은 정신을 지니고 있다. 따라서 필연적으로 인간은 물질적 존재인가, 정신적 존재인가에 대한 물음이 끊임없이 제기되어 왔다. 논쟁은 정신과 물질 중에서 어느 것이 진짜 존재하는 실체인가를 놓고 관념론과 유물론으로 크게 구별된다. 고대 그리스 철학부터 이어져 온 관념론은 인간을 자율적인 이성의 소유자로 파악함으로써 인간의 주체로서 간주한다. 정신적인 것이 인간의 본질을 본래적으로 규정해주는 것이며, 인간의 본질을 가장 잘 표현해 준다는 것이다. 반면 유물론은 인간도 다른 모든 사물처럼 물질적인 사물이라고 주장한다. 인간의 삶과 의식도 물질로서만 설명될 수밖에 없다는 것이다. 나는 영혼과 같은 특별한 실체는 없고, 결국 인간도 물질적인 존재라고 생각한다. 과학이 발전하면서 거의 모든 현상이 물질에 기반을 둔다는 것으로 밝혀지고 있기 때문이다.

2) 교육제도가 보수적으로 운용되어야 할 이유는 분명히 있다. 교육에 있어서 일관성이란 중요한 요소이며, 한 번 교육과정을 결정한다면 그것은 거의 20년 가까이 효력이 유지된다. 간접적으로는 개인의 전 인생에 상당한 영향을 끼칠 수도 있다. 그러나 정책을 시행함에 있어서 20년간의 모든 사정의 변화를 예측한 완벽한 정책을 요구하는 것은 어려운 일이라고 할지라도, 허용 한도를 초과한 불합리성까지 유지·감수하여야 한다는 논리로 교육제도의 보수성이 악용되어서는 아니 될 것이다. 따라서 교육제도의 안정성을 이유로 체벌 관행을 유지시키는 것에 관하여 어떻게 생각할지 한 번 다시 생각해볼 필요가 있다고 본다.

6. 다음 말들이 충분히 이해될 수 있도록 풀어서 서술해보자. (500자)

1) 세상에 도덕적 현상이란 없다. 다만 현상의 도덕적 해석이 있을 뿐이다.
   _프리드리히 W. 니체

2) 우리가 춤을 출 때, 춤(dance)과 춤추는 사람(dancer)을 어떻게 구별할 수 있겠는가. _윌리엄 B. 예이츠

3장

생각의 논리, 글의 논리

언어는 생각의 시녀가 아니라 생각의 어머니다.

스키마와 문장 해석

미국 ESL에서 영어를 학습하는 외국인을 대상으로 읽기 응답에 관한 실험을 했다. 학생들에게 짧은 글을 제공하고 어느 정도 이해하는지를 실험한 것이다. 제공된 글은 1982년 한 잡지에 실린 기사로 내용은 다음과 같다.

"타이레놀 비극 때문에 이번 10월에 낯선 사람들에게 캔디를 받는 작은 스머프, 이티, 그리고 원더우먼에 대해 큰 걱정이 있다. 31일이 다가옴에 따라 나라 전체에서 다수의 시 공무원들은 'trick-or-treating'을 금지하거나 낮으로 제한했다."

이 내용은 무엇을 말하는 것일까? 미국 학생들은 쉽게 이해했지만 ESL 외국인 학생들은 대부분 이 글이 무얼 말하는지 이해할 수 없었다.

이 글을 이해하기 위해 우선 문장의 정보를 취합해보자. 첫 문장에 10월, 그다음 문장의 31일, 이를 조합하면 10월 31일인데 그날 무언가가 있다. 그다음은 낯선 사람으로부터 사탕을 받는 스머프, 이티, 원더우먼이 있고, 공무원들이 이들을 걱정하고 있다. 왜 걱정을 할까? 정말 중요한 것은 타이레놀 비극? 여기까지 추론하면 더는 해석하기가 힘들어진다.

이 글을 해석하기 위해 우선 10월 31일이 무슨 날인지 알아야 한다. 10월 31일은 할로윈데이로, 미국의 대표적인 축제 중 하나이다. 그다음, 'trick-or-treating'이 무엇인지 알아야 한다. 'trick-or-treating'은 "과자를 안 주면 장난칠 거야!"라는 뜻으로, 할로윈데이에 아이들이 마녀나 유명인 분장을 하고 이웃집을 찾아다니면서 사탕이나 초콜릿 등을 얻는 것을 말한다. '타이레놀 비극'은 미국에서 1982년 9월 청산가리가 주입된 타이레놀을 먹고 8명이 죽은 유명한 사건이다. 당시 공무원들은 타이레놀 사건 때문에 할로윈데이에 아이들이 다른 사람에게 사탕이나 과자를 받는 것을 걱정했다.

미국인들이 쉽게 이해하는 이 글을 왜 ESL의 외국인들은 그렇게 어려워했을까. 이 사례는 텍스트의 의미가 표면적인 언어 해석보다 문화적 맥락과 배경에 의해 좌우된다는 사실을 보여준다. 할로윈 데이, 타이레놀 독살 사건, 'trick-or-treat'의 의미를 알지 못하면 이 글을 이해할 수 없다. 실제 필자나 독자가 공유할 수 있는 문화적 경험이 없다면 의미 파악은 힘들 것이다. 우리는 글을 읽고 쓸 때 대부분 우리 머릿속에 담겨 있는 지식 저장고(스키마)를 이용한다. 그 저장고의 대부분은 실제 우리가 함께 공유하는 삶과 현장의 경험으로 가득 차 있다. 이를 보면 우리는 외국어를 배울 때 왜 책으로 배우지 말고 실제 현장에서 삶의 경험으로 배워야 하는지 그 이유를 알 수 있다.

_정희모(연세대 교수)

사고가 우선인가, 언어가 우선인가

이 글에서 다룬 읽기 실험은 미국의 매캐그(MaCagg)라는 학자가 1990년에 실제로 일본 학생들과 수행한 것이다. 지금이야 할로윈데이가 많이 알려져 있지만, 당시에는 그렇지 않았다. 더구나 일본에서 유학 온 학생들이 할로윈데이를 알기란 정말 어려웠다. '타이레놀 비극' 사건도 미국에서 일어났던 사건이니, 사건 당시 미국에 체류하지 않았던 학생들이 그 내용을 이해하는 것은 불가능에 가깝다. 이런 문화적 환경과 배경적 상황을 모르니 학생들이 읽기 텍스트를 이해하고 답하는 것은 어려운 일이었을 것이다. 이런 예문을 통해 우리가 알 수 있는 것은 분명하다. 바로 우리가 쓰는 글은 사회적·문화적 맥락에 의존한다는 사실이다. 필자의 글이 독자에게 온전히 전달되기 위해서는 글의 바탕이 되는 사회적 상황이나 문화적 맥락을 공유해야 한다. 그래야 글의 의미가 전달되고 필자와 독자가 소통할 수가 있다.

그런데 정작 우리가 이 예문에서 깨달아야 할 중요한 사실은 다른 데 있다. 앞에 소개한 글의 상황적 배경과도 상관있지만, 그것은 글을 읽거나 쓸 때 필자의 생각과 독자의 생각이 항상 같을 수 없다는 사실이다. 필자와 독자가 경험한 문화적 맥락이 달라서 그렇기도 하고, 사물을 보는 시각이나 관점에 차이가 있어서 그렇기도 하다. 그래서 글을 쓰는 필자는 독자의 해석이 어떠할지 항상 신경을 써야 한다.

어떻게 글을 써야 필자의 생각을 독자에게 제대로 전달할까? 여기엔 몇 가지 조건이 있다. 첫째, 필자와 독자가 서로 사회·문화적 맥락을 공유해야 한다. 문화적 맥락은 글로 소통하는 데 필요한 가장 기본적인 배경이다. 둘째, 언어를 정확하게 사용해야 한다. 문장에 오류가 없고 명확해야 필자가 하고 싶은 이야기가 독자에게 올바로 전달된다. 셋째, 필자는 독자가 세상을 보는 시각이나 관점을 인식하고 이를 맞추어야 한다. 이를 위해 필자는 글을 쓸 때 대중은 어떤 생각을 하고 있는지, 또 구체적 독자가 있다면 그가 어떤 사람인지 항상 의식해야 한다. 필자는 독자를 의식할 때 독자를 이해할 수 있고 좋은 글을 쓸 수 있다.

이제 이런 점을 염두에 두고 생각과 문장의 관계를 살펴보도록 하자. 생각과 문장의 관계는 먼저 사고와 언어의 관계부터 따져보아야 한다. 나는 지금 가장 흔한 질문을 여러분에게 던져보려고 한다. "닭이 먼저인가, 달걀이 먼저인가?" 이런 질문은 '사고와 언어의 관계'를 짚을 때도 곧잘 소환된다. 이를테면 "우리의 생각은 사고가 우선인가, 언어가 우선인가?"와 같은 질문이다. 질문 내용을 구체화할 수도 있다. "우리의 사고는 언어로 구성되어 있을까 혹은 언어가 없으면 우리는 사고할 수 없는 것일까?"

오랫동안 학자들은 언어와 사고의 관계를 두고 논쟁을 펼쳐왔다. 언어가 먼저라는 학자도 있고 사고가 우선이라는 학자도 있다. 정확한 답은 없다. 일단 여기서는 어느 쪽이 옳다 그르다 단정하지 않고 둘 다 가능하다고 전제한다. 언어가 우선이라는 설명에도 일리가 있고 사고가 우선이라는 설명에도 일리가 있기 때문이다. 그래서 이런 문제는 찬찬히 따져보아야 한다. 우선 복잡한 논리를 전개할 때나 심각한 논쟁을 펼칠 때는 반드시 언어의 도움을 받아야 한다. 자유나 정의, 인권 같은 개념은 언어를 사용하지 않고서는 설명할 수가 없다. 언어로 개념을 규정해주어야 이런 추상적 표현을 설명하고 이해시킬 수 있다.

물론 언어가 있어야 개념을 설명할 수 있다고 해서 언어 없이는 아무 생각도 할 수 없다는 뜻은 아니다. 우리는 수평선 너머로 떨어지는 붉은

노을을 보면서 경이로움을 느낄 수 있다. 이런 순간의 감동이나 체험은 언어가 없어도 가능하다. 언어가 없어도 감정을 느낄 수 있고, 기초적인 사고도 할 수 있다. 예를 들어 배가 고프다거나 춥거나 무서운 것은 누가 가르쳐주지 않아도 인지하고 반응한다. 특히 생명체의 본능과 관계된 것들은 대체로 그렇다. 그러나 복잡한 느낌을 표현하거나 깊은 사고를 할 때는 어쩔 수 없이 언어의 도움을 받아야 한다. 예를 들어보자.

> 문화 : 자연 상태에서 벗어나 일정한 목적 또는 생활 이상을 실현하고자 사회 구성원에 의하여 습득, 공유, 전달되는 행동 양식이나 생활양식의 과정 및 그 과정에서 이룩하여 낸 물질적·정신적 소득을 통틀어 이르는 말. 의식주를 비롯하여 언어, 풍습, 종교, 학문, 예술, 제도 따위를 모두 포함한다.

위의 예문은 표준국어대사전에서 '문화'의 개념을 정의한 것이다. 문장을 찬찬히 살펴보면 여기서 주요 의미를 구성해주는 것이 언어다. '자연' '목적' '생활 이상' '사회 구성원' 등과 같은 단어로 문화의 개념을 설명하고 있다. 이렇듯 추상적인 개념은 언어를 통해 설명할 수밖에 없다. 만일 여러분에게 언어를 사용하지 말고 '문화'라는 개념을 설명해보라고 한다면 어떻게 할 것인가? 손짓과 발짓으로 온전히 설명할 수 있을까? 아마 불가능할 것이다. 어려운 개념을 설명하려면 반드시 언어를 통해야 한다.

언어가 먼저인지, 사고가 먼저인지에 관해서는 러시아 심리학자 비고츠키(Vygotsky) 견해를 들어보는 것도 도움이 된다. 그는 언어와 사고가 같은 것은 아니지만 성장하면서 하나로 합쳐진다고 말했다. 먼저

갓 태어난 아기를 한번 보자. 유아들은 말을 배우기 전에 몸짓으로 먼저 의사(意思)를 표현한다. 배고프다, 춥거나 덥다, (엉덩이가 축축해서) 기분이 나쁘다 같은 느낌이나 생각을 몸짓으로 드러낸다. 물론 이럴 경우 대개는 '울음'이라는 적극적인 표현 방법을 사용하기도 한다. 그러나 성장하면서 언어를 하나둘 배우게 되면 차츰 모든 것을 말에 의존하게 된다. 배고픔을 울음으로 알리는 대신 '맘마'라는 단어를 말한다. 엉덩이가 축축하면 '응가'라고 말한다.

그런데 청소년기에 이르면 아이들의 언어 의존도는 갑자기 증폭한다. 이때부터 본격적으로 언어를 사용해 복합적인 사고나 고차원적인 사고를 하게 된다. 이를테면 사랑, 인생, 목적, 도전, 성취 같은 단어들을 사용해 말을 하게 되는데, 비고츠키는 이런 류의 사고를 '언어적 사고'라고 불렀다. 성장하면서 생각과 언어가 합쳐진다는 것이다. 인간은 성장하면서 점차 언어를 통해 사고하게 된다. 특히 독서나 글쓰기 같은 고차원적인 사고 활동은 언어가 무엇보다 중요한데, 그중에서도 글쓰기는 가장 힘든 고차원적 사고 활동이다.

글쓰기 교육의 입장에서도 사고와 언어에 관해서 두 가지 대립이 있다. 하나는 글쓰기에서 중요한 것을 사고 활동으로 보아 창의적 사고와 논리적 사고를 강조하는 입장이 있고, 다른 하나는 사고보다 언어 학습과 언어 활동을 더 강조하는 입장이 있다. 말하자면 한쪽에는 언어 활동보다 사고력을 더 중시한다면 다른 한쪽은 어법에 맞게 문장을 쓰는 것을 사고 활동보다 더 중시하는 것이다. 이런 점을 보면 글을 쓰는 데도 언어와 사고의 논쟁처럼 생각이 먼저인지, 언어가 먼저인지 대립이 있다. 여러분은 좋은 글을 쓰는 데 무엇이 더 중요하다고 생각하는가, 사고인가 언어인가?

필자의 생각, 독자의 생각

글을 쓰는 과정에서 사고와 언어는 각각 다른 역할을 맡는다. 사고는 "무얼 쓰지" "어떤 내용을 담을까"와 같이 주제나 글감, 혹은 구성에 관한 아이디어를 떠올리게 해준다. 그리고 언어는 이 과정에서 나온 결과를 문자로 옮긴다. 사고와 언어는 이렇듯 협동 작업을 한다. 그러나 글쓰기 작성과정에서 사고와 언어의 순서를 말하자면 사고가 먼저 이루어진다고 보아야 한다.

우리는 글을 쓰기 전 여러 요소를 생각한다. 어떤 주제로 글을 써야 할지, 구성은 어떻게 할지, 내용을 무엇으로 채울지, 독자들이 원하는 글은 어떤 것일지 등등 여러 가지를 생각하게 된다. 이런 생각을 한 후 글 속에 담길 내용을 정리하는데, 이를 '개요 작성'이라고 한다. 이렇게 개요가 만들어지면 다음 단계에서는 이것을 하나씩 문장으로 옮기게 된다.

여기서 우리가 알아야 할 것은 생각이 곧바로 언어가 되는 것은 아니라는 점이다. 예전에 글쓰기를 연구했던 언어심리학자들은 생각을 잘 하면 그것을 곧장 문자로 전환할 수 있다고 생각했다. 생각하는 대로 문자가 입력된다고 본 것이다. 그래서 이들은 문장 쓰기를 '번역(translating)'이라고 불렀다. 문장을 쓰는 일이 우리의 생각을 문자로 번역하는 것과 같다고 보았기 때문이다.

정말 그럴까? 여러분도 글을 써보아서 알겠지만, 문장은 결코 생각한 대로 나오지 않는다. 생각에는 생각의 논리가 있고, 언어에는 언어의 논리가 있는 까닭이다. 어떤 생각을 문장으로 쓰려면 문장의 논리에 맞춰 새롭게 구성해야 한다. 그리고 그 논리에 따라 어떤 생각은 빠지고, 어떤 생각은 달라지며, 없었던 아이디어가 새로 추가되기도 하고, 문장 하나를 몇 번씩 뜯어고치게 되기도 한다. 때로 어법을 잘 몰라서 문장을 잘못 쓰기도 하고, 어휘력이 부족하여 잘못된 단어를 쓰기도 한다. 이럴 때 우리 생각과 우리 문장은 일치한다고 말할 수 있을까? 필자들이 가장 범하기 쉬운 착각 중 하나가 필자의 생각이 문장에 그대로 녹아 있고, 그것을 독자가 그대로 이해해줄 것이라고 믿는 것이다.

필자의 생각 ≠ 필자의 문장 ≠ 독자의 이해

위의 박스를 보라. 필자의 생각과 문장, 그리고 독자의 이해가 항상 일치하는 것은 아니라는 사실을 알 수 있다. 이 세 요소가 딱 들어맞을 때도 있겠지만, 실제로는 그렇지 않을 경우도 많다. 가급적 이런 세 요소를 맞추면 좋겠지만 필자와 독자가 같지 않기에 이 또한 쉽지가 않다. 그래서 필자와 독자가 모두 만족하는 좋은 글을 쓴다는 것은 어려운 일이다.

좋은 글을 잘 쓰고 싶다면 이 세 요소 간에 발생할 수 있는 차이를 최소화해야 한다. 그러려면 필자는 냉철한 시각에서 글을 분석할 줄 알아야 한다. 내가 쓴 문장이 나의 생각과 정말 일치하는가? 독자가 내가 쓴 글을 읽으면서 내 의도를 알아챌까? 독자들이 과연 나의 생각을 그대로 이해하고 받아들일까? 이런 질문을 던지면서 내가 문장을 읽는 것이 아니라 독자가 문장을 읽는 것처럼 역지사지의 입장이 되어보는 것이다. "내가 쓴 문장을 독자는 과연 나의 생각처럼 읽어줄까?"

현대 언어학자들 중에 상당수는 텍스트의 의미가 필자에게 있는 것이 아니라 독자에게 있다고 본다. 필자는 자신이 말하고자 하는 주제를 문장으로 표현하지만 그것을 해석해내는 것은 독자의 몫이다. 사실 텍스트의 의미는 독자가 글을 읽고 그 내용을 이해했을 때 비로소 발생한다. 내가 글을 쓰고 내가 이해하는 것을 텍스트의 의미라고 단정해서 말할 수는 없다. 독자가 문장을 읽고 나온 의미가 바로 문장의 의미, 텍스트의 의미가 되는 것이다. 이렇게 보면 문장을 쓸 때 정말 주의를 할 필요가 있다. 필자가 볼 때 문장을 잘 썼다고, 글이 잘 이해가 된다고, 독자도 나와 똑같이 그렇게 읽거나 이해해주는 것은 아니다. 그래서 문장을 쓸 때 역지사지 독자의 입장에서 살펴보는 것이 정말 중요하다.

사유 의식, 텍스트 의식

잠깐 문장을 쓰는 순간을 되돌아보자. 우리는 머릿속으로 다양한 생각을 하고 그것을 문장으로 옮긴다. 머릿속에서 전체 주제를 떠올리고 여러 글감을 궁리하여 세부 계획을 짠다. 그리고 주제와 내용이 결정되면 거기에 맞는 단어와 통사구조를 골라 문장을 기술한다. 이런 과정은 뇌와 몸의 반응 속에서 우리 몸에 순식간에 일어난다.

언어학자 체이프(Chafe)는 글을 쓰는 우리 의식을 세 가지로 나누었다. 첫째, 일반적인 '의식', 둘째, '표현하는 의식', 셋째, '표현된 의식'이다. 먼저 '의식'은 우리가 일반적으로 알고 있는 우리의 생각, 즉 사고를 지칭한다. 대개 글을 쓰기 전 주제나 내용에 관해 생각하는 것을 말한다. '어떤 주제로 써야 하지?' '이런 내용은 괜찮을까?' '서두는 이렇게 하고 본문도 이렇게 전개해야겠다' 하는 것들을 말한다. 그런데 문장을 쓰다 보면 우리의 생각이 바로 문장으로 표현되는 것이 아님을 알게 된다. 여러분이 글을 쓰면서 고민했던 순간을 떠올려보라. '내가 슬펐다는 걸 어떻게 묘사하지?' '이건 빼고 저건 이렇게 써야겠네…' 이처럼 우리는 글을 쓰는 도중 고민하고 생각하게 마련인데, 이런 의식을 '표현하는 의식'이라고 한다. 생각을 문자로 표현할 때 거기에 맞는 의식이 발동하는 것이다. 이렇게 해서 문장이 완성되고 글이 만들어지면 그때 나타나는 게 바로 '표현된 의식'이다. 표현된 의식은 오로지 문장의 기호를 통해서만 의미가 전달된다. 바로 문장이나 글을 통해 독자가 인식할 수 있는 것이 '표현된 의식'이다.

이런 세 가지 의식을 바탕으로, 문장을 쓸 때 우리가 사용할 의식을 규정해보자. 문장을 쓸 때 필요한 개념이니 꼭 기억해두어야 한다. 나는 이 책에서 문장을 쓰는 데 필요한 의식을 두 가지로 나누고자 한다. 첫째, '사유 의식'이다. 이것은 주제와 내용, 글감을 생성하는 일반적인 생각이나 사고를 말한다(체이프가 말한 '표현하는 의식'에 해당한다). 둘째, '텍스트 의식'이다. 언어기호를 사용하여 문장이 완성되면 이제 문장을 통해 내용의 흐름이 생기게 마련이다. 이를 '텍스트 의식'(체이프는 '표현된 의식'이라고 불렀다)이라고 부른다. 글을 읽는 독자는 '오직 문장을 통해' '텍스트 의식'만을 알 수 있다. 필자의 머릿속으로 들어가 필자의 생각(사유 의식)을 직접 볼 수는 없다. 글에 표현된 '텍스트 의식'을 보면서 필자의 '사유 의식'을 유추할 수 있을 뿐이다.

우리는 글을 쓸 때 이 두 가지 의식을 항상 염두에 두어야 한다. 하나는 끊임없이 주제와 글감을 고민하는 '사유 의식'이고, 다른 하나는 문장의 흐름을 따라가는 '텍스트 의식'이다. 문장을 쓰는 입장에서 중요한 것은 '텍스트 의식'이다. 독자가 읽을 수 있는 것은 필자의 머릿속 생각이 아니라 필자가 쓴 문장이기 때문이다. 따라서 글을 쓸 때는 앞 문장에서 표현된 뜻과 다음 문장에서 표현된 뜻이 서로 잘 이어지는지, 그 문장에 표현된 것이 정말 내가 말하고자 하는 바였는지 확인해야 한다.

생각의 논리, 글의 논리

이수광의 『지봉유설』에 "마음으로 문장을 만드는 사람은 반드시 잘 되지만, 손으로 문장을 만드는 사람은 절대 잘 될 수 없다"란 구절이 있다. 이수광은 마음과 글이 하나이며 마음이 바르면 좋은 글이 나오는 것으로 본 것이다. 그래서 문장을 다듬고 아름답게 꾸미는 것을 그다지 좋아하지 않았다. 정약용도 문장이란 "마음 깊숙한 곳에 쌓아둔 지식이 저절로 밖으로 나오는 것"이라고 생각했다. 우리 선조들은 마음과 글을 둘이 아닌, 하나의 것으로 보았다.

그런데 많은 학생이 마음먹은 것과 다르게 글이 나온다고 불평한다. 글을 다 쓰고 나면 처음 생각했던 것과 왜 다른지 의문을 제기한다. 옛 선비의 입장에서 보자면 마음과 글이 다른 것은 아직 수양이 덜 된 탓이라고 할 수 있을 것이다. 그렇지만 나는 옛 선비의 말이 글의 순수성, 글의 진솔성에 관한 상징적인 표현이지 글의 작법이나 글쓰기의 문제에 관한 것은 아니라고 생각한다. 글을 쓰는 방법 면에서 보자면 마음이나 생각이 바로 글로 표현될 수는 없는 것이다. 많은 학사가 지적하듯이 사람의 생각과 글의 논리는 서로 다른 측면을 가지고 있다. 우리 생각은 논리적이지도 않고 단절되어 있으며, 횡단적이고 비약이 심하다. "내 마음 나도 몰라"라는 노래가 있듯이 종잡을 수 없을 때도 많다. 그래서 우리는 생각이 복잡할 때 메모를 하고 일기를 쓴다. 생각을 정리하기 위해 글을 쓰는 것이다.

많은 사람이 생각을 잘 하면 좋은 글을 쓸 수 있다고 말한다. 틀린 말은 아니지만 그렇다고 맞는 말도 아니다. 좋은 아이디어가 있으면 글을 잘 쓸 때도 있지만 그렇지 않을 때도 많다. 생각만 따라가다 글의 논리나 흐름을 잊어버릴 수도 있는 것이다. 앞에서도 말했지만 생각은 즉흥적이며 빠르고 일회적이다. 반면에 글은 고정되어 있고, 시각적이며 논리적이다. 글은 눈으로 확인하고 논리의 흐름을 따져보아 고칠 수가 있다. 그래서 글을 쓸 때 매번 강조하는 것이 문장을 다듬고, 바꾸고, 수정하라는 것이다.

우리는 생각을 글로 옮길 때 생각의 논리를 앞세우지 말고 문장에 나타난 의미를 찬찬히 따라가야 한다. 독자는 오직 글에서 나타난 의미만을 보고 필자의 생각을 판단하고 추론한다. 나는 가끔 학생들이 자신의 생각과 다르게 글이 나왔다고 하면 "네 생각에 문장을 맞추지 말고 문장에 네 생각을 맞추어 보라"고 말하기도 한다. 글을 쓸 때 우리는 "언어는 생각의 시녀가 아니라 어머니"라는 시인 오든의 말을 기억할 필요가 있다.

_정희모(연세대 교수)

위의 글에 나오듯 학생들은 문장에 기반하지 않고 자신의 생각에 기반해 글을 쓴다. 이 책에서 '텍스트 의식'을 유난히 강조하는 것도 많은 필자가 오로지 '사유 의식'에 기반하여 글을 쓰기 때문이다. 왜 '사유 의식'이 문제일까? 이것저것 고민하다 보면 더 좋은 글이 나오지 않을까, 하고 생각하는 분들도 있을 것이다. 그런데 문제는 생각하는 것 자체에 있는 게 아니다. 생각(사유 의식)을 따라 글을 쓰면 문어체가 아니라 구어체에 가까운 글이 되기 때문이다. 우리가 일상에서 사용하는 구어체는 대개 완전한 문장 형태가 아니다. 문장 성분이 생략된 토막글이 많다. 또 논리정연하지도 않다(예: 왔어, 응…). 구어는 기본적으로 일상적 상황을 반영하므로 분절적이고 비논리적이어도 이해하는 데 큰 문제가 생기지 않는다. 또한 구어는 대화 상대방이 내용을 인지하고 있기에 완전한 문장이 아니어도 이해하는 데 어려움이 없다. 그런데 글은 그렇지 않다. 만일 필자가 텍스트의 흐름을 전혀 생각하지 않고 생각(사고, 의식)나는 대로 쓴다면 어떻게 될까? 일목요연한 글이 될까? 그렇지 않을 가능성이 더 크다. 학생이 쓴 다음 글을 한번 읽어보자.

(1) 자기 분석적 글을 쓰라는 주제를 받았다. 아. 어떻게 쓰지? 사람들은 자기 자신이라서 잘 아는 부분도 있지만, 인정할 수 없는 것이라던

가. 거울로 항상 비춰보지 않아서 눈치채지 못한 모습들이라던가. 아. 모르겠다. 자신이라서 모르는 부분이 많다. 객관적이고 냉정하게 바라보는 사람이 얼마나 될까? 객관적으로 바라보고 평가해주는 다른 사람들 눈에 보이는 나를 물어보고 대답을 듣지 않는 한 알 수 없는 것들이 꽤 있다. 요 며칠 객관적으로 나를 바라보려고 노력했다. 주제 정하기 힘들다.

예문을 보면 정리되지 않은 생각들이 글에 보인다. 문장이 서로 이어지지 않고 생각나는 대로 옮겨 적은 것 같은 느낌이 든다. 그때그때 떠오르는 단편적인 생각을 나열했다. '사유 의식' 그대로 글을 쓰지 말라고 한 것은 이렇게 생각나는 대로 글을 쓰지 말라는 뜻이다. 글은 문장을 따져가면서 문장의 흐름에 따라 하나씩 따지면서 차근차근 써야 한다.

필자의 정보, 독자의 정보

'텍스트 의식'이란 텍스트가 가진 생각과 문장의 흐름을 뜻한다. 텍스트가 생각을 한다니? 의아해하는 분도 있을 테고, '일종의 은유겠지'라고 생각할 분도 있을 터다. 한 가지 좋은 예가 있다. 우리가 소설을 쓸 때 캐릭터를 공들여 만들어놓으면 그들이 알아서 움직이는 상황을 떠올리면 된다. 문장도 마찬가지다. 정성껏 명확하게 쓰면 글 안에서 스스로 흐름을 갖게 된다. 필자는 그다음부터 문장에 드러난 생각의 흐름을 좇아가면 된다. 그러니 머릿속의 정리 안 된 생각을 따르지 말고 문장의 생각(흐름)을 따라가자.

문장의 흐름을 따라가다 보면 뜻이 이어지지 않는 곳이나 논리적 모순을 발견할 수 있다. 필자들이야 자기가 쓴 글이니 당연히 의미를 이해하지만, 독자의 입장에서는 뜬금없는 소리이거나 불친절한 논지 전개라고 여길 수도 있다. 이런 인식 차이를 알려면 일상생활의 언어 소통 방식을 살펴보아야 한다.

일상생활에서 언어사용이 가능한 이유는 무엇일까? 바로 나와 타자가 의심 없이 공유하는 약속된 정보가 있기 때문이다. 문자 기호와 같은 사회적 약속, 대화의 배경이나 맥락과 같은 환경적 약속, 통념이나 관습 같은 문화적 약속도 있다. 이러한 약속된 정보들은 의사소통을 가능하게 해주는 요인들이다. 특히 환경적 배경과 맥락을 공유하지 않는 대상과 정확한 소통은 어렵다.

(2) 대형 마트에 갔다. 겨울에 입을 운동복을 샀다.
(3) 어제 우리 대학교에 갔다. 거기서 요리재료를 샀다.

위의 예에서 (2)번은 이해하기에 어려움이 없다. 한국의 대형 마트에서 무엇을 팔고, 어떻게 물건을 사야 하는지 다들 알고 있기 때문이다. 필자도 이 정도의 표현은 독자가 이해할 것으로 추정하고 이런 문장을 썼을 것이다(물론 마트가 없는 곳에서 온 외국인이라면 이 문장을 이해하기 어려울 것이다).

이번에는 (3)번 예문을 살펴보자. "어제 우리 대학교에 갔다. 거기서 요리재료를 샀다"라는 글은 어떤가? 선뜻 그림이 그려지는 내용인가? 대다수 독자는 학교라는 공간에 요리재료가 어울리지 않는다고 생각할 것이다. '대학교' 하면 흔히 도서관, 강의실, 학생회관 등을 떠올리게 마련이지, 누가 '요리재료'를 생각해낼까?

그런데 이 글을 쓴 필자는 이런 문장을 쓸 만한 정보를 가지고 있었을 가능성이 많다. 그래서 자신 있게 대학교에서 요리재료를 샀다고 썼던 것이다. 전후 사정은 이렇다. K대학교에는 요리학과가 있다. 요리학과에서는 축제 행사의 일환으로 요리재료를 염가로 판매했고, 필자는 덕분에 비싼 요리재료들을 값싸게 구입하게 되었다. 그렇지만 이 배경을 모르는 독자는 이 문장만 보고서 내용을 쉽게 짐작하기 어려워 고개를 갸우뚱할 수 있다.

아주 단순한 사례이지만 이 사례를 통해 필자의 정보와 독자의 정보가 다르다는 것을 알 수 있다. 독자는 필자의 머릿속 정보를 다 알 수가 없다. 그래서 글을 쓸 때 필자는 독자의 입장에서 '이 문장이 이해가 되나' 하고 매번 유추해보아야 하는 것이다.

이제 예문(3)을 다음과 같이 바꿔보자.

어제 K대학교에 갔다. K대학교에는 전통 있는 요리학과가 있다. 그곳에서 요즘 요리축제를 하고 있는데, 이번에 비싼 요리재료들을 할인하여 판매 중이다. 덕분에 나는 평소 구매하기 어려웠던 요리재료들을 살 수 있었다.

이렇게 중간에 정보를 넣어주면 어떨까, 독자가 이해하기에 훨씬 수월하지 않을까?

앞에서 나는 '텍스트 흐름'에 따라 문장을 써야 한다고 말했다. 문장이 만든 '의미의 흐름'을 따라가야 한다는 뜻이다. 그렇지 않고 필자가 머릿속의 생각대로 글을 쓰면 제임스 조이스나 버지니아 울프 식의 '의식의 흐름'을 따른 글을 보게 될지 모른다. 실제로 학생들과 문장 공부를 하다 보면 곧잘 그런 글을 보게 된다. 의식의 흐름처럼 자기 머릿속 생각을 그대로 옮긴 문장들 말이다.

앞에서 제시했던 (1)번 예문을 다시 보자.

(1) 자기 분석적 글을 쓰라는 주제를 받았다. 아. 어떻게 쓰지? 사람들은 자기 자신이라서 잘 아는 부분도 있지만, 인정할 수 없는 것이라던가. 거울로 항상 비춰보지 않아서 눈치 채지 못한 모습들이라던가. 아. 모르겠다. 자신이라서 모르는 부분이 많다. 객관적이고 냉정하게 바라보는 사람이 얼마나 될까? 객관적으로 바라보고 평가해주는 다른 사람들 눈에 보이는 나를 물어보고 대답을 듣지 않는 한 알 수 없는 것들이 꽤 있다. 요 며칠 객관적으로 나를 바라보려고 노력했다. 주제 정하기 힘들다.

학생이 쓴 이 글을 보면 다듬기 전의 글로 생각나는 대로 쓴 글이라는 느낌이 든다. 이 글의 제재는 '자기 분석적 글쓰기'이다. 전체 요지는 "자기 분석적인 글을 쓰는 것은 어렵다. 왜냐하면 자기 자신을 알기 어렵기 때문이다" 정도일 것이다. 여러분은 이 글의 문제가 무엇이라고 생각하는가? 중간 중간 자기 생각이 불쑥 드러난다. "아. 어떻게 쓰지?"라는가 "아. 모르겠다."라는 표현이 그런 말이다. 따라서 글을 쓸 때는 중립적으로 써야 한다는 점을 인지해야 한다. 자기감정이 쉽게 노출되지 않도록 객관적으로 써야 한다는 뜻이다. (1)번 문장을 객관적으로 서술하면 다음과 같다.

자기 분석적인 글을 쓰기는 어렵다. 사람들은 자기 자신을 잘 안다고 생각하지만 의외로 모르는 부분이 많다. 거울을 비춰만 봐도 몰랐던 부분이 보인다. 과연 자기 자신을 냉정하게 객관적으로 바라볼 사람이 얼마나 될까? 객관적으로 자신을 평가해줄 사람의 도움을 받지 않으면 정말 알 수 없는 것들이 많다. 자기 분석적 글을 쓰는 것은 그만큼 어려운 일이다.

전체 문장은 6개이다. 문장도 짧아졌고, 문장과 문장의 흐름이 객관적이고 이해할 수 있게 바뀌었다. 분석적인 글이 어렵다고 한 이유를 설명하고 '정말 어렵다'는 뜻의 문장으로 마무리했다. 이처럼 글을 쓸때는 문장의 논리를 따라가야 한다. 독자는 텍스트의 문장만을 본다. 독자는 절대로 여러분의 생각을 볼 수 없다.

필자의 의식, 필자의 목소리

그렇다면 글에서 필자의 직접적인 목소리는 아예 드러나지 않아야 할까? 물론 그렇지 않을 때도 있다. 일단 전문적 칼럼이나 학술적인 글처럼 무거운 글에서는 필자의 직접적인 목소리가 드러나지 않는 것이 좋다. 필자의 목소리가 직접 드러나는 글은 주관적으로 보일 뿐만 아니라 필자가 글을 논리적으로 쓰는 데도 방해가 된다. 수필처럼 문학적인 글이 아니라면 객관적이고 중립적인 문장을 쓰는 것이 좋다. 문필가의 글 중에는 아래와 같이 '사유 의식'이 그대로 드러난 글도 있다.

> 그렇습니다. 그대여, 모든 길은 로마로 통하는 것이 아니라 모든 길은 나만의 외로운 벼랑으로 통하는 것 같습니다. 그렇습니다. 그대여, 누구에게나 업(業)이 있듯이 누구에게나 벼랑은 있는 것입니다. 벼랑이 있기에 우리는 용기를 지닙니다. 벼랑이 있기에 우리는 사랑을 꿈꿉니다. 벼랑이 있기에 우리는 처절하게 신을 찾는 것입니다.

김승희 시인의 수필 중 한 단락이다. 필자의 목소리가 그대로 들리는 듯하다. 글 전체에 필자의 의식이 두드러지게 드러나지만 문장 연결에는 문제가 없다. 일인칭 구어체라도 텍스트의 흐름에 맞춰 글을 썼기 때문이다. 어떻게 이런 글쓰기가 가능할까? 우선 이 글은 '벼랑'이라는 키워드를 통해 전체를 아우르고 있다. '벼랑'이라는 단어엔 이미 위기감이 깃들어 있는데 작가는 이 특징을 충분히 활용했다. 단어를 반복하여 사용하는 것만으로도 위기 속에 선 인간의 모습이 잘 드러난다. 게다가 각 문장은 촘촘하게 연결되고, 리듬감을 살려 독자의 공감을 얻고자 했다. 구어체라 하더라도 이처럼 문장과 문장을 잘 이어 '문장의 의미 흐름'을 만든다면 좋은 글이 될 수 있다.

반면, 텍스트 흐름을 생각하지 않고 필자의 생각을 너무 앞세운 글도 있다. 이런 글은 자연스럽지 않고 어색해 보인다. 아래 글을 보자.

> 김승연 한화그룹 회장은 쇠파이프(한화 측은 김 회장이 주먹만 휘둘렀다고 주장한다)였고, 최철원 전 M&M대표는 알루미늄 배

> 트였다. 그리고 이번엔 공업용 칼이다. 박삼구 금호아시아나그룹
> 회장의 6촌 동생인 박모 금동산업 대표가 업무 지시를 따르지 않
> 았다는 이유로 비정규직 노동자 박모 씨를 폭행하면서 공업용 칼
> 을 집어던졌다고 한다.
>
> 각설하자. 노블레스 오블리주니 사회적 책임 의식이니 하는 따
> 위의 점잖은 '훈계'는 집어치우자. 애당초 기대하지 않았다.

이 글은 일단 어법에 맞지 않는다. 문장을 보면 김승연 회장이 쇠파
이프가 되고, 최철원 대표는 알루미늄 배트가 된다. 사람이 갑자기 쇠
파이프나 알루미늄 배트가 되었다. 물론, 이 정도는 독자가 충분히 이
해할 거라고 반론을 제기할 수도 있다. 그렇지만 이는 이해의 문제가
아니다. 문자 기호를 이용하여 글을 쓴 이상 모든 문장은 어법에 맞고
표현이 정확하고 기술은 객관적이어야 한다. 위 예문처럼 거칠게 문장
을 써야 강한 느낌을 줄 수 있다고 생각하는 사람도 있겠지만 문장을
정확하게 쓰고도 내용을 강하게 할 방법은 있다. 글을 쓴 필자의 목소
리는 밑줄 친 부분에서 뚜렷이 드러난다. "각설하자. 노블레스 오블리
주니 사회적 책임 의식이니 하는 따위의 점잖은 '훈계'는 집어치우자.
애당초 기대하지 않았다." 이 사건에 대해 필자가 느끼는 분노와 감정
이 고스란히 독자에게 전달된다. 필자는 이런 감정적인 문장을 통해 독
자가 자신의 의견에 동조하기를 원하고 있다.

문어체의 글에서는 가능하면 독자에게 직접 호소하는 방식보다 사
실을 객관적으로 묘사하여 호소하는 것이 더 좋다. 독자의 공감을 얻는
데엔 설명보다 묘사가 나을 때가 더 많다. 전쟁의 참상을 사실적으로

그리면서 호소하는 것이 효과적일 때도 있지만 전쟁으로 인해 부모를 잃은 아이들의 모습을 담담하게 묘사하는 것이 더 효과적일 수도 있다. 전하고 싶은 메시지가 강력하다고 해서 필자의 목소리를 문장에 직접 드러내는 것은 좋은 방법이 아니다.

그러나 이 말을 모든 글에서 구어체적인 목소리를 없애야 한다는 것으로 받아들이면 안 된다. 구어체의 리듬은 문어체의 기반이 되기도 한다. 어떤 경우에는 구어체로 필자의 목소리를 드러내기도 한다. 주제를 효과적으로 드러내기 위한 일종의 표현 장치인데, 이런 경우에도 '문장의 내용 흐름'과 적절히 조화를 이루어야 한다. 아래 예문은 구어체를 사용하여 친구에게 말하듯이 진술한 글로 주제와 형식이 적절히 조화를 이룬다. 글을 한번 읽어보자. 그러고 나서 앞에 소개한 글과 비교해보자.

도스여, 잘 있거라

그 검은색 화면은 아직도 잊히지 않는다. 다운이네. 컴퓨터에 일가견이 있는 친구도 몇 시간의 씨름 끝에 고개를 내저었다. 용산으로 가보자. 컴퓨터 본체를 들고, 전철을 타고, 신용산역과 전자상가를 연결하는 어둑한 터널을 지나, 그 사이사이 컴을 내려놓고 담배를 피워 물던, 휴, 그때 본 하늘과 흰 구름을, 마치 윈도98의 부팅 화면과도 같았던 그 풍경을- 나는 아직도 잊지 못한다. 지우고 다시 깝시다. 지운다니, 글쎄 이 안에 정말 소중한 문서가 들어 있다니까. 어쩔 도리가 없네요, 이건 도스(MS-dos)의 문제라서.

그때 알았다. 컴퓨터 그 자체라 믿었던 윈도가 실은 하나의 프로그램에 불과하다는 것을, 윈도의 배후에 실은 도스라는, 캄캄하고 손댈 수 없는 세계가 있다는 사실을. 그럼 실질적인 운영체제는 도스란 것입니까? 그렇지요. 명령어로만 작동한다는 그 언터처블의 흑막(黑幕)을 바라보며 세 편의 습작을 날린 나는 가슴을 쳐야 했다. 도대체 원인이 뭡니까? 글쎄요, 바이러스거나 사용자의 부주의 때문이죠. 사용자의, 부주의! 포맷한 컴퓨터를 다시 구동한 것은 그로부터 사흘이 지나서였다. 이틀 내내 술이라도 마시지 않으면 견딜 수 없어서였다. 공부를 하거나 백업을 해. 친구의 충고는 얄밉도록 간단했다.

윈도를 열다가도, 그래서 종종 나는 배후의 도스가 무서웠다. 원인을 알 수 없는, 도무지 나는 손도 댈 수 없는, 문제가 생기면 내 모든 걸 포기하고 다시 시작해야만 하는─ 캄캄하고 냉혹한 도스의 세계. 파일이 어지간히 쌓여갈 때면(부지런히 백업을 하면서도) 나는 하늘에 계신 도스 아버지, 기도라도 하고 싶은 심정이었다. 어, 다운이네. 이윽고 마음이 무덤덤해진 것은 열댓 번의 다운을 경험하고 나서였다. 윈도가 열고 도스창이 뜬다 싶으면 나는 묵묵히 일상사처럼 포맷을 하기 시작했다. 커피물을 올려놓고 새 담배의 은박지를 뜯으며, 또 물끄러미 〈방귀대장 뿡뿡이〉 같은 어린이 프로라도 시청하며. 그러니까 포맷을 하시겠습니까? 예예, 예예예.

또 다운이네, 정치와 재벌과 유착과 도청이 버무려진 뉴스를 보면서 나는 중얼거린다. 이제는 묵묵히, 마치 일상사처럼. 이윽고 마음이 무덤덤해지는 이유는 여태껏 이 나라의 윈도가 다운되는 광경을 열댓 번도 넘게 보아왔기 때문이다(뭐야, 이 축소은폐의 느낌은). 엿 같은 사실은 우리가 '대한민국'이라 믿고 있는 이 윈도가 실은 하나의 프로그램에 불과하다는 것─ 실은 도스라는, 우리는 본 적도 다룰 수도 없는 운영체제가 실질적인 우리의 '대한민국'이란 사실이다. 순간 윈도가 어는 소리, 소중한 문서 몇 개가 또다시 사장되는 마음의 소리, 게양된 조기(弔旗)를 바라보는 느낌의 이 슬프고 쓸쓸한 심장 소리. 백업은 받아뒀냐? 이민 가는 친구의 얼굴에 스치는, 이 얄밉고도 실질적인 충고의 소리.

이제 도스에 계신 당신들에게 나는 할 말이 없다. 아니, 우리는 그 사실을 경험으로 그만 터득해버리고 말았다. 이것은 바이러스입니다, 불순분자 윔이 이 사회를 선동하고 있습니다, 하드에 파티션을 치지 그랬어요(지역감정으로 도한 시절 넘겼지)? 그래도 나라의 안녕을 위해, 또 사용자의 부주의란 말에 오히려 동동 발을 굴린 것은 우리였다(금까지 모아서 줬잖아). 아니, 그래서 이 순간 당신들이 알아야 할 것이 있다. 이제 우리에겐 공포가 없다는 사실이다. 이상하게도, 그것이 느껴지지 않는다. 잘 있거라 도스여, 이제 우리는 비로소 쿨 해진 느낌이다. 어, 다운이네. 그리고 묵묵히 포맷을 할 준비가 21세기의 형태 장으로 우리에게 다가왔다. 네 눈엔 내가 아직도 '한국인'으로 보이니? 어쩌면 포맷은 이미 시작된 것인지도 모르겠다. 그러니까 포맷하시겠습니까? 예예, 예예예.

_박민규(소설가)

이 글을 읽어보면 공감할 내용이 많다. 컴퓨터가 다운되어 고생한 경험을 한 독자들도 있을 것이다. 이전에 나도 필자처럼 컴퓨터 본체를 들고 용산 전자상가에 달려가본 경험이 있다. 이 글의 장점은 구어체의 설득력을 잘 살렸다는 점이다. 이 글은 친구에게 말하듯 필자의 목소리를 들려주어 주제의 설득력을 높이는 데 성공했다. 그래서 여기서 쓰인 구어체는 주제를 잘 드러내기 위한 서술적 장치다. 필자가 영리하게 구어체를 선택하여 주제와 진술 내용을 독자가 공감하도록 유도했다.

예시 글의 또 다른 장점은 적절하고 좋은 비유법을 사용한 것이다. 이 글에는 도스(MS-DOS) 운영체제가 언급된다. 지금 세대에겐 낯선 이야기지만, 80년대 초반에 컴퓨터에 입문한 세대에겐 도스 명령어가 꽤 익숙하다. 그런데 필자는 컴퓨터의 운영체제인 도스를 사람들이 감지하지 못하는 권력 체계에 비유했다. 눈에 보이지 않지만 우리 삶을 조정하고 움직이는 권력적 힘을 설명하는 데 사용했다. 이런 비유를 통해 독자들이 이해하기 쉽도록 유도했다. 다른 구어체의 글들과 달리 주제가 잘 드러나는 것은 '텍스트의 의미 흐름'이 잘 살아 있기 때문이다. 문장과 문장이 마치 서로 대화를 나누듯 의미를 형성해 독자를 설득시키는 데 성공했다.

문장을 의미적으로 연결하는 것을 '응집성(coherence)'이라고 부른다. 문장 하나하나가 잘 결합되고, 각 단락이 매끄럽게 연결되어 전체 주제를 환기해줄 때 쓰는 말이다. 응집성이 살아나려면 문장과 문장, 단락과 단락의 연결이 일관성 있게 하나의 주제를 향해 나아가야 한다. 물론, 문장을 쓸 때 맞춤법에 맞게, 또 어법에 어긋나지 않게 쓰는 것은 기본적인 조건이다. 그러나 문장을 잘 이어서 의미 흐름을 만들어내는 것, 그리고 그 문장의 흐름에 맞게 서술하는 것도 정말 중요하다. 텍스트 의식이란 이렇게 텍스트 자체가 흐름을 가지고 의미를 만들어내는 것을 말한다.

핵심 체크

1. 필자의 생각과 독자의 생각은 항상 같을 수 없다. 그 이유는 서로 문화적 맥락이나 사물을 보는 시각과 관점이 다를 수 있기 때문이다.

2. 인간은 언어를 통해 사고한다. 비고츠키는 이를 '언어적 사고'라고 불렀다. 특히 글쓰기와 같은 고차원적 활동에는 언어가 무엇보다 중요하다.

3. 생각에는 생각의 논리가 있고, 문장에는 문장의 논리가 있다. 어떤 생각을 문장으로 쓰려면 문장의 논리에 맞춰 글을 구성해야 한다.

4. 좋은 글을 쓰고자 한다면 '필자의 생각' '필자의 문장' '독자의 이해' 측면이 잘 어울릴 수 있도록 맞춰주어야 한다.

5. 글을 쓰는 데는 두 가지 의식이 작용한다. 하나는 '사유 의식'으로 주제와 내용, 글감을 생성하는 필자의 생각이나 사고를 말한다. 다른 하나는 '텍스트 의식'인데 글이 만들어지고 난 후 문장을 통해 생긴 의식을 말한다.

6. 글을 쓸 때는 가능한 한 문장에 드러난 생각의 흐름(텍스트 의식)을 따라가야 한다. 머릿속에 있는 생각의 흐름(사유 의식)을 따라가면 독자들이 이해하기 어려운 글이 되기 쉽다.

7. 문어체 글에서는 가급적 직접적인 필자의 목소리를 드러내지 않도록 한다.

실전 체크

1. 책이나 신문, 기타 간행물을 꺼내 문장을 살펴보면서 필자 생각(사유 의식)이 직접적으로 드러난 예문을 찾아서 제시해보자.

2. 체이프가 쓰기와 관련된 의식을 '의식, 표현하는 의식, 표현된 의식'으로 나누었다고 말했는데 직접 자신의 글쓰기(일기, 과제, 보고서 등)와 관련하여 이 세 가지 의식이 어떻게 작동하는지 구체적으로 서술해보자.

3. 다음은 구어체적 표현이다. 이 표현들을 문어체로 바꾸어보자.

1) 어제 친구랑 만나서 좋은 시간을 보냈지. 카페에서 커피도 마시고, 식당에서 밥도 먹었지. 아참, 영화도 봤구나.

2) 참, 사람들은 인생의 목적을 정신적인 행복을 찾는 거라고 말하지. 그래서 그런지 행복하게 살기 위한 방법을 알려준다고 말한 책들이 많더라고.

3) 예술은 문명의 꽃을 피우기 전에도 인간과 함께해왔어. 선사 시대의 동굴 변화를 보면 알 수 있어. 거기에 여러 소장품도 있고…. 그런 게 그걸 뒷받침하는 게 아닐까.

4. 다음 학생의 글에는 필자의 생각이 정리되지 않고 여러 곳에서 드러난다. 이 글을 문어체로 고쳐보자. (*문장 첨가 및 삭제 가능)

1) 주사기가 차례로 내려가고 독극물에 의해 사형되는 매튜의 눈에 어느덧 눈물이 고이는 모습을 보며, 인간이 인간을 죽일 수 있는 권한이 대체 누구에게서 부여받은 것인지 참으로 한탄스럽고 가슴이 메어진다.

2) 독일 역사 수업에 관한 이야기를 들었는데, 그 이야기를 들어보면 독일의 역사의식이 어떻게 나타나는지 알 수 있을 것 같아. 학생들은 과거 나

치의 잘못에 대해 죄책감을 느끼도록 반복하는 수업이 지겹다고들 말하곤 해. 덕분에 학생들은 과거 조상들이 행한 잘못을 알 수가 있어. 실제로 독일은 과거의 역사(나치)에 대해 반성하게 하는 역사교육을 철저하게 하고 있어.

3) 우리나라에서만 유독 나타나는 현상 중 하나는 지나친 교육열이야. 학생 스스로가 원하는 학습열이라기보다 부모가 엄청 자식의 성공을 위해 억지로 교육하는 교육열인 것 같아. 한국에 나타나는 여러 거시적 현상이 이 교육열의 영향을 많이 받고 있어. 깊이 생각해보니 그중 하나는 자식들의 공부 환경을 개선하는 것이고, 그것이 한국에서는 구체적으로 강남으로 이사 가는 양상으로도 나타났어. 근데 이러한 행동을 보면 정말 비합리적으로 보일 때가 많아.

5. 다음 단어 중 3개를 사용해 '행복' 혹은 '인생의 목표'라는 주제로 한 단락의 문장(문어체)을 작성해보자. (400자)

'기쁨' '슬픔' '외로움' '친구' '취업' '미래' '희망' '우정'

4장

기본 문형을 기억하자

필자가 말을 많이 할수록 문장은 복잡해지고,
독자의 몫인 상상과 추론의 영역이 좁아진다.

필사

소설가 신경숙의 수필집을 보면 「필사로 보낸 여름방학」이란 글이 있다. 이 글은 작가가 대학에 적응하지 못해 방황하던 시절, 여름방학에 고향의 집에서 소설책을 필사하며 보냈던 습작 시절의 이야기를 적은 것이다. 서정인의 「강」, 김승옥의 「무진기행」, 오정희의 「중국인 거리」, 윤흥길의 「장마」 등을 노트에 옮겨 적으면서 문학에 관한 경외감을 느끼게 해준 독특한 체험이었다고 이 글에서 말하고 있다.

많은 작가가 필사의 경험을 가지고 있다. 필사는 동서양을 막론하고 문학 수업과 문장 연습의 가장 좋은 방법으로 알려져 왔다. 『모비딕』을 쓴 허먼 멜빌은 셰익스피어의 작품을 수없이 필사했고, 『달과 6펜스』의 저자 서머싯 몸은 좋은 글을 쓰기 위해 다른 작가의 아름다운 문장을 베꼈다. 우리 작가 중에서도 최명희, 안도현, 정호승 등이 필사로 작가가 되기 위한 연습을 했다고 한다. 필사는 예비 문학가와 인문학도를 위한 최고의 학습법이었다.

나는 이전에는 필사에 대해 부정적이었다. 단순히 남의 작품을 베낀다고 해서 그 사람의 사상이나 문장을 배울 수 있을지 회의적이었다. 그런데 이런 생각이 최근에는 바뀌었다. 그 이유는 두 가지다. 하나는 글쓰기가 우리가 알던 것보다 훨씬 더 복잡한 인지 활동이란 점, 다른 하나는 글쓰기가 생각보다 감각에 많이 의존한다는 점이다.

그동안 많은 학자가 글을 잘 쓰는 데 필요한 여러 요소를 연구했다. 결론은 어떤 하나의 요인만 충족한다고 해서 좋은 글을 쓸 수 있는 것은 아니라는 점이다. 지식, 문장, 구성, 동기, 계획, 수정 등 쓰기의 여러 요인을 연구했지만 하나의 요인이 결정적인 영향을 가지지는 못했다. 좋은 글을 쓰는 학습은 몸 전체로 배우는 감각적인 작업과 더 흡사하다. 마치 우리가 악기를 연습하듯 내 몸에 익혀서 그 속에 생각과 정서를 담아야 한다.

그런 점에서 본다면 필사는 그 작품을 쓴 작가의 사고나 문체, 구성 전체를 습득할 수 있는 좋은 방법이 될 수 있다. 다만 아무 생각 없이 글만 베낀다면 아무런 효과가 없을 것이다. 적은 분량이라도 작품에 대해 의식하면서 분석하며 필사해야 한다. 불교에서는 경전을 필사하는 것을 사경(寫經)이라고 한다. 경전을 필사하면서 손을 통해 온몸으로 그 깊이와 경외감을 느끼는 것이다. 필사를 통한 학습은 반드시 그리해야 한다.

_정희모(연세대 교수)

필사는 힘이 세다

한국 작가들은 문장 연습을 할 때 필사로 많이 한다. 아마추어 작가로서 선배 작가의 문장을 흉내 내거나 베껴 쓰면서 공부하는 것이다. 앞장에서 말한 것처럼 문장이 언어 감각에 의존한다는 점을 감안하면 이런 필사 방법을 나쁘다고 할 수는 없다. 문장을 잘 쓰는 작가의 문체를 몸으로 터득하기만 하면 이보다 더 좋은 방법은 없을 것이다. 소설가 신경숙의 수필 중에 「필사로 보냈던 여름방학」이라는 수필이 있다. 대학에 들어가 방황하던 젊은 시절 시골에 가서 여름방학 몇 달을 꼬박 다른 작가의 작품을 노트에 베꼈다고 한다. 신경숙 작가는 그때 비로소 자신이 갈 길을 찾았다고 수필에서 말한다. 문학 작품을 필사하면서 우리는 작품을 읽을 때 느끼지 못했던 소설의 정서와 질감을 느낄 수 있고, 작가의 마음속 깊은 곳을 들여다볼 수 있다. 우리는 종종 어떤 글을 읽고 쉽게 의미를 파악했다고 말하곤 하지만 작가의 마음을 깊이 느끼는 일은 쉽지 않다. 문장을 배운다는 것은 곧 한 문장 한 문장에 담긴 작가의 숨결과 깊이를 체감하는 일이기도 하다. 이런 면에서 필사는 작가의 문체를 파악할 좋은 방법이다.

가끔 나는 학생들에게 글쓰기 공부가 피아노 학습과 유사하다는 말을 한다. 피아노를 잘 치려면 어떻게 해야 할까? 모름지기 열심히 건반을 두드리며 연습할 수밖에 없다. 천재성을 타고났다고 해도 연습은 필요하다. 이론이나 원리도 물론 배워야 하지만 그것만으로 피아노를 잘 칠 수는 없다. 머릿속의 지식들이 바로 피아노 연주 실력으로 나오는 것은 아니기 때문이다. 그래서 많은 연주가가 곡과 건반이 한 몸이 될 때까지 열심히 피아노를 쳐서 익힌다. 그래서 생각과 몸이 하나로 일체가 되는 경지에 올라야 훌륭한 연주를 하게 된다.

글쓰기 학습도 마찬가지다. 피아노 학습처럼 몸으로 익혀야 한다. 아무리 이론을 많이 배우고, 작법서를 여러 권 독파하고, 쓰기 기술을 익혀도 직접 쓰지 못하면 아무 소용이 없다. 필사는 문장을 이론이 아니라 몸으로 익히게 하는 효과를 낸다. 오랫동안 글을 베껴 쓰면서 자연스럽게 작가의 문체를 익혀 나의 감각으로 만드는 것이다.

물론 그렇다고 필사가 무조건 좋다는 뜻은 아니다. 필사에도 단점이 있다. 문장을 하나하나 옮겨 적을 때 힘도 들지만, 무엇보다 시간이 오래 걸린다. 작가 지망생처럼 글쓰기를 직업으로 삼으려는 사람에겐 이러한 연습 시간이 필요하겠지만 대다수 사람에게 필사는 시간이 오래 걸리는 문장 연습법이다. 게다가 실패할 위험성도 많다. 무작정 베껴 쓴다고 해서 내가 선택한 작가의 필체가 고스란히 내 것이 된다는 보장이 없다. 그래서 무턱대고 많이 베끼는 것보다 생각하며 베끼는 것이 중요하다. 필사하면서 작가의 내면과 생각을 엿보고, 나아가 필자가 느꼈을 세세한 감정까지 읽어내도록 노력해야 한다.

그런데 기억해야 할 것이 있다. 문장을 학습하는 초보자라면 필사도 유용하지만 그것보다 문장 보는 눈을 키우는 것이 더 필요하다는 점이다. 내가 읽고 있는 이 문장이 어떤 구조로 되어 있는지, 작가의 생각을 온전히 알 수 있는 문장인지, 표현하는 방법이 어색하지 않은지 바로 알 수가 있어야 한다. 처음에는 좋은 문장이라고 생각했는데 다시 보니 이상하다면 어떤 점이 잘못되었는지 그 원인을 찾을 수 있는 안목이 필요하다. 이렇게 문장의 기본 바탕을 알면 자기 문장의 잘못을 고칠 수 있다. 그래서 문장의 기본구조를 아는 것이 중요한 것이다.

문장의 기본구조를 익히는 것은 그렇게 어렵지 않다. 앞장(3장)에서 이야기한 것처럼 한국어 문장은 주어와 서술어 사이에 갇혀 있는 구조로 되어 있다. 따라서 그 안에 어떤 것이 들어가 있는지 살펴보면 기본 구조를 쉽게 파악할 수가 있다. 이처럼 글을 쓰는 초보자라면 무엇보다 문장 구조를 익히는 데 집중해야 한다. 다른 사람의 문장이 어떠한지, 어떤 구조인지, 자신의 문장과 비교할 때 무엇이 더 나은지 혹은 무엇이 부족한지 분석할 수 있어야 한다.

두 가지 사례

아래 예문은 학생이 쓴 글의 한 단락과 어느 소설의 한 단락이다. 문장의 어법적인 측면에서 문장이 길어지고 복잡해지는 이유를 살펴보자. 예문을 분석해보는 것은 글의 구조와 형태를 파악하기 위해 꼭 필요한 작업이다. 글의 구조를 분석하는 훈련을 하면 나의 글이 왜 쓸데없이 길어지는지, 왜 복잡해지고 혼란스러워지는지 이해할 수가 있다.

> A.　광고들에 그토록 많은 시간을 투자하는 이유에 대해 생각해 보았는가? 나는 오늘 스타벅스 커피숍에서 코코아를 먹은 후 길가를 걷다가 안내문 광고들을 받았다. 몇 초 후, 길거리에서 들려오는 가요와 함께 벽에 붙어진 포스터 광고들을 보았고, 몇 분 후, 학교 식당에서 TV 스크린 앞에 앉아 TV 광고들을 시청했다. 이처럼 다양한 광고들이 주변에 많기 때문에 광고들을 만드는 기업들은 이런 광고들을 만드는 데 많은 시간을 투자하는 이유에 대해 짧게

써보고 그런 광고들이 소비자들에게 어떤 간접적 피해를 줄 수 있을지 또한 써보려고 한다. 왜냐하면 이런 소비자들의 간접적 피해들을 미리 알아야 광고에서 비롯되는 간접적 피해들을 소비자들은 앞으로 덜 느낄 수 있기 때문일 것이다.

B.　　다래헌의 아침은 온통 연둣빛이었다. 신록을 투과하는 햇살은 푸른빛으로 변했다. 숲에서는 연신 소쩍새와 까치가 울었다. 귀를 기울이지 않아도 또록또록 들렸다. 먼 숲에서 아득히 들려오는 새소리는 귀를 모아야 했다. 뻐꾸기 울음소리였다. 법정은 뻐꾸기 울음소리를 들을 때마다 숙연해졌다. 뻐꾸기 울음소리는 인간의 소리와 닮은 데가 있었다. 법정은 방을 쓸다가 멈추었다. 벽에 등을 기댔다. 뻐꾸기 울음소리는 법정의 가슴을 먹먹하게 했다. 법정은 문득 해인사에서 막 나온 몇 년 전의 일을 떠올렸다.

　문장의 구조를 살펴보기 위해 학생 글 한 단락(A)과 소설 한 단락(B)을 각각 뽑았다. 첫 번째 A글은 전체 280자인데 문장은 5개에 불과하다. 한 문장의 길이가 대략 56자이다. 반면에 두 번째 B글은 전체 276자로 문장은 12개나 된다. 문장 당 글자 수는 23개이다. 학생의 문장이 소설의 문장보다 두 배 정도 긴 편이다.

　이렇게 학생의 문장이 길어진 이유는 무엇일까? 어법적인 측면에서 보자면 한국어 문장이 길어지는 이유는 주어와 서술어 사이에 복잡한 절(節)들을 다양하게 넣기 때문이다. 한국어 문장에서 '절'은 주어와 서술어가 포함된 하나의 의미 단위를 말한다. 예를 들어 "철수는 키가 큰 영수를 만났다"라는 문장을 보자. 여기엔 관형절이 포함되어 있다.
'철수가 영수를 만났다'라는 문장에 '영수가 키가 크다'라는 절이 안긴
절(내포절)로 들어간 것이다.

철수는 키가 큰 영수를 만났다.
= 철수가 영수를 만났다.
└ 영수는 키가 크다.

절은 독립적으로 쓰일 때도 있지만 문장에 들어가 주요 항목들을 보
충해주는 역할을 할 때가 많다. 문장을 분석해보면 한국어 문장에 절이
얼마나 많은지 확인할 수 있다.

이제 위의 두 예문에 포함된 절을 살펴보자. 학생의 예문에 복잡한
절의 양이 훨씬 많다

A 글과 B 글은 문장 길이뿐만 아니라 절의 숫자 면에서도 차이가 크
다. A 글에는 복잡한 절이 도대체 왜 이렇게 많은 것일까? 절이 이렇게
늘어나는 데 어떤 특별한 이유가 있는 것은 아닐까?

설명이 많다고 의미가 잘 전달될까

학자들은 대체로 절(節)을 하나의 의미 단위로 보곤 한다. 절에는 문
장 성분의 주요 요소인 주어와 서술어가 포함되기 때문이다(우리 문장
이 주어, 서술어로 이루어진다는 점을 기억하자). 한 문장 안에 절이 많
다는 것은 문장에 의미 단위가 많다는 뜻이다. 의미가 많다 보니 자연

스럽게 복잡해지고 문장도 길어질 수밖에 없다. 예를 한번 들어보자.

a. 나의 꿈은 의사이다.
b. 나의 꿈은 의사가 되는 것이다.
c. 나의 꿈은 병약한 사람들을 치료하는 의사이다.
d. 나의 꿈은 병약한 사람들을 치료하는 의사가 되는 것이다.
e. 나의 꿈은 몸이 약해 병에 걸린 사람들을 치료하는 의사가 되는 것이다.

우선 a 문장은 홑문장이다. 주어와 서술어만 있다. 물론 주어(꿈) 앞에 관형어('나의')가 붙어 있기는 하다. 어쨌든 짧은 문장이고 의미 전달은 쉽고 간단하다.

b 문장에는 절이 하나 들어가 있다. '~ 의사가 되는'이라는 관형절이 의존명사 '것'을 수식한다. 이 정도는 문제가 될 수 없다. '~의사이다'와 '~의사가 되는 것'은 조금 차이가 있다. '의사'는 확정 상태로서 하나의 직업을 말한 것이지만 '의사가 되는 것'은 꿈을 이루는 과정을 강조한 것이다. 그렇지만 큰 차이는 아니라서 가능하다면 그냥 '~의사이다'라고 쓰는 것도 무방하다. 사실 '의사이다'란 표현 안에 '의사가 되는 것'이 어느 정도 포함되어 있다. 이럴 때 서술 방식은 필자의 마음인데 굳이 '되는 것'을 강조하고 싶으면 b처럼 쓸 수 있다.

c 문장에는 의사를 수식하는 조금 긴 관형절('병약한 사람들을 치료하는')이 들어갔다. 당연히 관형절이 길어지면 전체 글은 a, b 문장보다 길어진다. 길이는 a, b 문장보다 조금 길어졌지만 의미를 전달하는 데에는 큰 문제가 없다.

문제는 d나 e 문장이다. 문장도 길지만 관형절이 들어간 형식이 다르다. 이것은 '관형절 안에 관형절이 들어 있는 형식'인데 학생들은 실제로 이런 문장을 많이 쓴다. 아래 예문(d 문장)을 보자. '~ 병약한 사람들을 치료하는'이 '의사'를 수식하고 '~의사가 되는'은 의존명사 '것'을 수식한다.

　　　나의 꿈은 병약한 사람들을 치료하는 ↘

　　　　　　　　　　　　　　　의사가 되는 ↘

　　　　　　　　　　　　　　　　　　　것이다.

　e 문장도 비슷하다. 관형절 안에 관형절이 들어갔다. e 문장의 형식은 d 문장보다 더 좋지 않다. 관형절이 3개나 겹쳐서 들어갔다. 이런 문장은 의미 전달은 되겠지만 문장의 모양새는 정말 좋지 않다. 이렇게 문장을 쓰게 되면 좋은 문장을 쓸 수가 없다.

　　　나의 꿈은 몸이 약해 병에 걸린 ↘

　　　　　　　　　　　　사람들을 치료하는 ↘

　　　　　　　　　　　　　　　의사가 되는 ↘

　　　　　　　　　　　　　　　　　　것이다.

　a 문장과 e 문장을 한번 비교해보자. 의미적으로 그렇게 차이가 있는가? 두 문장 모두 나의 꿈이 의사라는 것을 말하고자 한 것이 아닌가? 다만 e 문장은 의사를 수식하는 관형절을 길게 두었을 뿐이다. 그런데 의사란 당연히 병에 걸린 사람들을 치료하는 직업이기 때문에 이런 내

용을 군이 설명할 필요가 없다. 그러니 "몸이 약해 병에 걸린 사람들을 치료하는"이라는 말은 불필요한 것일 수 있다. 물론 필자가 어떤 부분을 유난히 강조하고 싶다거나 조금이라도 자세하고 상세하게 설명하고 싶어 한다면 쓸 수가 있겠지만, 실제 효과는 그렇게 크지 않다. 스티븐 킹의 말처럼 설명이 많아 문장이 길어지는 것은 독자가 이해하지 못할까 괜한 조바심을 내거나, 괜한 걱정을 앞세웠기 때문이다.

긴 절과 짧은 절

문장에 관형절이나 부사절이 너무 길게 들어가면 문장이 복잡하고 어려워진다. 흥미로운 점은 글쓰기를 배우는 학생들에게 이런 현상이 많이 나타난다는 것이다. 서두에서 다룬 예문 A의 중간에 있는 다음 문장을 한번 보자.

이처럼 다양한 광고들이 주변에 많기 때문에 광고들을 만드는 기업들은 이런 광고들을 만드는 데 많은 시간을 투자하는 이유에 대해 짧게 써보고 그런 광고들이 소비자들에게 어떤 간접적 피해를 줄 수 있을지 또한 써보려고 한다.

맙소사! 단 한 문장인데 정말 길다. 그런데 이보다 더 중요한 문제는 문장의 주어가 무엇인지 잘 모르겠다는 점이다. 기업? 나? 문장이 얽혀 있어서 주어를 정확히 알 수 없다. 우리는 대개 문장을 볼 때 제일 먼저 주어와 서술어를 찾는다. 그래야 문장의 시작과 끝, 절과 문장 성분 등을 구분해낼 수 있다. 위 문장에서 주어를 찾지 못했다면 서술어가 무엇인지 파악해야 한다.

여기서 서술어는 '써보려고 한다'이다. 서술어가 확정되었다면 이제 주어를 예상해보자. 일단 쓰고자 하는 것은 '필자'일 테니 이 문장의 주어는 '나'가 된다. 물론 '나'란 주어는 보이지 않으니 분명 생략되었을 것이다. 이번에는 주어를 넣어서 문장을 복원해보자.

이처럼 (나는) 다양한 광고들이 주변에 많기 때문에 광고들을 만드는 기업들은 이런 광고들을 만드는데 많은 시간을 투자하는 이유에 대해 짧게 써보고, (나는) 그런 광고들이 소비자들에게 어떤 간접적 피해를 줄 수 있을지 또한 써보려고 한다.

주어를 써보면 문장은 두 개이다. 하나는 기업들이 광고를 만드는 데 많은 시간을 투자하는 이유가 무언지 말해보겠다는 것이고, 다른 하나는 그 광고들이 소비자에게 피해를 줄 수 있는지에 대해 써보겠다는 것이다.

■ (나는) 다양한 광고들이 주변에 많기 때문에 광고들을 만드는 기업들은 이런 광고들을 만드는 데 많은 시간을 투자하는 이유에 대해 짧게 써보고 (싶다).

■ (나는) 그런 광고들이 소비자들에게 어떤 간접적 피해를 줄 수 있을지 또한 써보려고 한다.

이 두 문장은 연결어미 '~고'로 이어져 있다. 그런데 앞의 문장은 길고, 뒤의 문장은 상대적으로 조금 짧다. 앞의 문장은 어법에 맞지 않고, 의미도 혼란스럽다. 이렇게 문장이 긴 이유는 바로 필자의 걱정 때문에 쓸데없는 말이 덧붙은 탓이다. "다양한 광고들이 주변에 많기 때문에"라는 말은 사실 너무 뻔한 말이라 쓸 필요가 없다. 이어지는 문장과 의미상 연결되지도 않는다. "광고가 주변에 너무 많기 때문에 기업들이 광고를 만드는 데 많은 시간을 투자한다"라는 문장이 과연 논리적으로 타당할까? '광고들을 만드는 기업'이란 표현도 그냥 '기업'으로 표현하는 것이 좋다. 이 문장을 정리하면 다음과 같다.

- (나는) 기업들이 광고를 만드는 데 많은 시간을 투자하는 이유에 대해 짧게 써본다.

이렇게 간략하게 정리한 문장을 다음 문장과 이어보자. 문장을 정리하면 의미를 훨씬 빠르고 정확하게 전달할 수 있다.

- (나는) 기업들이 광고를 만드는 데 많은 시간을 투자하는 이유와 그런 광고들이 소비자들에게 어떤 피해를 줄 수 있을지에 관해 써보고자 한다.

사실 이 문장도 더 줄일 수 있으면 좋겠다. 그런데 밑줄에 있는 것처럼 긴 관형절이 들어가 있어 더는 줄이기가 쉽지 않다. A 글에서 보듯 관형절, 부사절, 명사절이 많을 때는 문장이 길어지고 어법에 맞지 않는 문장이 나올 가능성이 크다(문장 안에 있는 안긴절의 문제에 관해서는 다음 5장에서 설명한다).

　이제 A 글과 상반된 B 글을 한번 살펴보자. B 글은 정찬주 소설가가 쓴 소설 「무소유」의 한 부분이다. 법정 스님의 일대기를 소설로 쓴 것이다.

> 다래헌의 아침은 온통 연둣빛이었다. 신록을 투과하는 햇살은 푸른빛으로 변했다. 숲에서는 연신 소쩍새와 까치가 울었다. 귀를 기울이지 않아도 또록또록 들렸다. 먼 숲에서 아득히 들려오는 새소리는 귀를 모아야 했다. 뻐꾸기 울음소리였다. 법정은 뻐꾸기 울음소리를 들을 때마다 숙연해졌다. 뻐꾸기 울음소리는 인간의 소리와 닮은 데가 있었다. 법정은 방을 쓸다가 멈추었다. 벽에 등을 기댔다. 뻐꾸기 울음소리는 법정의 가슴을 먹먹하게 했다. 법정은 문득 해인사에서 막 나온 몇 년 전의 일을 떠올렸다.

　이 글의 문장들은 아주 짧고 간략하다. 그러면서도 감각적인 어휘를 많이 써서 글이 싱그럽고 아름답게 읽힌다. 한국어 문형 중에서 아주 간단한 것만 사용했지만 의미를 전달하는 데 아무런 문제가 없다.

　다래헌의 아침은 온통 연둣빛이었다.
　[관형어 + 주어 + 부사어 + 서술이]

　이 문장에는 관형어, 부사어가 있지만, 문형으로 보면 〈주어+서술어〉 구성이다. 한국어 문장 중에서 가장 간단한 형식을 취했다. 이 문

장에 등장하는 '다래헌'은 법정 스님이 젊었을 때 머물던 봉은사의 별
채이다. 스님이 머물던 당시 그곳은 지금과 달리 서울 남쪽의 변두리에
불과했다. 다래헌에서 서울로 가려면 봉은사 나루터에서 뚝섬으로 나
룻배를 타고 강을 건너야 했는데, 덕분에 숲속에 놓인 암자 같은 느낌
이 남아 있었다. 법정 스님은 이곳에 머물면서 〈불교신문〉의 주필을 맡
았다. 본문에서는 다래헌의 아침을 온통 연둣빛이라고 묘사했는데, 이
른 아침, 안개가 걷히기 전의 숲은 이런 연둣빛을 띤다.

　이 글의 필자는 많은 말을 하지 않는다. 필자가 자꾸 말을 많이 하려
고 들면 문장이 복잡해지고, 독자들이 상상하고 추론하는 맛이 떨어진
다. 따라서 필자는 연둣빛이라는 한 단어로 다래헌의 아침 풍경을 모두
설명한 것이다. 우리는 이 단어를 통해 안개 자욱한 아침의 숲 풍경을
상상할 수 있다. 다음의 문장을 보자. 역시 〈부사어+주어+서술어〉로만
되어 있는 형식이다.

　숲에서는 연신 소쩍새와 까치가 울었다.
　[부사어 + 부사어 + 주어 + 서술어]

　두 번째 문장도 아주 간략하고 단순하다. 주어와 서술어가 중심이 된
간단한 문장이다. 이렇게 주어, 부사어, 서술어만 가지고도 자기 생각
을 잘 전달할 수 있다. 소설 「무소유」에 나오는 많은 문장은 이렇게 간
략한 문장들로 되어 있다. 그러면서도 전체 내용을 알 수 있게 해주고,
또 적절한 소설 분위기를 유지하고 있다. 혹시 소설과 산문은 다르지
않으냐고 질문할 분이 있을지 모르겠다. 그러나 소설이 아니라 산문을
쓰더라도 짧게 쓰면서 효과적인 분위기를 만들 수 있다. 앞의 학생 예

문 A를 가지고 짧게 한번 정리해보자.

> 광고들에 많은 시간을 투자하는 이유를 아는가? 나는 오늘 길가를 걷다가 광고 안내문을 받았다. 그리고 벽에 붙은 포스터 광고를 보았고, 얼마 후 학교 식당에서 TV 광고를 시청했다. 이처럼 다양한 광고들이 우리 주변에 많다. 나는 기업들이 이런 광고들을 만드는 데 왜 그렇게 많은 시간을 투자하는지 그 이유를 짧게 써보고자 한다.

A 글의 앞부분을 짧게 고쳐 써보았다. 이전보다 훨씬 의미 전달이 잘 된다. 앞서 말한 대로 문장을 짧게 쓰면 이점이 많다. 어법에 틀린 문장을 쓸 위험이 줄고, 전달하려는 필자의 뜻도 보다 선명해진다. 한국어든 영어든 모든 문장에 담긴 공통된 특징이다. 영어 문장론으로 유명한 윌리엄 스트렁크의 『영어 글쓰기의 기본The elements of Style』의 목차를 보면 '불필요한 단어는 생략하라' '산만한 문장의 나열을 피하라'처럼 글을 짧게 쓸 것을 강조한 부분이 많다. 글을 짧게 쓴다고 해서 생각을 모두 전달할 수 없는 게 아니다. '한 문장에 한 생각' 원칙에 따라 생각을 나누어 전달하면 뜻은 더 분명해진다. 한국어든 영어든 불필요한 문장의 군더더기를 빼는 것이 문장 쓰기의 기본이다.

한국어의 기본 문형

이제 한국어의 기본 문형을 간단히 살펴보자. 재미없는 문법이라고 생각하지 말고 문장을 파악하는 기본 형태라고 생각하면 좋을 것 같다. 절대 외우려 하지 말고 눈으로 읽고 이해하도록 하자. 우선 한국어 기본 문형은 주어, 서술어, 목적어, 부사어, 관형어 정도만 파악하면 쉽게 이해할 수가 있다.

먼저 구어의 문제부터 시작해보자. 일상생활에서 쓰는 언어나 친구와 대화를 나눈 내용을 채록해서 살펴보면 대체로 말이 아주 짧다는 것을 알 수 있다. 주어나 목적어를 생략하여 앞뒤 문장을 가늠하기 어려운 토막말도 많다. 구어체 문형을 조사한 결과에 따르면 전체의 40~50퍼센트 정도가 완전한 문장이 아니라 토막말로 되어 있다고 한다. 주어가 생략되거나 문장의 다른 성분이 생략된 경우가 많다는 뜻이다. 빠져 있는 문장성분을 복원해보면 구어는 대개 기본 문형으로 이루어졌음을 알 수 있다. 예를 들어 〈주어+서술어〉〈주어+목적어+서술어〉와 같은 것이다.

A : 어제 수업 내용이 뭐야? (주어+서술어)
B : 전염병과 인권에 관한 것이야. (서술어)
A : 헉! 어렵겠네. (독립어+서술어)
B : 그럭저럭 들을 만해. (부사어+서술어)
A : 그럼, 나도 한번 들어볼까? (독립어+주어+부사어+서술어)

친구 두 명이 나눈 대화인데, 아주 간략하다. 완전한 문장보다 토막말이 많다. 문형도 간단해서 이해하기 쉽다. 문장의 주된 문형을 보면 대체로 〈주어+서술어〉〈주어+부사어+서술어〉 형태이다. 하지만 문어

는 그렇지 않다. 문어에는 복잡한 문형이 많다. 앞에 나온 학생의 글을
한번 분석해보자.

광고들에 그토록 많은 시간을 투자하는 이유에 대해 생각해보았는가?

(당신은) + [광고들에 그토록 많은 시간을 투자하는 이유에 대해] + 생
각해보았는가?
　　(주어)　　　　　　　　　　(부사어)　　　　　　　(서술어)

겉으로 보면 간단한 것 같지만 중간의 부사어에 해당하는 부분이 매
우 복잡하다. 왜냐하면 밑줄 친 '이유'를 수식하는 긴 관형절이 들어가
있고, 이 안에도 복잡한 문형이 포함되어 있기 때문이다.

[광고들에 + 그토록 + 많은 + 시간을 + 투자하는] 이유에 대해
　(부사어)　　(부사어)　(관형어)　(목적어)　　(서술어)

'이유'라는 명사 앞에 이를 수식하는 긴 관형절이 있다. 문장 안에 포
함된 문형도 분석해보면 좋지만 여러분은 군이 이렇게 하지 않아도 된
다. 매번 문형을 고민하면서 문장을 쓸 수는 없다. 다만 앞의 예를 통
해 확인한 것처럼 문장을 군이 복잡한 문형으로 쓸 필요가 없다는 점
을 기억하자. 간단한 문장을 쓰면 이해하기도 쉽고 쓰기도 편하다. 기
본 문형에 가깝게 문장을 쓰라고 권하는 이유이다.

기본 문형에도 유형이 있다

　문형이란 한국 문장의 기본적인 구조를 뜻한다. 한국어 문장의 기본 틀이라고 말할 수 있다. 예를 들어 "새가 날다"란 문장은 〈주어+서술어〉로 가장 기본적인 문형이다. 이렇게 간단히 문장의 문형을 분석해 문장의 어순을 살펴보고 구조를 파악해볼 수 있다. 한국어 문형을 이해하려면 학교에서 배운 문장 성분을 떠올려보면 된다. 한국어 문장 성분은 일곱 가지로 나누어진다. 주어, 목적어, 서술어, 보어, 관형어, 부사어, 독립어이다. 이 일곱 가지 문장 성분을 알아야 문형을 파악해낼 수 있다. 그렇지만 어렵다고 생각할 필요는 없다. 문장을 분석하면 자연스럽게 알 수 있다.

　앞에서 한국어 문장의 특징을 이야기했는데 기억을 되살려 다음 질문에 답해보자. 한국어 문장 성분 중에서 맨 앞에 위치하는 것은 무엇일까? 그렇다, '주어'이다. 그러면 한국어 문장에서 가장 마지막에 있는 것은 무엇일까? 답은 '서술어'이다.

　그런데, 위의 대답이 정답이 아닌 경우도 있다. 관형어는 명사 앞에서 명사를 수식해주는 역할을 한다. "새가 난다"라는 문장 앞에 '푸른'이란 말을 넣어 "푸른 새가 난다"라는 말이 가능하니 관형어가 먼저 올 수도 있다. 또 감탄사처럼 문장 앞에 독립어가 놓이기도 한다. "아. 푸른 새가 난다."라는 문장처럼 말이다. 그런데 관형어나 독립어는 필수 문장 성분이 아니다. 필수 문장 성분이란 문장을 이루는 데 반드시 있어야 하는 성분, 즉 주어, 목적어, 서술어, 보어를 말한다. 관형어나 부사어, 독립어는 부속 성분이다. 부사어는 때에 따라 필수 문장 성분이 되기도 한다.

○ 필수 문장 성분 : 주어, 목적어, 서술어, 보어

○ 부속 문장 성분 : 관형어, 부사어, 독립어

이제 한국어 문장의 기본 문형을 간단히 살펴보자. 한국어 문장의 기본 문형은 학자마다 조금씩 다르게 설명한다. 여기서는 국립국어원에서 2005년에 설정한 한국어 기본 문형을 제시한다. 국립국어원은 한국어 기본 문형을 다섯 가지로 나누었다.

1. 주어+서술어 (새가 난다.)
2. 주어+부사어+서술어 (영미가 학교에 간다.)
3. 주어+목적어+서술어 (영미는 저녁밥을 먹는다.)
4. 주어+보어+서술어 (영순이는 경찰이 되었다.)
5. 주어+목적어+부사어+서술어 (영순이는 철수를 친구로 삼았다.)

국립국어원은 한국어 문장에서 이 기본형 다섯 가지가 기준이 된다고 보았다. 한국어 문장 문형은 이 기본형을 중심으로 여러 가지로 더 분화할 수가 있다. 어떤 학자는 이 기본형에서 확대해 20~30개의 문형을 제시하기도 한다. 그러나 대체로 이 다섯 가지 기본 문형으로 많은 문장의 문형을 설명할 수가 있다. 복잡한 문형도 기본 문형에서 파생한 것이기 때문이다.

여운을 살려주는 짧은 문장

　기억해야 할 것은 기본 문형을 중심으로 글을 쓰면 짧고 쉬운 우리말 문장을 쓸 수 있다는 점이다. 다음 예문을 한번 살펴보자.

우포늪에 서서

　지난 세월은 다 어디로 가버렸을까? 그러나 경남 창녕군 우포늪에는 어린 시절 보았던 풍경들이 그대로 보존되어 있었다. 먹고 사는 일에 급급하여 다 잃어버렸던 풍광이 우포늪에는 여전히 남아 있었다. 이 얼마나 고마운 일인가!

　유년 시절의 경치를 수십 년이 지나서 다시 보게 되니까 지나간 세월이 모두 사라진 게 아니고, 그 풍광 속에 그대로 저축되어 있는 것 같은 기분이 든다. 물 옆에 사는 왕버들의 연두색 싹이 올라오는 풍경이 우포늪 봄 풍경의 압권이다.

　비발디의 〈사계(四季)〉도 봄이 제일 좋고, 요한 슈트라우스의 〈봄의 소리 왈츠〉가 주는 느낌을 연상시킨다. 나지막한 산들로 둘러싸인 우포는 이 연두색의 싹과 잔잔한 물, 그리고 중간중간에는 청둥오리가 빈둥빈둥하는 일 없이 물 위에 떠 있다. 텃새들은 수면 위를 날아다닌다. 저 새들 이름은 무엇일까? 청머리오리, 황조롱이, 논병아리, 딱새, 왜가리, 노랑부리저어새, 청다리도요 등 200여 종의 텃새와 철새들이 우포늪에 서식한다.

　우포늪은 평균 수심 2미터라고 한다. 늪 주변의 얕은 데는 1미터 정도밖에 안 된다. 밑에는 펄들이 깔려 있어서 그 펄을 딛고 수초들이 곳곳에 우거져 있다. 창포, 물억새도 있고 마름도 있었다. 마름을 삶으면 밤과 같은 맛이 난다. 모양이 소의 머리같이 생겼다. 이 마름을 줄로 꿰어서 목걸이도 만든다. 깊지 않으니까 사람이 빠져도 죽지 않을 것 같은 안도감이 든다. 깊으면 두려움을 주지만 얕으니까 오히려 경계심이 없어진다.

허(虛)한 사람이 산에 가면 산이 사람을 보듬어 주고, 열 받은 사람이 물에 가면 열을 식혀 준다. 우포늪에 와서 왜 이리 마음이 평화스러워질까 하고 생각해보니 산과 물이 융합되어 있어서이다. 허한 마음을 보듬어 주는 호생지기(好生之氣)와 열을 식혀주는 이완의 에너지가 충만해 있는 곳이다. 우포늪을 한 바퀴 도는 둘레길이 8.4킬로미터이다. 같이 걸으면서 우포늪 지킴이 노용호(55) 박사에게 한마디 했다. "당신은 복 받은 인생입니다!"

_조용헌(컬럼니스트)

우포늪은 경남 창녕에 있는 자연 늪이다. 면적이 약 70만 평으로 잠실 종합운동장의 다섯 배에 달하는 우리나라 최대 규모의 자연 늪이다. 인위적인 훼손이 없어서 많은 텃새와 철새, 야생 동물들이 찾아오는 곳이다. 둘레길이 잘 조성된 덕에 관광객들이 자연 그대로의 모습을 쉽게 즐길 수 있다.

본문에는 "어린 시절에 보았던 풍경"이 그대로 보존되어 있다고 나온다. 그러면서 우포늪의 자연적인 모습을 잘 묘사하고 있다. 왕버들이 있는 늪 주위로 여러 텃새와 철새들이 날아오르는 풍경 같은 것들이다.

이 글을 읽다 보면 가지 않아도 우포늪이 내 눈앞에 보이는 것 같다. 묘사가 뛰어난 좋은 글이다.

이 글의 문장은 대체로 홑문장이다. 문형도 매우 간단하다. 주로 주어, 서술어 중심으로 전개되고 가끔 짧은 관형절이나 부사어를 덧붙인 정도이다. 문장이 짧고 운율이 있어 읽기에 매우 좋다(운율을 느끼고 싶다면 우선 소리 내어 읽어보기를 권한다). 몇 개 문장을 예로 들어 분석해보자(각 문장의 주어, 서술어는 색을 다르게 표기했다).

○ 지난 세월은 / 다 어디로 / 가버렸을까?

[주어 + 부사어 + 서술어]

○ 경남 창녕군 우포늪에는 / 어린 시절 보았던 풍경들이 / 그대로 / 보존되어 있었다.

[부사어 + 주어부(관형어 + 주어) + 부사어 + 서술어]

○ 먹고사는 일에 급급하여 다 잃어버렸던 / 풍광이 / 우포늪에는 여전히 / 남아 있었다.

[관형절 + 주어 + 부사어 + 서술어]

이렇게 분석하는 것은 생각보다 어렵지 않다. 문장 성분만 잘 살펴보면 된다. 물론 이보다 더 세밀하고 자세하게 분석할 수도 있지만 꼭 그럴 필요는 없다. 주로 크게 상위에 있는 문장 성분만 분석하면 된다. 틀려도 된다. 문장을 쓸 때 문법이나 규칙만 가지고 쓰는 것은 아니기 때문이다. 이렇듯 문형을 살펴보며 설명하는 것은 문장을 쓰고 난 뒤에 자신의 문장을 되짚어볼 때 도움을 주기 위해서다. 글을 쓰는 순간에는 문형을 고려할 수 없겠지만 문장을 고칠 때는 얼마든지 검토해볼 수 있다. 문장을 검토하는 일도 그렇게 어렵지 않다. 우선 주어와 서술어를 확인하고, 주-술 관계를 맞추어보자. 그러고 나서 문형을 고려해보자. 이 훈련만 잘해도 여러분의 문장은 정말 좋아질 것이다.

이제 다음 문장을 보자. 짧고 간단한 문형을 사용하면 좋은 문장을 쓰는 데 도움이 된다는 사례이다.

유년 시절의 경치를 수십 년이 지나서 다시 보게 되니까 지나간 세월이 모두 사라진 게 아니고, 그 풍광 속에 그대로 저축되어 있는 것 같은 기분이 든다. 물 옆에 사는 왕버들의 연두색 싹이 올라오는 풍경이 우포늪 봄 풍경의 압권이다.

이 단락의 첫 문장은 긴 편이다. 문형을 한눈에 분석할 수 없을 정도로 복잡하다. 그러나 이 문장을 짧게 나누어보면 문장의 구조를 금방 알 수 있다. 우선 첫째 문장은 〈종속절+주절〉의 구조로 되어 있다.

유년 시절의 경치를 수십 년이 지나서 다시 보게 되니까

지나간 세월이 모두 사라진 게 아니고,

그 풍광 속에 그대로 저축되어 있는 것 같은 기분이 든다.

'~니까'는 원인이나 전제를 나타내는 종속절이다. 이 문장은 〈종속절+주절〉의 관계로 되어 있다는 뜻이다. 영어 문법을 학습할 때 〈종속절+주절〉 구조를 많이 보게 되는데, 한국어 문장도 〈종속절+주절〉의 구조를 띤 게 많다. 이유나 근거를 따질 때 흔히 종속절을 사용한다. 그런데 여기서 이렇게 긴 문장은 대개 짧은 문형의 문장으로 바꿀 수 있

다는 것을 기억해야 한다. 전체 한 문장을 기본 문형인 여러 개의 짧은 문장으로 만들면 된다. 이렇게 하면 문장은 훨씬 간략해지고 뜻은 명확해진다.

유년 시절의 경치를 수십 년이 지나서 다시 보게 되었다. 지나간 세월은 모두 사라진 게 아니었다. 그 풍광 속에 그대로 저축되어 있었다.

짧은 문장을 연결해서 쓰면 여운이 살고 의미 연결도 잘 된다. 주로 기본 문형을 사용하니 복잡하게 꼬일 일도 없다. 첫 문장을 보라. 〈(주어)+목적어+부사어+서술어〉로 되어 있다. 이렇게 문장이 짧으면 쓰기도 편하고 의미 전달이 쉬워진다. 긴 문장은 나중에 문장을 잘 쓰게 되었을 때 그때 사용해도 늦지 않다. 표현이 간명하고 뜻이 분명한 문장 쓰기를 훈련하자.

핵심 체크

1. 문장을 학습하는 초보자에게 중요한 것은 문장을 보는 눈을 키우는 것이다. 문장이 어떤 구조로 되어 있는지를 알면 좋은 문장을 만들거나 자기 문장의 잘못을 고칠 수가 있다.

2. 절(節)은 하나의 의미 단위이다. 절에는 문장 성분의 주요 요소인 주어와 서술어가 포함되어 있다.

3. 한 문장 안에 절이 많다는 것은 문장에 의미 단위가 많다는 뜻이기 때문에 자연스럽게 복잡해지고 문장이 길어질 수밖에 없다.

4. 일반적으로 관형절, 부사절, 명사절이 많을 때는 문장이 길어지고 문장 성분 간의 호응을 놓쳐 어법에 맞지 않는 문장이 나올 가능성이 높다.

5. 한국어 문장은 짧게 쓰는 것이 좋다. 우리 문장은 주요 성분이 주어와 서술어 사이에 들어가는 구조이기 때문에 문장이 너무 길면 정보를 모두 기억하기가 어렵다.

6. 한국어 문장 성분은 일곱 가지다. 주어, 목적어, 서술어, 보어, 관형어, 부사어, 독립어가 그것이다. 이 일곱 가지 문장 성분만 알면 짧은 문장은 모두 분석할 수 있다.

7. 한국어 기본 문형은 다음과 같다. 기본 문형은 문장을 구성하기 위하여 꼭 필요한 문장 성분을 활용하여 만들 수 있다. 일반적으로 부사어는 필수 성분은 아니지만, 2) 5)에 쓰이는 부사어는 문장을 구성하는 데 꼭 필요하므로 '필수 부사어'라 말하기도 한다.

  1) 주어+서술어
  2) 주어+부사어+서술어
  3) 주어+목적어+서술어
  4) 주어+보어+서술어
  5) 주어+목적어+부사어+서술어

실전 체크

1. 다음 문장을 7가지 문장 성분을 이용해 분석해보시오.

1) <u>영수는</u> <u>영희를</u> <u>정말</u> <u>좋아한다.</u>
　(　) (　) (　) (　)

2) <u>격동의 근·현대사와 압축성장은</u> <u>서울의 풍광을</u> <u>송두리째</u> <u>바꿔 놨다.</u>
　(　) 　　　　(　) 　　　　(　) 　　(　) 　　(　)

3) <u>서울시가 추천한</u> <u>도심의</u> <u>가게들을</u> <u>가보니</u> <u>정말</u> <u>음식이</u> <u>맛있었다.</u>
　　　(　) 　(　) (　) (　)(　) (　) (　)

4) <u>일반적으로</u> <u>자존심은</u> <u>주로</u> <u>자존감이 떨어졌을 때</u> <u>느끼는</u> <u>감정을</u> <u>의미한다.</u>
　(　) 　(　) 　(　) 　　(　) 　(　)(　) (　) (　)

2. 다음은 김훈 소설 「칼의 노래」의 첫 단락이다. 이 단락의 문장 2개를 일곱 가지 문장 성분을 이용해 구조 분석해보시오.

① 버려진 섬마다 꽃이 피었다. ② 꽃피는 숲에 저녁노을이 비치어, 구름처럼 부풀어 오른 섬들은 바다에 결박된 사슬을 풀고 어두워지는 수평선 너머로 흘러가는 듯싶었다. ③ 뭍으로 건너온 새들이 저무는 섬으로 돌아갈 때, 물 위에 깔린 노을은 수평선 쪽으로 몰려가서 소멸했다. ④ 저녁이면 먼 섬들이 박모(薄暮) 속으로 불려가고, 아침에 떠오르는 해가 먼 섬부터 다시 세상에 돌려보내는 것이어서, 바다에서는 늘 먼 섬이 먼저 소멸하고 먼 섬이 먼저 떠올랐다.

예시) ①<u>버려진</u>　　<u>섬마다</u>　　<u>꽃이</u>　　<u>피었다.</u>
　　　(관형어) (부사어) (주어) (서술어)

② 꽃피는 숲에 저녁노을이 비치어, 구름처럼 부풀어 오른 섬들은
( )( ) ( ) ( ) ( ) ( )

바다에 결박된 사슬을 풀고 어두워지는 수평선 너머로 흘러가는 듯싶었다.
( ) ( )( ) ( ) ( ) ( )

③ 뭍으로 건너온 새들이 저무는 섬으로 돌아갈 때,
( ) ( ) ( ) ( ) ( )( )

물 위에 깔린 노을은 수평선 쪽으로 몰려가서 소멸했다.
( )( )( ) ( ) ( ) ( )

3. 아래 예문에서 마지막 문장의 줄 친 부분에 들어갈 문장을 간략하게 작성해보시오.

기원전 그리스에서 유행했던 디오니소스 축제는 잘 알려진 대로 디오니소스, 즉 술의 신을 기리는 축제였다. 일주일 동안 지속되었던 축제에는 음악과 연극, 술과 춤이 어울려 아테네와 주변 주민들을 하나의 마음으로 묶어주었다. 술의 신(神)은 때로 광란과 도취를 불러오지만, 때로 열정과 환희를 불러오기도 한다. 술을 빌어 사람들은 소통하고, 사람들은 마음을 나누었다. 그래서 _____
_____
_____

복잡한 겹문장 처리법

좋은 글은 좋은 이미지를 만들어낸다.

어둠이 빛을 이겼을 때

몇 년 전 대학 입학을 앞둔 아들과 히말라야 트레킹을 했던 적이 있다. 하루 종일 산길을 올라가서는 전기도 욕실도 화장실도 불편한 나무집 숙소에서 잠을 자는 일정이 계속됐다. 해발 수천 미터의 베이스캠프 숙소에서 불을 끄고 잠이 들었는데, 한밤중에 아들이 다급한 목소리로 나를 흔들어 깨웠다. "엄마 엄마 아무것도 안 보여요!" (1)

응? 눈을 떠보니 정말 1센티미터 앞도 보이지 않았다. 눈을 감아도 떠도 똑같았다. 새카만 어둠이 거대한 파도나 바위처럼 바로 눈앞까지 밀려들어와 눈동자를 내리누르는 것만 같았다. 나도 겁이 났다. (2)

더듬더듬 손전등을 찾아들어 불을 밝혔다. "휴우, 갑자기 내 눈이 멀어 버린 줄만 알았어요." 놀란 마음을 달랠 겸 밖에 나가보았다. 평생 가장 가까이서 바라본 하늘, 그 하늘이 좁아 보일 정도로 빼곡히 박혀 있던 별들. 소나기처럼 시야에 쏟아지던 별빛.

그건 일생일대의 어둠과 빛이었다. (3)

생각해보니 나이 든 나도 그런 완벽한 압도적인 어둠은 한 번도 경험해보지 못했다. 하지만 짐짓 태연한 척하며 "이것이 말로만 듣던 칠흑 같은 밤인 거야"라고 알려줬다. 우리가 살고 있는 지구는 저렇게 많은 별들 중에 단 하나일 뿐이라는 것, 그 별빛은 아주 아주 먼 곳에서 왔다는 것, 그리고 "별 하나에 사랑, 별 하나에 추억…" "별이 빛나는 창공을 보고 가야만 하는 시대는 얼마나 행복했던가" 이런 구절을 읊어주기도 했던 것 같다. (4)

그날 엄마와 아들은 무엇을 배웠을까. 적어도 둘 다 정말로 눈앞이 보이지 않는 사람들이 어떤 느낌으로 살고 있는지 잠깐이라도 공감하게 됐을 것이다. 아들은 나중에 훈련소에 가서 불빛 하나 없는 산속에서 훈련을 한 뒤 "그때 겪어 보아서인지 하나도 무섭지 않더라"고 편지를 보냈다. 짙은 어둠을 겪어보게 한 경험은 효과가 있었다. (5)

얼마 전 오랜만에 지방에서 심야 버스를 타고 깊은 산속을 달리면서 그날의 어둠을 떠올렸다. 밤하늘엔 짙은 어둠이 있었고 그 하늘보다 더 짙은 산들, 그 기슭에 듬성듬성 실루엣을 만든 나무들이 제각기 다른 결의 까만색으로 모습을 드러내고 있었다. 그림 같은 눈썹달이 유일한 빛의 원료가 되어 그것들을 비추고 있었다. 무서운 줄만 알았던 어둠은 편안함이었다. (6)

버스가 도시에 도착하자마자 그 부드러운 안락함은 금세 깨져버렸다. 터미널의 요란한 네온사인과 아파트의 아래에서 위로 쏘아 올리는 조명, 빌딩의 꺼지지 않은 불빛들. 어두운 강물조차도 그대로 내버려 두지 못하고 알록달록 조명으로 치장해 놓은 다리들, 밤 벚꽃놀이마저 어느 때부터인지 하얀 꽃잎의 원래 색을 잊게 할 만큼 빨갛고 파란 불빛으로 꽃잎을 물들이고 있었다. 아늑한 어둠에 몇 시간 이완됐던 내 시야는 금세 도시의 야경에 피곤해졌다. (7)

우리는 휘황찬란한 도시의 아름다운 야경을 얻은 대신 어두워질 자유를 잃었다. 아이들에게 칠흑 같은 어둠, 별빛을 보고 길을 찾아가던 시대의 행복을 알려주는 일은 자기 직전까지 누워서 스마트폰을 밝히는 요즘으로선 아주 불가능한 일이 돼버렸다. (8)

그리고 우리는 더 이상 별을 보며 꿈을 꾸지 않는다. 태초에 어둠이 있었고 우리는 모두 캄캄한 어머니의 뱃속에서 태어났는데 말이다. '어둠은 빛을 이길 수 없다'는 정치적으로는 맞는 은유지만, 우리 눈이 원치 않는 빛이 어둠을 과하게 이긴다면 그것은 공해일 뿐이다. '불을 끄고 별을 켜자'라는 국제 밤하늘 보호협회의 구호처럼, 불을 끄더라도 도시의 빛 공해 때문에 별은 보이지 않겠지만, 오늘 밤에는 적어도 스마트폰 불빛이라도 끄고 그날의 장엄한 어둠을 마음속에 다시 그려봐야겠다. (9)

_이윤정(칼럼니스트)

끊고 나누고 줄이자

신문에서 이 글을 보고 깜짝 놀랐다. 갑자기 파로호가 훤히 내려다보이던 20년 전의 언덕 위 밤하늘이 생각났기 때문이다. 밤하늘에는 눈송이처럼 하얗게 별들이 가득 박혀 있었다. 친한 친구가 갑자기 집으로 찾아와 반강제로 나를 차에 태우고 속초로 떠났다. 국도를 따라가다가 춘천을 지나 파로호 근처의 민박집에서 짐을 풀었다. 그날 밤, 별들이 하늘에 가득 차 있었다. 마치 하늘에서 눈이 내리듯이 까만 종이에 하얀 점들이 박혀 있었다. 서울에서 볼 수 없던 그 별들은 갑자기 어디서 나타났을까? 나는 그 이후로 그런 별들을 본 적이 없다.

이 글을 읽는 동안 갑자기 그때 그 밤하늘이 떠올랐다. 그리고 글에 묘사된 상황이 선명하게 그려지기 시작했다. 글쓴이가 아들과 함께 히말라야에서 겪었던 그 밤의 기억이 충분히 상상되고 이해가 되었다. 그리고 그림처럼 이미지가 머릿속에 펼쳐졌다. 이처럼 좋은 글은 좋은 이미지를 만들어낸다. 내가 지금 문장을 읽고 있다는 생각을 잊어버리게 해준다. 문장을 읽으면서 이미지가 떠오르고 자연스럽게 이야기가 흘러갈 때 우리는 글 속에 담긴 참된 의미를 느끼게 된다. 오랜 숙련을 거친 작가들은 문장을 문장으로 쓰지 않고 이야기로, 삶으로, 생활로 쓴다. 좋은 문장은 이게 문장이란 것을 잊어버릴 때 써진다.

이 글은 전체가 8단락으로 되어 있다. 여기서 필자는 아들이랑 히말라야 트레킹에서 겪은 경험을 주된 소재로 사용했다. 이전에 내가 쓴 책에서 이런 구조를 '예화-논평' 구조라고 말했는데 최근 이런 유형의 글들이 많이 보인다. 아마 이미지를 중시하는 요즘 분위기 때문일 것이다. 이 글의 1~4, 6~7단락이 예화에 가깝다면 5, 8단락은 논평에 가깝다. 6단락은 예화와 논평이 섞여 있어 좀 애매한 상황이다. 어쨌든 이 글은 예화를 적절히 사용해 우리가 도시의 밝은 빛 속에서 미처 생각하지 못했던 삶의 성찰을 끌어내게 돕는다.

전체적으로 이 글의 문장은 크게 나무랄 데가 없다. 가끔 긴 문장이 섞여 있지만 이는 전문 필자들이 운율을 살리기 위해 사용하는 방법이다. 특히 칠흑 같은 어둠 속에서 소나기처럼 시야에 쏟아지던 별빛을 목도한 경험과 느낌을 잘 묘사하고 있어 문장이 살아 있는 듯 느껴진다. 그렇지만 굳이 고치라면 이렇게 바꾸고 싶다는 생각이 드는 곳이 있다. 먼저 첫째 단락 첫 문장을 보자.

몇 년 전 대학 입학을 앞둔 아들과 히말라야 트레킹을 했던 적이 있다.

이 문장에는 주어가 없다. 보통 칼럼이나 신문 기사에서는 주어를 생략하기도 한다. 그렇지만 첫 문장이니 주어를 넣어주는 것이 어떨까? 앞장에서 말한 대로 나는 주어, 서술어가 제자리에 자리 잡은 정문(正文)을 좋아한다. 물론 문장의 흐름상 생략하는 것이 더 좋을 때는 어쩔 수 없지만 일반적으로 그렇다는 이야기이다. 일단 주어를 넣고, 글 말미의 '했던'이라는 표현을 '한'으로 바꾸어보았다. '했던'과 '한'은 모두 과거를 나타내기 때문에 서로 호환해서 쓸 수가 있다. 문장을 간략히 정리한 것으로 봐도 좋겠다.

(a) 몇 년 전 나는 대학 입학을 앞둔 아들과 히말라야 트레킹을 한 적이 있다.
(b) 몇 년 전 대학 입학을 앞둔 아들과 히말라야 트레킹을 나는 한 적이 있다.

설명을 위해 (a), (b) 두 문장으로 나누어보았다. 우리 문장은 주어와 서술어가 중요하고, 주어와 서술어 사이에 모든 내용이 들어간다고 말했다. 이럴 때 주어는 될 수 있는 대로 앞에 오고 서술어는 맨 마지막에 가는 것이 좋다. (b)처럼 주어가 뒷자리에 있는 문장을 추천하지는 않는다(물론, 문맥 흐름이나 혹은 강조를 위해 주어가 뒷자리에 가는 수도 있다). 무엇이든 제자리를 찾아야 어울리게 보이는 법이다.

이제 둘째 문장을 보자.

하루종일 산길을 올라가서는 전기도 욕실도 화장실도 불편한 나무집 숙소에서 잠을 자는 일정이 계속됐다.

이 문장에도 주어가 없지만 여기서는 생략해도 될 것 같다. 앞 문장과 주어가 같고 앞 문장을 이어받아 진행되는 것이라서 생략해도 무방하다. 그것보다 "전기도 욕실도 화장실도 불편한"이란 부분에서 '전기도 불편한'이란 연결은 이상하니 "전기도 없고"로 서술어를 바꿔주어야 할 것 같다. "일정이 계속됐다"란 표현도 "일정을 계속했다"라는 능동형으로 바꾸는 것이 좋겠다. 우리말은 능동과 피동을 구분 없이 사용할 수 있는 말이 많다. 능동형을 사용해도 별문제가 없다면 가급적 능동형을 사용하는 것이 좋다.

하루종일 나는 산길을 올라가서는 전기도 없고 욕실도 화장실도 불편한 나무집 숙소에서 잠을 자는 일정을 계속했다.

다섯째 단락에도 중요한 부분이 있다. 바로 인용절이 들어간 부분이다. 이 장에서는 주로 절의 문제를 다룰 예정인데 그중 하나가 인용절이다. 아래 문장은 인용절이 들어가 있지만 그렇게 읽기 어려운 것 같지는 않다. 다만 문장을 짧게 끊어서 두 문장으로 나누어주면 더 이해하기 편한 글이 될 것이다.

아들은 나중에 훈련소에 가서 불빛 하나 없는 산속에서 훈련을 한 뒤 "그때 겪어보아서인지 하나도 무섭지 않더라"고 편지를 보냈다.

아들은 나중에 훈련소에 가서 불빛 하나 없는 산속에서 훈련을 했다. / 편지에 "그때 겪어 보아서인지 하나도 무섭지 않더라"고 썼다.

이제 마지막 단락을 살펴보도록 하자. 마지막 단락에는 조금 긴 문장이 있다. 맨 마지막 문장인데 문장이 길어 읽기에 호흡이 가파르고, 관형절이 이중으로 겹쳐 있어 조금 힘든 문장이 되었다. 문장을 나누어 짧게 이어주면 읽기 편하고 이해하기 쉽다. 특히 "별빛을 보고 길을 찾아가던 시대의 행복을 알려주는 일은"에서 관형절이 이중으로 사용되어 있는데 이럴 때는 문장을 나누어주는 것이 좋을 것 같다.

아이들에게 칠흑 같은 어둠, 별빛을 보고 길을 찾아가던 시대의 행복을 알려주는 일은 자기 직전까지 누워서 스마트폰을 밝히는 요즘으로선 아주 불가능한 일이 돼버렸다. (8)

칠흑 같은 어둠, 별빛을 보고 길을 찾아가던 시대는 행복했다. 아이들에게 그런 행복을 알려주는 일은 자기 직전까지 누워서 스마트폰만 보는 요즘으로선 아주 불가능한 일이 돼버렸다.

이 문장은 길고 조금 복잡하지만 이미지가 선명하게 떠올라서 이해하는 데 크게 어려움이 없다. 그렇지만 위의 예문처럼 좀 더 간략하게 바꿀 수도 있다. 그래서 문장을 두 개로 나누고 정리해 고쳐보았다(앞장에서 이야기했듯이 전문 필자의 글이기에 굳이 이렇게 고치지 않아도 되지만 이 책에서 설명한 내용과 관련해 몇 가지를 고쳐보았다).

전문적인 필자와 달리 초보자 글은 절을 복잡하게 사용하여 읽기 힘든 문장을 만드는 경우가 상당히 많다. 문법적인 내용을 모두 학습할 필요는 없지만 절의 사용과 관련해서는 반드시 기본 사항만이라도 이해할 필요가 있다. 이 장에서는 우선 홑문장(단문)과 겹문장(복문), 다섯 가지 절의 형식과 사용에 관해 간단하게 설명한다.

홑문장과 겹문장

앞장에서 한국어의 기본 문형을 살펴본 바 있다. 이번에는 복잡한 문장의 경우에 이를 어떻게 고쳐야 할지, 이렇게 복잡한 문장이 왜 만들어지는지, 이런 문장 쓰기를 피할 수 있는 방법이 있는지 강구해보자.

주로 글을 처음 써보는 미숙한 필자들은 문장을 복잡하게, 또 어법에 맞지 않게 쓰는 경우가 많다. 그것은 문장의 구조에 맞춰 글을 쓰는 것이 아니라 생각나는 대로 글감에 따라 무작정 쓰기 때문에 그렇다. 그런데 이런 문장들을 살펴보면 많은 경우 절이 복잡하게 얽히면서 생긴 문제라는 것을 알 수 있다. 그래서 한국어에서 절은 주로 어떤 형태로 쓰이는지, 복잡한 절을 품고 있는 문장과 그렇지 않은 문장 사이엔 어떤 차이점이 있는지 비교하고 이를 수정할 수 있어야 한다.

통상 문장은 '홑문장(단문)'과 '겹문장(복문)'으로 이루어진다. 주어와 서술어가 한 번만 들어가면 홑문장이고 두 번 이상 들어가면 겹문장이다. 그런데 의문이 있다. 한 문장에 주어와 서술어가 한 번 나오는 것이 정상인데 이보다 더 들어간다면 어디에 들어가야 할까? 보통 주어가 앞에 오고 서술어는 맨 마지막에 오는 것이 한국어 문장의 특성이다. 접속문이 아니라면 통상 또 다른 주어와 서술어는 전체 주어와 서술어 사이에 들어가게 된다.

주어 — [주어 + 서술어] — 서술어

이처럼 주어와 서술어 사이에 절(주어+서술어)이 들어가면 겹문장이된다. 한국어 문장에서는 통상 다섯 가지 절(명사절, 관형절, 부사절, 서술절, 인용절)이 주어와 서술어 사이에 들어갈 수 있다.

주어   [명사절]   서술어
[관형절]
[부사절]
[서술절]
[인용절]

- 명사절 : 나는 철수가 의사였음을 알았다.
- 관형절 : 나는 이웃집에 살고 있는 영희를 만났다.
- 부사절 : 영희는 소리도 없이 자리를 떠났다.
- 서술절 : 영희는 키가 크다.
- 인용절 : 영희는 나에게 내일 학교에 가겠다고 말했다.

이렇게 문장 안에 절이 들어가는 겹문장을 '내포문(안은문장)'이라고 한다. 한 문장 안에 절이 들어가게 되면 문장은 복잡해진다. 주어와 서술어 사이에 또 다른 주어와 서술어가 오기 때문이다. 우리 문장은 의미 전달을 위해 어쩔 수 없이 절을 포함하게 되는 경우가 있지만, 가급적 짧고 간략하게 사용하는 것이 더 바람직하다. 긴 절이 들어가면 문장이 복잡해져 의미 전달에 혼란이 올 수 있기 때문이다. 그래서 가급적 안긴절은 짧게 쓰자고 말하는 것이다.

그런데 겹문장에는 이런 내포문 외에 접속문도 있다. 주어와 서술어 사이에 절이 들어가는 것이 아니라 주어와 서술어 바깥에 또 다른 절이 있는 경우다. 이를 '접속문(이어진 문장)'이라고 한다. 접속문은 절 (주어+서술어)이 두 개가 이어지는 것을 말한다.

[주어 — 서술어] + [주어 — 서술어]

접속문에는 두 종류가 있다. 하나가 대등적 접속문이고, 다른 하나가 종속적 접속문이다. 대등적 접속문은 대등절을 수반하고, 종속적 접속문은 종속절을 수반한다.

    A. 철수는 극장에 가고, 영희는 도서관에 갔다.

      (대등적 접속문 : 대등절)

    B. 철수가 극장에 가니, 영희가 철수를 따라갔다.

      (종속적 접속문 : 종속절)

A와 B의 차이는 무엇일까? A를 보면 앞 문장과 뒤 문장은 서로 관련이 없다. 철수가 극장에 간 것과 영희가 도서관에 간 것은 서로 연관이 없다. 단순히 두 사실을 하나의 문장으로 연결한 것뿐이다. 이런 문장을 대등적 접속문이라고 한다.

B는 이와 다르다. B는 앞 문장과 뒤 문장이 서로 연관되어 있다. 철수가 극장에 갔기 때문에 영희가 따라갈 수 있었다. 앞 문장의 성립이 없으면 뒤의 문장이 나올 수가 없다. 이처럼 앞뒤 문장이 어떤 요인에 의해 의미적으로 연관되어 있을 때 종속적 접속문이라고 부른다.

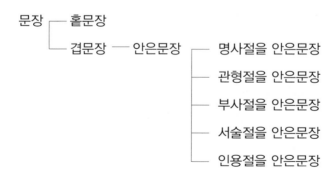

겹문장 ── 이어진 문장 ┌─ 대등하게 이어진 문장
                     └─ 종속적으로 이어진 문장

　한국어 문장은 이렇게 내포문(안은문장)과 접속문(이어진 문장)을 서로 섞어 적절하게 사용하는 경우가 많다. 복잡한 문장은 내포문과 접속문이 얽혀 있을 때 주로 나타난다.

　① 나는 학교에 가서, ② 공부를 하고 있는 철수를 만났다.

　위의 예문은 종속절·주절의 관계이다. '나는 학교에 갔다'와 '나는 공부를 하고 있는 철수를 만났다'란 두 절이 하나의 문장으로 합쳐진 것이다. 우선 ①번 서술어 '가서'는 ②절을 이어주는 연결어미이다('가다'의 어간 '가'에 연결어미 '아서'가 붙어서 만들어졌다. '아서'는 시간적 선후관계를 나타내는 연결어미이다). ②번 서술어 '만났다'는 전체 문장의 서술어이다. 그 사이에 "공부를 하고 있는"이라는 관형절이 포함되었다. 이 문장은 접속문(종속절)과 내포문(관형절)이 함께 있는 복합 문장이다.

　① 나는 학교에 가서,　(종속절)

　　　　② 공부를 하고 있는 철수를 만났다.
　　　　　　　　　　　　　　　(관형절)

　위의 문장을 보면 종속절과 안긴절이 짧고 간략해서 내용을 이해하는 데 큰 무리가 없다. 이렇게 짧은 절을 사용하면 복합문이라도 독자들이 쉽게 이해할 수가 있다.

복합 문장 나누기

다음 문장을 보자. 이 문장에는 한 문장에 서술어가 무려 다섯 개나 있다. 그리고 주-술 관계나 어법에 맞게 정리하지 않고 생각이 나는 대로 서술되어 있다.

나는 영순이가 다니다 말고 / 휴학을 하고 있는 / 정말 다니기 싫어하는 / 학교에 가 보았는데 / 정말 캠퍼스가 마음에 들지 않았다.

위의 문장을 절 단위로 나누어 그 정보 내용을 정리해보자.

나는 영희가 다니다 말고	▶	영희가 학교에 다니다 말았다.
휴학을 하고 있는	▶	영희는 휴학을 하고 있다.
정말 다니기 싫어하는	▶	영희가 학교를 다니기 싫어한다.
학교에 가 보았는데	▶	나는 영희가 다닌 학교를 가 보았다.
정말 캠퍼스가 마음에 들지 않았다.	▶	나는 그 학교의 캠퍼스가 마음에 들지 않았다.

이와 같은 다섯 개의 생각이 한 문장에 담겨 있다. 말하자면 '정보량이 많은' 문장이다. 게다가 어법에 맞게 정리되지도 않았다. 종속절과

관형절이 섞여 있고, 주술 관계도 맞지 않는다. 우선 절 단위를 세분화하여 살펴보자.

① 나는 영희가 다니다 말고 / 휴학을 하고 있는
② 정말 다니기 싫어하는 / 학교에 가 보았는데
③ 정말 캠퍼스가 마음에 들지 않았다.

이 문장의 전체 주절은 ③이다. 문장 구조로 보아 '나는 캠퍼스가 마음에 들지 않았다'가 주절의 역할을 한다. ①, ②는 종속절인데 이 안에도 이어진 문장과 안긴절이 복잡하게 얽혀 있다. 따라서 이렇게 복잡한 문장은 나누어주는 것이 좋다. 이제 이 문장을 고친 몇 가지 사례를 살펴보자. 우선 이 복잡한 문장을 두 개의 문장으로 나눈 경우이다.

(예문) 나는 영희가 다니다 말고 휴학을 하고 있는 정말 다니기 싫어하는 학교에 가 보았는데 정말 캠퍼스가 마음에 들지 않았다.

▶ A. 나는 영희가 다니다 말고 휴학을 하고 있는 학교에 가 보았다. / 캠퍼스가 정말 마음에 들지 않았다.

▶ B. 영희는 학교가 마음에 들지 않아 휴학을 했다. / 나는 영희가 다니던 학교에 가 보았는데 캠퍼스가 마음에 들지 않았다.

위의 예문은 전체 문장을 두 개로 나누어 제시한 것이다. A는 마지막 절을 분리해 두 문장으로 만들었고 B는 첫 문장을 분리해 두 문장으로 만들었다. 내용이 복잡해 원래 예문에 있는 "정말 다니기 싫어하는"은 빼도록 했다. 어쨌든 세 개의 절로 이루어진 원래 예문을 이렇게 두 문장으로 분리하면 이해하기가 훨씬 쉬워진다.

이번에는 전체 예문을 아예 세 문장으로 나누어보았다.

C. 나는 영희가 다니다 말고 휴학을 한 학교에 가 보았다. / 영희는 그 학교에 정말 다니기 싫어했다. / 내가 보기에도 그 학교의 캠퍼스는 정말 마음에 들지 않았다.

이렇게 세 문장으로 나누면 원래 예문이 가지고 있던 의미가 다 전달된다. 독자는 쉽게 이해할 수 있고, 읽는 속도도 빨라진다. 하나의 문장이 세 문장으로 바뀌면 문장은 이전보다 훨씬 좋아진다. 길고 복잡한 문장을 이처럼 나누어보는 훈련을 할 필요가 있다.

사실 글을 쓰다 보면 길고 복잡한 문장이 만들어질 때가 많다. 대체로 생각이 문장보다 앞설 때 이런 일이 생긴다. 우리 생각은 문장보다 훨씬 빨리 전개된다. 그래서 급하게 문장을 쓰게 되면 문장이 복잡해지는 것이다. 이럴 때는 차분히 문장을 읽고 독자가 어떻게 이 문장을 이해할까를 검토해보아야 한다. 그리고 문장을 나누어 간략하게 만들어 독자가 이해하기 쉽도록 써야 한다. 특히 이어진 문장(접속절)과 안긴절(내포절)이 복잡하게 얽히지 않도록 주의해서 문장을 서술해야 한다.

복합절 해결하는 방법

글을 쓰다 보면 복잡하고 어려운 문장을 작성하게 될 때가 있다. 필자의 생각이 복잡하면 표현도 자연히 복잡한 형태를 띠게 된다. 필자

스스로는 이런 글을 이해할 수 있지만 독자는 이런 글을 이해하기가 어렵다. 필자는 문장이 복잡하게 얽혀 있어도 자신의 생각을 따라 쓴 글이라서 그 의미를 충분히 이해한다. 그러나 독자의 경우엔 그렇지 못하다. 독자는 오로지 문장에만 의존해서 의미를 파악하기 때문에 복잡한 문장은 이해하지 못할 가능성이 크다. 그래서 가급적 복잡한 문장을 피해야 한다.

우리 문장이 복잡해지는 이유는 무엇일까? 가장 흔한 이유로는 문장속에 안긴절이 서로 연결되어 얽혀 있기 때문이다. 즉 서로 연결된 필자의 생각이 종속절과 대등절이라는 형식을 통해 얽히면서 그사이에 여러 안긴절까지 들어가게 되어 복잡해진다.

우리 문장에서는 주로 관형절, 부사절, 명사절, 인용절, 서술절이 안긴절로 사용된다. 그런데 이런 절들이 종속문, 혹은 대등문과 만나면 복잡해진다. 연구에 따르면 한국어 문장에서 가장 많이 사용되는 절은 '종속절(종속적으로 이어진 문장)' '대등절(대등하게 이어진 문장)' '관형절'이라고 한다. 문장이 복잡해지는 것은 주로 이 세 가지 절이 서로 복잡하게 얽히기 때문이다.

‖ **종속절 + 관형절**

철수는 열심히 공부를 해서, 좋은 대학에 갈 수 있는 성적을 거둘 수 있었다.
(관형절)

‖ **대등절 + 관형절**

철수는 시내에 있는 극장에 가고, 영희는 학교에 있는 도서관으로 갔다.
(관형절)　　　　　　　　　　　　　　　(관형절)

위 상자 안의 글을 보면 종속절과 관형절, 대등절과 관형절이 결합해 있다. 그런데 이렇게 짧고 간결하게 결합하면 문제가 없다. 하지만 이보다 더 복잡하게 얽히면 이해하기 어렵고 복잡한 문장이 된다. 아래 예문을 보자.

가짜 미 원격대학 총장 등 실형

검찰조사 결과 주범 황씨는 전남 강진 모 대학 조교수로 근무하면서 사이버대학이 돈벌이가 될 수 있다는 점과 당시 미국 캘리포니아나 괌을 중심으로 성행하던 소위 '학위제조공장(Degree Mill)'에 착안 재미교포 이씨(미국명 존 리)와 짜고 미 캘리포니아 태평양국제대를 모델로 미인가 학위를 수여하는 가짜 대학을 설립, 수강생을 모집한 것으로 드러났다.

이 글의 서술어는 아홉 개이다. 밑줄 친 서술어를 중심으로 절을 구분해보자.

① 모 대학 조교수로 근무하면서 (종속절)
② 돈벌이가 될 수 있다는 (관형절)
③ 괌을 중심으로 성행하던 (관형절)
④ '학위제조공장(Degree Mill)'에 착안(하여) (종속절)
⑤ 재미교포 이씨(미국명 존 리)와 짜고 (종속절)
⑥ 미인가 학위를 수여하는 (관형절)

⑦ 가짜 대학을 설립(하여) (종속절)

⑧ 수강생을 모집한 (관형절)

⑨ 것으로 드러났다. (주절)

이 문장에는 여러 절이 너무 복잡하게 얽혀 있다. 문장의 주술 관계도 선명하지가 않다. 자세히 보면 종속절과 관형절이 여러 차례 결합한 양상인데 의미를 대강 이해한다고 하더라도 좋은 문장이라고 말할 수는 없다. 이런 문장은 일단 고쳐서 여러 문장으로 나누어야 한다.

① 검찰조사 결과 주범 황씨는 전남 강진 모 대학 조교수로 근무하면서 사이버대학이 돈벌이가 될 수 있다는 점을 알았다고 한다.

② 당시 미국에는 캘리포니아나 괌을 중심으로 소위 '학위제조공장(Degree Mill)'이 성행했다.

③ 그는 재미교포 이씨(미국명 존 리)와 짜고, 미 캘리포니아 태평양국제대를 모델로 미인가 학위를 수여하는 가짜 대학을 설립하여 수강생을 모집했다.

이렇게 문장을 나누어주면 이해하기가 더 쉬워진다. 위에서 문장을 나눈 것을 자세히 살펴보면 사건의 시간순으로 서술되어 있다는 것을 알 수 있다. 복잡한 문장도 한국어 문형에 맞춰 간략하게 정리하고 시간순이나 논리적 흐름에 따라 정리하면 이해하기가 훨씬 쉬워진다.

안긴절의 유형 1_관형절

한국어 복합 문장은 대체로 종속절, 대등절, 관형절이 서로 복잡하게 얽혀서 이루어진다. 물론 부사절, 명사절, 인용절, 서술절도 있지만 앞의 것에 비해 많지 않다. 이 중에서 관형절은 한국어 문장의 안긴절 중에서 가장 많이 사용되는 것으로 문장을 복잡하게 만드는 주된 요인이다. 앞에서 말한 대로 관형절 속에 관형절이 들어가는 이중 관형절이 만들어질 수 있기에 특히 주의해야 한다.

이탈리아 생물학자들은 중세 과학자 갈릴레오가 "지구가 둥글다"라는 이론을 발표했던 과거 플로렌스의 명성에 걸맞은 새로운 과학이론을 제창했다.

문장은 길지만 문형은 아주 단순하다. 전체 주어는 '이탈리아 생물학자'이고 서술어는 '제창했다'이다. 문형을 보면 '주어+목적어+서술어'로 된 형태이다.

이탈리아 생물학자들은 [관형절] + 새로운 과학이론을 제창했다.
（주어）　　　　　　　　　　（목적어）　　（서술어）
중세 과학자 갈릴레오가 "지구가 둥글다"라는 이론을 발표했던
과거 플로렌스의 명성에 걸맞은

그러면, 문장이 왜 이렇게 길어졌을까. '새로운 과학이론'이라는 목적어 앞에 관형절이 길게 붙어 있기 때문이다. 문장 속 명사 앞에 나오

는 관형어나 관형절은 그 명사의 성격이나 상태, 특성을 설명해주는 기능을 한다. 여기서도 '새로운 과학이론'을 보충해주는 내용이 붙어 긴 관형절이 되었다.

중세 과학자 갈릴레오가 "지구가 둥글다"라는 이론을 발표했던 과거
플로렌스의 명성에 걸맞은
ㄴ, 새로운 과학이론

이렇게 관형절이 긴 문장은 좋지 못한 문장이다. 관형절은 우리 문장에서 가장 많이 사용되는 절이지만 중요한 점은 반드시 짧게 써야 한다는 것이다. 또 관형절 안에 관형절이 한 번 더 들어가는 중복 관형절을 사용하는 것만큼은 정말 피해야 한다.

중세 과학자 갈릴레오가 "지구가 둥글다"라는
ㄴ, 이론을 발표했던
ㄴ, 과거 플로렌스의 명성에 걸맞은
ㄴ, 새로운 과학이론

이 관형절은 전체가 '새로운 과학이론'을 수식하고 있다. 그런데 관형절 안에 전성어미가 세 개나 들어 있는 중복 형태를 띠고 있다. 이런 형태의 관형절이 들어가면 좋은 문장이 되기 힘들다. 이럴 때는 과감하게 문장을 나누거나 생략해서 짧은 관형절이 되도록 정리해주어야 한다. 다음 문장을 보자. 아예 관형절에 있는 내용을 빼서 한 문장으로 작성한 것이다. 이를 가지고 새롭게 문장을 구성하면 다음과 같다.

중세 과학자 갈릴레오가 "지구가 둥글다"라는 이론을 발표했던 과거 플로렌스의 명성에 걸맞은 + 새로운 과학이론

과거 플로렌스에서 중세 과학자 갈릴레오가 "지구가 둥글다"라는 이론을 발표한 적이 있다. / 이탈리아 생물학자들은 이런 플로렌스의 명성에 걸맞은 새로운 과학이론을 제창했다.　　　　　　　　　(관형절)

과거 플로렌스에서 중세 과학자 갈릴레오가 "지구가 둥글다"라는 이론을 발표한 적이 있다. / 이런 플로렌스의 명성에 걸맞게 이탈리아 생물학자들은 새로운 과학이론을 제창했다.　　　(관형절 대신 부사절 사용)

앞의 사례들을 보면 관형절에 관해서 두 가지 교훈을 얻을 수 있다. 하나는 관형절 안에 관형절이 들어가는 중복 형태의 문장을 피해야 한다는 것이다. 다른 하나는 관형절은 짧게 사용해야 한다는 것이다. 가급적 관형절은 4~5어절을 넘지 않는 것이 좋다. 위의 예문에서 "이런 플로렌스의 명성에 걸맞은"은 4어절이다.

안긴절의 유형 2_명사절

명사절은 주어와 술어를 가진 절이 문장에 들어가 명사와 같은 구실을 하는 것을 말한다.

나는 어제 영순이가 한국을 떠났음을 알았다.

　예문에서 "나는 ~ 알았다"라는 문장 속에 "영순이가 한국을 떠났다" 라는 명사절이 들어가 목적어 구실을 했다. 명사절을 만들려면 "-(으) ㅁ, -기"와 같은 명사형 전성어미가 붙어야 한다.

초등학생이 마라톤 전체 코스를 달리기는 어렵다.

　앞의 예는 "초등학생이 마라톤 전체 코스를 달리다."란 문장을 '-기' 를 붙여 주어로 만든 것이다. 글을 쓰다 보면 주어와 서술어가 있는 문 장 속에 명사절을 넣게 되는 경우가 있다. 이때 주의할 점은 길이를 짧 게 하고 명사절 속에 또 다른 절이 들어가지 않게 하는 것이다.

　① 영순이는 철수가 서울을 떠났음을 몰랐다.
　② 어머니는 영순이가 좋은 대학에 입학하기를 원했다.
　③ 나는 내가 인생을 잘못 살았음을 깨닫고 후회했다.
　④ 철수가 스포츠 경기에서 우승한 것은 이미 오래전 일이다.

　위의 예문에서 보듯이 명사절은 대체로 "-(으)ㅁ, -기"와 같은 전성 어미를 붙여서 만든다. ④번 예문을 보라. 이런 식의 문장은 일상생활 에서 자주 사용하는 표현인데 명사절인 것을 잘 인지하지 못한다. 많은 문장에서 볼 수 있는 '~관형사형 전성어미+것'의 형태 역시 명사절에 해당한다. ④번의 예에서 '~것'은 명사의 역할을 해서 주어로 기능했다.
　문장을 쓸 때 어쩔 수 없이 명사절을 사용해야 한다면 가급적 간단한 형태로 사용하라. 명사절이 길어지거나 다른 절과 섞여 복잡하게 되면 좋은 문장이 될 수 없다.

나는 이번 세미나를 통해 <u>학생들이 이공계를 기피하는 이유는 교육뿐만 아니라 한국 사회가 가지고 있는 구조적인 문제와 연관이 있음</u>을 알게 됐다.

전체 문장은 "나는 이번 세미나를 통해 (무엇)을 알게 됐다"라는 간단한 구조이다. '무엇'에 해당하는 곳에 "학생들이 이공계를 기피하는 이유는 교육뿐만 아니라 한국 사회가 가지고 있는 구조적인 문제와 연관이 있음"이라는 긴 명사절이 들어갔다. 이렇게 긴 명사절을 사용하는 것은 좋지 않다. 이런 경우 문장을 나누어주어야 한다.

나는 이번 세미나를 통해 학생들이 이공계를 기피하는 이유를 알게 됐다. / 그것은 교육뿐만 아니라 한국사회가 가지고 있는 구조적인 문제와 연관이 있다.

이렇게 문장을 나누어주면 큰 문제가 없다. 한국어 문장에서 명사절은 불가피하게 써야 할 경우도 있지만 가급적 피하는 것이 좋다. 문장 속에 명사절이 빈번하게 들어가면 문장이 부드럽게 리듬을 타는 것을 방해한다. 가급적 명사절을 피해 서술어 중심의 문장을 만들도록 하자.

안긴절의 유형 3_인용절

인용절은 두 가지가 있다. 하나는 '직접 인용절'이고 다른 하나는 '간접 인용절'이다. 직접 인용은 다른 사람의 말이나 생각을 문장 그대로 직접 인용하는 것이다. 이런 경우 문장에 큰따옴표를 써 자신이나 타인의 말이라는 것을 표시해주어야 한다.

영순은 "아. 봄이 왔구나"라고 속삭였다.

예문에서 문장 안에 있는 큰따옴표의 속의 말이 직접 인용이다. 직접 인용은 자신의 말이나 타인의 말을 직접 인용하여 문장에 생동감을 주고자 할 때 사용한다. 반면에 간접 인용절은 남의 말이나 자신의 생각을 직접 인용하지 않고 필자의 입장에서 재서술하는 것을 말한다. 이럴 때는 어느 정도 문장에 변화를 주어야 한다.

영순은 나직이 봄은 왔다고 말했다.

간접 인용을 할 때는 인용 부분 뒤에 '고'를 붙여 문장을 만드는 것이 일반적이다. 필요한 경우에는 부사나 다른 요소를 덧붙일 수 있다. 간접 인용의 문장은 주로 서술어가 '알다' '생각하다' '느끼다' '듣다'와 같은 서술어일 때 안긴절로 많이 쓰인다. 이때도 주의해야 할 것은 간접 인용의 부분을 짧게 처리해야 한다는 점이다. 길면 어색한 문장이 되기 쉽다.

나는 이번 시험에 좋은 성적을 얻을 수 있을 것이라고 생각했다.

나는 그가 서울에서 떠났다고 들었다.

나는 이번 승진 시험에 철수가 1등을 했다고 알고 있다.

나는 영순에게 이 집의 가격이 얼마냐고 물었다.

안긴절의 유형 4_부사절

한국어에서 부사절은 관형절 다음으로 많이 사용되는 절이다. 부사절은 문장 속에서 부사어의 기능을 하는 절을 말한다. 예를 들어 "장미꽃이 빛깔이 곱게 피었다"란 문장을 보면 '빛깔이 곱게'는 주어와 서술어가 있어 부사절로 볼 수 있다. 문장 속에 들어 있으니 안긴절로 볼 수가 있다. 부사절은 아래 예문에서 보듯 짧은 절로 사용하면 큰 문제가 없다.

장미꽃이 빛깔이 곱게 피었다.

우물물이 이가 시리게 차가웠다.

철수는 날씨가 궂어 집에 머물렀다.

아버지는 옷을 벗어 옷장에 넣었다.

우리는 날씨가 좋아 공원으로 산책을 갔다.

부사설은 대개 문장 밖으로 나가 종속절이 되기도 한다. 예를 들어 "이가 시리게 우물물이 차가웠다"나 "날씨가 궂어 철수는 집에 머물렀다"고 써도 무방하다. 그래서 종속절을 모두 부사절로 보자고 하는 논의도 있다. 이를테면 아래와 같이 부사절을 종속절로 분리할 수가 있다.

빛깔이 곱게 장미꽃이 피었다.

이가 시리게 우물물이 차가웠다.

날씨가 궂어 철수는 집에 머물렀다.

옷을 벗어 아버지는 옷장에 넣었다.

날씨가 좋아 우리는 공원으로 산책을 갔다.

이처럼 부사절은 종속절로 분리할 수 있다. 이런 문장의 변화는 앞뒤 문맥을 보며 잘 결정해야 한다. 그런데 중요한 것은 문장을 쓸 때 부사절을 짧게 사용해야 한다는 점이다. 부사절도 관형절과 마찬가지로 절 속에 다른 절이 들어가는 등 문장이 복잡해지면 좋지 않다.

복잡한 문장의 정리 작업

한국어 문장이 복잡해지는 것은 한 문장에 절을 많이 사용하기 때문이다. 종속절에다 관형절, 부사절이 함께 섞여 있으면 문장은 복잡해진다. 좋은 문장을 쓰려면 될 수 있는 대로 간단한 문형(예를 들어 주어+서술어, 주어+부사어+서술어, 주어+목적어+서술어 등)을 써서 문장을 짧게 만들어야 한다. 그리고 되도록 복잡한 절의 숫자를 줄여야 한다.

이제까지 나온 이야기를 종합하여 복잡한 문장을 간략하게 만들 수 있는 방안을 한번 정리해보자.

1. 대등하게 연결된 문장 (대등적 종속문)

▶ 절을 하나하나 홑문장으로 나눈다. 필요하면 글의 흐름에 따라 접속어를 넣을 수도 있다.

예) 영화를 본 철수는 재미있다고 평가했고, 영희는 지루해서 재미없다고 평가했으며, 영미는 그냥 평범하다고 말했다.

▶ 영화를 본 철수는 영화가 재미있다고 평가했다. 반면에 영희는 지루하다고 평가했다. (그리고) 영미는 그냥 평범하다고 말했다.

2. 복잡하게 연결된 문장 (종속절+관형절+기타 절)

▶ 절 내부를 적절히 수정하고 의미에 따라 문장을 나눈다.

예) 오늘날 우리 사회에서는 획일화된 교육으로 인해 주체적인 인간을 만들기 위한 교육의 본질이 왜곡되고 있어, 많은 학생이 주입식 교육으로 기계와 같이 수동적이고 정형화되고 있는 것이다.

▶ 오늘날 우리 사회에서는 ~ 교육의 본질이 왜곡되고 있어, (종속절) 많은 학생이 ~ 수동적이고 정형화되고 있는 것이다. (주절)

예) 오늘날 우리 사회에서는 획일화된 교육으로 인해 주체적인 인간을 만들기 위한 교육의 본질이 왜곡되고 있다. 많은 학생이 주입식 교육으로 기계와 같이 수동적이고 정형화되고 있는 것이다.

▶ 오늘날 우리 사회에서는 획일화된 교육으로 인해 교육의 본질이 왜곡되고 있다. 학생들은 주입식 교육으로 기계와 같이 수동적이고 정형화되고 있다.

3. 중복형 긴 관형절이 있는 경우

▶ 중복된 관형절을 없애고, 관형절을 4~5개 어구 미만으로 만든다.

예) 올더스 헉슬리의 『멋진 신세계』는 과학혁명 이후의 낙관적인
　　미래관을 제시하였던 다른 문학작품들이 감히 가지지 못했던
　　디스토피아적 세계관을 보여준다.

　　과학혁명 이후의 낙관적인 미래관을 제시하였던 ↘
　　　　　　　　다른 문학작품들이 감히 가지지 못했던 ↘
　　　　　　　　　　　　　　디스토피아적 세계관 ↘

▶ 올더스 헉슬리의 『멋진 신세계』는 낙관적인 미래관을 제시하였던
　　다른 작품들과는 달리 디스토피아적 세계관을 보여준다.

핵심 체크

1. 한국어 문장은 홑문장(단문)과 겹문장(복문)으로 이루어져 있다. 한 문장에 주어와 서술어만 있으면 홑문장이고, 주어와 서술어 사이에 다른 절(주어+서술어)이 들어가면 겹문장이 된다.

2. 문장 안에 절이 들어가는 겹문장을 내포문(안은문장)이라고 하고, 하나의 절과 다른 절이 이어져 있는 경우는 접속문(이어진 문장)이라고 한다.

3. 한국어 문장은 안은문장(내포문)과 이어진 문장(접속문)이 서로 섞여 있는 경우가 많다. 복잡한 문장은 안은문장과 이어진 문장이 복잡하게 얽혀 있을 때 생긴다.

4. 복잡한 한국어 문장을 정리하기 위해서는 안긴절을 줄이거나 짧게 써야 한다. 우리 문장의 안긴절로는 주로 관형절, 부사절, 명사절, 인용절, 서술절이 있는데 이런 절들이 종속문, 혹은 대등문과 섞여 있을 때 복잡해진다.

5. 관형절은 우리 문장에서 가장 많이 사용되는 절이다. 문장이 복잡해지지 않기 위해서는 짧은 관형절을 써야 한다.

6. 한국어 문장에서 가장 복잡해지는 것은 관형절 안에 관형절이 들어가는 중복 관형절을 사용하는 경우이다. 관형절 안에 관형절이 들어가는 중복 형태의 문장을 가급적 피하는 것이 좋다.

7. 명사절은 대체로 "-(으)ㅁ, -기"와 같은 전성어미를 붙여서 만든다. 명사절을 사용해야 한다면 가급적 간단한 형태로 사용하라. 명사절이 길어지거나 다른 절과 섞여 복잡하게 될 경우 좋은 문장이 될 수가 없다.

8. 인용절은 직접 인용과 간접 인용이 있다. 직접 인용은 자신의 말이나 타인의 말을 직접 인용하는 방식이며, 간접 인용은 남의 말이나 자신의 생각을 직접 인용하지 않고 필자의 입장에서 재서술하는 것을 말한다.

9. 부사절도 관형절처럼 주요한 안긴절에 속한다. 부사절을 사용할 때는 관형절처럼 짧게 사용해야 한다. 부사절 속에 다른 절이 들어가면 문장이 복잡해져서 좋지 않다.

실전 체크

1. **다음은 학생이 쓴 문장이다. 어법에 맞지 않거나 중언부언하여 복잡한 문장이 되었다. 이를 어법에 맞고 정확한 문장으로 고쳐 써보자.**

1) 다른 인간에게는 허용되지 않던 하늘을 나는 자유를 가졌던 이카루스는 그 자유를 과신하다가 죽고 만다.

2) 잘 만들어진 TV 다큐멘터리 한 편은 한 시대의 문제들에 대한 발전된 여론 형성에 도움을 준다.

3) 부당함을 이야기하는 것을 용기라고 보지 않는 이러한 너의 모습을 보면 나는 너무나도 실망스럽다.

4) 그들의 콘텐츠가 기존의 자기계발서와 차별성을 갖는 지점은 바로 그들이 전달하고자 하는 메시지를 현대인의 지친 삶에 대한 깊은 공감을 토대로 소통이라는 방식을 통하여 제시했다는 점이다.

5) 여기에 오면 한 해 평균 18회로 세계에서 가장 많은 사형이 집행되고 있는 텍사스 지역의 사형 반대 운동을 볼 수 있다. 미성년자의 경우 사형제도의 타당성에 대한 논의 제기는 해묵은 사형제도 찬반과 다르게 새롭게 보였다.

2. **다음은 학생의 글이다. 필요 없는 문장 성분을 줄여 문장을 간략히 정리해보자.**

> 그 도덕관이 나에게 적용된다면 같은 논리로 내 주위 사람들에게도 빠짐없이 적용이 되어야 하고, 그 뒤에는 내가 속한 지역, 사회, 국가 그리고 문화권 순서대로 점차 범위가 넓어지며 적용되어야 한다.

3. 아래 문장은 "운동은 건장 증진에 탁월한 효과가 있다"라는 문장을 첫 문장으로 하여 학생이 작성한 글이다. 아래 질문에 답해보자.

운동은 건강 증진에 탁월한 효과가 있다. 우선 적당량의 운동은 혈액 순환 및 심폐기능을 향상시켜 신진대사를 촉진시킨다. 그리고 기초 체력, 즉 근력, 지구력, 유연성, 순발력 등을 길러주며 질병과 노화 예방에도 큰 도움이 된다. ①또한 운동을 하면 일상생활의 스트레스가 해소되어 자연스럽게 즐거움을 느끼게 되고 삶에 대한 긍정적인 태도를 갖게 되어 정신적으로도 건강해질 수 있다. 뿐만 아니라 여럿이서 함께하는 운동은 협동심과 유대감을 함양시키고 원만한 인간관계를 맺게 하여 사회적 건강에도 도움이 된다. ②이처럼 _____
_____
_____
_____

1) ①번 문장을 군더더기를 빼고 짧게 고쳐보자.

2) 위의 전개 내용에 맞춰 ②번에 들어갈 짧은 문장을 삭성해보자.

4. 다음은 신문 기사 중의 한 문장이다. 이 문장을 간략한 문장으로 고쳐보자.

객지에서 일용직 노동자로 생활 중인 50대 남성이 아내 생일을 기념해 편지를 보내려 했지만, 우표를 구하지 못해 1000원을 동봉해 우체통에 넣었다가 우체국으로부터 감동적인 답장을 받았다는 사연이 온라인상에서 화제다.

5. 다음은 헤르만 헤세의 소설 『데미안』의 번역본에 있는 한 단락이다. 최대한 문장을 수정해서 의미가 통할 수 있도록 만들어보자.

우리들을 교회의 일원으로 만들어 주는 엄숙한 의식이라는 견신례가 다가옴에 따라 나는 약 반년간 계속된 종교 교육의 가치는 내가 그곳에서 배웠다는 데 있는 것이 아니라, 데미안과 친해져서 그 영향을 받은 데 있다는 생각을 아무래도 억누를 수가 없었다

6. 다음 말들이 충분히 이해될 수 있도록 풀어서 서술해보자. (500자)

1) 사막이 아름다운 건 어딘가에 우물을 숨기고 있기 때문이야._생텍쥐페리

2) 여성은 태어나는 것이 아니라 만들어지는 것이다._시몬 드 보부아르

6장

명사형 문장과 동사형 문장

동사는 명사와 형용사를 엮어

새로운 세계를 꾸미고 창조한다.

여기 세상을 바라보는 두 가지 관점이 있다. 그것은 명사형 사고와 동사형 사고이다. 명사형 사고를 중시하는 관점은 모든 사물이 가지고 있는 존재, 그것의 본질에 의미를 둔다. 예를 들어 눈앞에 '사과'가 하나 있고, 그 사과를 통하여 시 한 편을 쓰는 상황을 가정해보자. 우리는 사과를 오랫동안 관찰해야 할 것이다. 외형이 어떻게 다듬어져 있는지, 빛은 어떻게 굴절되는지, 그림자는 어떻게 생겼는지, 색깔은 어떤지, 어느 곳에 놓여 있는지, 어떤 과정으로 내 눈앞에 나타나게 되었는지, 온갖 상상에 공상까지 더할 것이다. 이러한 관점, 즉 사물을 중심으로 하여 그 사물이 생성된 원리와 이치를 연구하는 관점이 '명사형 사고'다.

명사는 사물의 존재 자체에 가치를 부여한다. 사물이 생성된 원리와 과정에 주목한다. 서양 철학은 그래서 존재를 규명하는 데 오랫동안 철학이라는 학문을 동원했다. 파르메니데스, 칸트, 마르크스, 니체, 하이데거와 같은 철학자는 '존재'의 의미를 깨닫기 위하여 몇 세기의 시간을 투자했다.…

반면 동사는 인간이라는 명사와 다른 명사들을 규합하고 연결한다. 동사는 명사라는 축을 지탱하기 위한 거대한 엔진이다. 이런 면에서, 명사는 대상을 설명하는 정적인 개념이라면 동사는 명사의 행동을 유발하는 측면에서 역동성을 가지고 있다. 개별적인 명사들의 가교 역할을 담당하는 것이 동사다.

　정체되어 있지 않고 계속 변화하는 에너지를 가진 것이 동사의 특성이다. 동사에는 움직임이 담겨 있다. 우리나라 말처럼 동사가 다양하게 변화하는 언어가 또 있을까? '쓰다'라는 동사를 한번 살펴보자. 기본형인 '쓰다'는 "쓸까, 쓰지, 쓰면, 써서, 쓰겠다, 쓰자, 써라, 쓰시고, 쓰시오, 쓰라, 쓰여, 쓰이다, 써지다, 썼다"와 같이 다양한 형태로 분화한다. 이런 탓으로 외국인이 한국어를 처음 배울 때 동사 때문에 애를 먹는다고 하니 충분히 이해가 간다.…

　동사형 인간은 행동을 우선한다. 한곳에 머무르는 것보다는 늘 변화하려고 노력한다. 새로운 도전을 멈추지 않고, 실패하더라도 다른 꿈을 찾아 도전한다. 반면, 명사형 인간은 내가 어떻게 살고 행동해야 할지 그것보다, 현재 나의 상태를 더 고민한다. 정체된 인간은 자신이 놓인 상태만 생각하고 어떻게 발전해야 할지 행동하지 않는다. 신중하게 판단한다는 미명하에 구체적으로 길을 찾는 행위를 소홀히 한다.

_이석현(저술가)

명사형 인간, 동사형 인간

학생들을 가르치다 보면 의외로 명사형 문장을 많이 쓰는 것을 볼 수 있다. "비싼 자동차에 대한 욕심을 가짐보다는 실용적인 것을 사용함이 현명할 것으로 간주된다"와 같은 문장이다. "비싼 자동차에 욕심 내지 말고, 실용적인 자동차를 사용하는 것이 현명하다" 정도로 쓰면 좋을 텐데, 명사형 문장을 만들어 오히려 이상해졌다.

위의 인용문에 나오듯 우리는 사물을 명사적, 혹은 동사적으로 파악할 수 있다. 명사적으로 판단하는 것은 사건을 어떤 개념이나 혹은 하나의 완성된 단위로 해석하는 것이다. 그래서 의미가 중심 내용으로 수렴되고 압축되는 경향이 있다. 이에 반해 어떤 것이 이루어지기까지의 절차나 과정은 생략되기 쉽다. 예를 한번 들어보자.

영수의 A대학교 수석 입학
영수는 열심히 노력하여 A대학교에 수석으로 입학했다.

먼저 첫 번째 명사구는 영수가 A대학교에 수석 입학했다는 결과를 말해준다. 이 명사구는 영수의 대단한 성취를 나타내지만 수석으로 입학하기까지의 과정은 설명하지 않는다. 이를테면 이 명사구는 하나의 완성된 결과로서 영수의 수석 입학을 보여줄 뿐이다. 그래서 그가 수석으로 입학하기까지 얼마나 노력했는지, 그 과정이 얼마나 힘들었는지, 그리고 여러 역경을 얼마나 잘 극복했는지에 관한 이야기들은 지워지고, 생략된다. 명사형은 과정을 지우고 결과를 사실화한다.

반면에 두 번째 문장은 사건을 동적으로 파악하여 결과에 이르는 과정을 보여준다. 영수가 A대학교에 수석 입학하게 된 것은 자신이 열심히 노력했기 때문이라는 사실을 제시하여 결과만 제시되는 명사형 문장의 단점을 보완해준다. 게다가 문장을 동사적으로 파악하면 사건이 진행의 과정에 있다는 것을 이해하는 데도 도움이 된다. 움직임이 강화되어 문장도 활력을 얻는다. 굳이 개념이나 명제를 설명하는 어려운 내용이 아니라면 동적인 문장을 사용하는 것이 좋다.

국가 경제의 위기 상황은 다음과 같다. 첫째는 계속되는 물가 상승과 이에 따른 생활고 압박이다. 둘째는 빈부 격차와 계층 간의 갈등 심화이다. 셋째는 부정부패 만연과 사회 가치관 붕괴이다.

위의 문장에는 명사형이 세 군데나 있다. 학생들은 이런 문장을 매우 자연스럽게 많이 쓴다. 그러나 한국어는 서술어의 언어이므로 이 같은 명사형 문장들은 익숙하지가 않다. 문장이 좀 더 자연스럽게 흘러가기를 원한다면 서술형을 사용하자. 위 문장은 다음과 같이 쓸 수 있다. 두 문장의 차이가 느껴지는가?

국가 경제가 다음과 같은 상황 때문에 위태롭다. 첫째는 계속 물가가 상승하여 서민들의 생활이 어려워졌고, 둘째는 빈부 격차와 계층 간의 갈등이 심해졌다. 셋째는 부정부패가 만연하여 사회적 가치관이 무너졌다.

고친 문장은 주로 서술형으로 바꾼 것이다. 명사형으로 되어 있는 문장을 서술형으로 바꾸면 문장이 조금 부드러워진다. 다만 명사형의 문장을 어느 수준까지 서술형으로 바꾸어주어야 할지는 필자가 문맥을 보고 판단해야 한다. 아울러 '명사+이다'나 '명사+하다'로 만든 서술어의 경우 이를 더 풀어야 할지, 풀지 말아야 할지도 필자가 판단해야 한다. 위의 문장의 경우, '상승하여'는 '올라'로 '만연하여'는 '널리 퍼져'로 바꿀 수 있다.

상승하여 ▶ 올라
만연하여 ▶ 널리 퍼져

학생들이 이렇게 명사형 문장을 많이 사용하는 이유는 무엇일까? 주입식 교육을 받으며 사건이나 사물을 개념적으로, 또 규정적으로 파악하도록 길든 탓이 아닐까? 또 하나, 한국어 문장에 침투한 영어 문장의 영향도 있을 것이다.

앞에서도 설명했지만 영어는 문장에 명사형을 유난히 많이 사용한다. 흔히 말하듯 한국어는 서술어를 중시하고 영어는 명사를 중시한다. 영어는 명사구를 사용해 여러 의미를 만들어내는 데 뛰어나다. 부정사나 관계절, 의문사, 동명사 등이 모두 다양한 명사구의 역할을 맡는다. 예를 들면 이런 식이다.

I like to learn English.
= 나는 영어를 배우는 것을 좋아한다.

I know that she sings a song very well.

= 나는 그녀가 노래를 잘 부른다는 것을 안다.

What I heard last night was shocking.

= 내가 지난밤 들었던 것은 놀라웠다.

I like getting up early in the morning.

= 나는 매일 아침 일찍 일어나는 것을 좋아한다.

위의 영어 문장을 보면 부정사나 관계절, 의문사, 동명사 등이 우리말로 옮겨지면 손쉽게 명사절로 바뀐다. 그런데 이렇게 번역된 명사절 문장이 우리 문장에 썩 어울리지 않는다. 대부분 "~것"이라는 명사절의 형태를 취하게 되기 때문이다.

영어는 지적이고 관념적인 담론에서 명사로 연결된 어구가 참으로 많다. 그런데 이것을 그대로 한국어로 번역해 놓으면 도저히 우리의 언어 감각으로는 받아들일 수 없고, 영어의 구조를 잘 아는 사람이 아니면 이해하기도 힘든 말이 되어 버린다. "구드런의 타인에 대한 냉담성은 심리적 왜곡성에 기인한다."는 문장은 명사를 우리말의 동사나 형용사로 풀어서 "구드런이 타인에 대해 냉담한 것은 그녀가 심리적으로 왜곡되어 있기 때문이다."로 "그의 경험은 그의 자아에 아무런 보탬이 되지 않았다."는 "그는 풍부한 경험을 쌓았는데도 더 훌륭한 성격의 소유자가 되지 못했다."나 "그는 다양한 경험의 소유자이지만 확고한 자아를 수립하지 못했다."는 식으로 풀어서 써야 한다.

인용문에서 말한 '구드런의 타인에 대한 냉담성'이나 '심리적 왜곡성'은 영어에서는 분명 명사구였을 것이다. 영어에 있는 명사구를 그대로 옮겨놓으니 "구드런의 타인에 대한 냉담성은 심리적 왜곡성에 기인한다"와 같은 문장이 만들어진 것이다. 앞에서도 거듭 강조했지만 우리말은 서술어 중심이므로 서술어를 잘 살려서 써야 한다. 그것이 좋은 문장을 쓰는 첩경이다. 자기도 모르는 사이 명사절이나 명사구를 쓰고 있다면, 일단 서술어로 부드럽게 바꾸는 연습을 해야 한다.

명사형 문장을 서술형으로 바꾸기

명사형 문장에는 몇 가지 유형이 있다. 이 유형들을 기억해두면 좋은 문장을 쓰는 데 도움이 된다. 한 가지 유의해야 할 것은 문장은 맥락에 따라 달라지기 때문에 아래 내용을 예외 없는 법칙처럼 여겨서는 안 된다는 점이다. 앞뒤 문장의 전개에 따라 때로 명사형이 필요할 경우도 있을 것이다. 그러므로 전체 문장의 맥락을 보고 고칠 것은 고치고 그냥 두어야 할 것은 남겨두어야 한다.

1. 복합 명사구의 형태 : 풀어서 사용하기
복합 명사구의 형태로 된 문장은 가급적 서술어 형태로 바꿔주는 것이 좋다.

경제 발전의 걸림돌은 국가 경제의 균형 발전 미비와 소득 불평등 격차 심화이다. (명사구)

▶ 경제 발전의 걸림돌은 국가 경제에서 균형 발전이 부족한 점과 소득 불평등의 격차가 커지고 있다는 점이다.

의료 시장 개방 추진은 한국 의료 보험 제도의 안착을 방해하는 중요한 요인이 되고 있다.

▶ 의료 시장을 개방하려고 추진하는 일은 한국 의료 보험 제도를 안착하려는 것을 방해하는 중요한 요인이 되고 있다.

▶ 의료 시장의 개방은 한국 의료 보험이 제도적으로 안착하는 데 방해가 된다.

2. '명사 + 이다' : 주-술 관계 따져보기

명사에 '이다'를 붙여서 서술어를 만들 수 있다. 명사에 '이다'나 '하다'를 붙여 서술어로 쓸 수 있지만 어색해지는 경우도 많으니 조심해야 한다. 특히 명사 앞에 긴 관형절이 오거나 주-술 관계가 맞지 않을 때 이를 사용하지 말아야 한다.

그런 이야기가 틀렸다는 소문이다. (명사+이다)

▶ 그런 이야기가 틀렸다는 소문이 있다.

* 이 문장은 주어가 없어 어색하다. 주어와 서술어를 살려 '소문이 있다'로 고쳤다.

의기소침하게 집에 있기보다 밖에 나가 활발히 운동하는 것이 낫지 않
겠냐는 생각이다. (명사+이다)

- ▶ 나는 의기소침하게 집에 있기보다 밖에 나가 활발히 운동하는 것
  이 낫다고 생각한다.
- ▶ 나는 의기소침하게 집에 있지 않고 밖으로 나가 활발히 운동하는
  것이 더 낫다고 생각했다.

* 명사 '생각' 앞에 긴 관형절이 붙어 어색하다. 이를 고쳐 '명사+이다'의
  문장을 서술어형으로 바꾸었다.

3. 분열문 형태 : 주의해서 사용하기

분열문은 어떤 부분을 강조하기 위해 어순을 바꿔 강조하는 문장을
말한다. 예를 들어 "철수는 서점에서 추리소설을 샀다"란 문장에서 '추
리소설'을 강조하고 싶다면 "철수가 서점에서 산 것은 추리소설이다"
라는 식으로 바꾸는 것이다. 분열문에는 '~ 것'이란 명사절을 흔히 사
용한다. 그런데 이런 명사절이 길게 나오면 한국어 어순의 균형이 무너
질 수가 있다. 주어가 길어지고 서술어가 짧아지기 때문이다. 주어부가
길어지고 서술부가 짧아지면 우리 문장은 균형을 잃는다. 특별한 경우
가 아니라면 분열문보다 정문(正文)을 사용하는 것이 좋다.

영희는 더위를 피해 백화점으로 들어갔다.
- ▶ 영희가 더위를 피해 들어간 곳은 백화점이다. (백화점 강조)

영희는 라틴 음악을 좋아한다.
- ▶ 영희가 좋아하는 것은 라틴 음악이다. (라틴 음악 강조)

● 분열문 풀어주기

사회에 나가 열심히 노력해서 성공하는 것이 인생 목표다. (명사+이다, 분열문)

> ▶ 나의 인생 목표는 사회에 나가 열심히 노력해서 성공하는 것이다.

* '명사+이다'와 분열문 형태가 함께 섞여 있는 문장이다. '것' 앞에 긴 관형절이 있고 주어, 서술어가 뒤에 있는 형태 자체가 비균형적이다.

우리가 제일 걱정하고 두려워하는 것은 우리 팀의 패배이다.

> ▶ 우리는 우리 팀의 패배를 걱정하고 두려워한다.

* 역시 분열문과 '명사+이다'의 형태가 만난 문장이다. 물론 이런 식으로 쓸 수도 있지만 평서문 형태로 사용하는 것이 더 좋다.

4. 명사절 : 서술어로 풀어주기

한국어는 서술어 중심의 언어이다. 문장을 쓸 때 불가피한 경우가 아니라면 명사형 형태가 나오지 않도록 주의해야 한다. 한국어 문장에서 명사절을 만드는 기본적인 방법은 주로 명사형 전성어미 '~기'나 '~음'을 사용하는 것이다. 이런 표현을 풀어서 쓰면 서술어 중심의 문장이 된다.

나는 열심히 노력하고 최선을 다하면 고난을 극복할 수 있음을 믿고 있다.

> ▶ 나는 열심히 노력하고 최선을 다하면 고난을 극복할 수 있다고 믿고 있다.

> ▶ 나는 열심히 노력하고 최선을 다한다. 그러면 고난을 극복할 수

있다고 믿고 있다.

설명회를 너무 길게 진행함으로써 사람들의 원성을 샀다.

▶ 설명회를 너무 길게 진행하여 사람들의 원성을 샀다.

격려를 하기보다는 비난만 퍼부었다.

▶격려를 하지 않고 비난만 퍼부었다.

명사형 문장을 고치면서 주의해야 할 점은 주어와 서술어가 중심이 되는 한국어 어순이다. 우리말은 주어가 앞에 오고 서술어가 마지막에 오는 것이 가장 자연스럽다. 명사절이 긴 문장은 때때로 주어와 서술어의 균형을 허물어 어색한 문장을 만든다. 특히 '～것'으로 끝나는 명사절에서 그런 경우가 많다.

일반적으로 경비를 절감한다고 무조건 절약할 것을 강조하는 것은 바람직하지 않다.

위의 문장에서 주어는 '것'이다. '것' 앞에 긴 관형절이 붙어 명사절이 되어 이 문장의 주어가 되었다(분열문 형태). 서술어는 '바람직하지 않다'이다. 이 문장처럼 주어 앞에 긴 관형절이 붙고, 주어의 위치가 문장의 뒤에 있는 것은 좋지 않다. 한국어 문장은 주어가 앞에 오고 서술어가 마지막에 오는 것이 좋다. 주어가 뒤에 있는 문장을 썼다면 주어가 앞에 오도록 수정하는 것이 바람직하다.

일반적으로 경비를 절감한다고 무조건 절약할 것을 강조하는 것은 바람직하지 않다.
> ▶ 많은 회사가 경비를 절감한다고 무작정 절약할 것을 강조한다. 이런 방식은 긍정적인 결과보다 부정적인 결과를 얻을 때가 많다.

동사는 힘이 세다

동사의 힘

케네스 코치의 시(詩)에 문장에 관한 다음과 같은 구절이 있다.

어느 날 길에 모인 명사들
형용사 하나가 지나간다,
짙은 아름다움을 간직한 여인
명사는 충격과 감동으로 변화를 겪는다.
이튿날, 동사가 이를 몰아 문장을 창조한다.

문장 형성에 관한 흥미로운 통찰을 담고 있는 시다. 명사는 주로 사물이나 사람의 이름을 가리키는 말이다. 나무, 돌, 사랑, 우정, 철수, 교사 모두 대상을 규정하고 이름 짓는 말이다. 먼 옛날 호모사피엔스가 사물에 처음 이름 붙일 때 아마 명사부터 시작했을 것이다. 사물에 이름이 붙으면 세상은 활기를 띠고 의미를 얻게 된다.

명사가 재료라면, 형용사는 재료를 꾸미는 장식품이다. 시(詩)에서 보듯 그것은 '짙은 아름다움을 간직한 여인'이다. 명사의 모양, 색깔을 자세하게 설명하거나 꾸며주기 때문이다. 영어와 달리 한국어는 형용사만으로 서술어 기능을 한다. 그렇지만 능동·피동, 진행형과 같은 움직임의 기능이 없어 쇼윈도의 여인처럼 우리는 그 상태만을 먼발치에서 볼 수만 있을 뿐이다. 그래서 형용사는 우리 마음과 관계한다. '예쁘고 사랑스러운' 연인도 다투거나 마음먹기에 따라 쉽게 '밉고, 추악한' 사람이 된다.

'짙고 아름다운 여인'이 생명을 부여받기 위해서는 동사가 필요하다. 스탠리 피쉬는 고립된 단어에 연을 맺어 세상을 창조하는 힘을 가진 것은 동사라고 말한다. 명사는 세상을 명명하지만 고립되어 스스로 변화하지 못한다. 형용사는 때로 아름답고, 때로 추하지만 멀리서 상태를 설명할 뿐 홀로 움직이지 못한다. 동사는 이런 명사와 형용사를 엮어 새로운 세계를 꾸미고 창조한다. "짙고 아름다운 여인이 울고 있다."거나 "그런 그 여인을 사랑한다." 혹은 "그 여인과 이별했다."라는 문장이 동사로 인해 구성되고 마침내 이야기가 만들어진다. 이야기가 기쁠지 슬플지는 동사가 엮어내는 자신의 모습과 요구되는 논항들에 달려있다.

동사에 관한 책을 쓴 어떤 이는 동사를 음식으로 치면 육수나 양념에 해당한다고 말했다. 나는 양념보다는 육수에 가깝다고 본다. 싱싱한 재료가 있어도 육수가 없다면 음식 맛을 낼 수가 없다. 잔치국수만 보더라도 아무리 좋은 면을 쓰고 적당한 고명을 얹어도 육수가 제 역할을 못 하면 맛을 내지 못한다. 육수는 음식을 음식으로 존재하게 하는 본바탕이다. 동사가 그러하다. 마지막으로 음식에 불을 때고 간을 맞추는 일은 필자의 몫이라는 것을 잊지 말자.

_정희모(연세대 교수)

이 글을 읽어보면 문장을 구성하는 명사, 형용사, 동사에 관해 흥미로운 내용을 알 수 있다. 우선 명사부터 생각해보자. 태고에 인류가 처음 언어를 배웠을 때 그 언어는 아마 명사였을 것이다. 명사는 사물을 지칭하는 기능을 가지고 있기 때문이다. 문화사에서 최초의 언어를 언급할 때 자주 등장하는 것이 호모사피엔스이다. 약 5~7만 년 전의 유럽에서는 당시 원주민이었던 네안데르탈인과 새롭게 등장한 호모사피엔스 간에 생존 경쟁이 치열했다. 호모사피엔스는 경쟁에 승리해서 인류의 조상이 되었다. 전문가들은 호모사피엔스가 인류의 조상이 된 이유를 언어 사용 능력에 있다고 본다. 네안데르탈인보다 몸집이 왜소하고 사냥 실력은 뒤졌지만, 호모사피엔스는 언어를 통해 사실과 허구를 표현하고 상상과 상징을 사용해 문화적 활동을 할 수가 있었다. 당연히 생존 경쟁에서 유리한 것은 호모사피엔스였다.

호모사피엔스가 사용한 첫 언어는 앞서 말한 대로 사물을 지칭하는 명사였을 것이다. 험난한 자연환경 속에서 살아남기 위해 사물에 이름을 부여하고 주위의 동물을 명명하면서 생존 방식을 익혔을 것이다. 구석기 시대 유물인 알타미라 동굴벽화나 라스코 동굴벽화를 보면 자연물과 동물에 관한 그림이 많다. 예를 들어 들소, 사슴, 사자와 같은 동물이나 산, 들, 강과 같은 자연물이 주를 이룬다. 이들은 실제 생활하면서 부딪칠 수밖에 없는 대상들이다. 호모사피엔스는 이런 대상에 이름을 붙이고 그들과의 관계를 인식하면서 함께 생존하는 방식을 터득했다. 그리고 이런 삶의 방식을 통해 사물에 관한 인식과 의식을 키워나갔다.

문법적으로 보더라도 명사에는 이런 특성이 분명하다. 문법에서 명사는 사물의 이름을 지칭하는 말로 대상을 한정하고 규정하는 역할을 맡는다. 자연물이나 사람 이름, 사물의 명칭 등이 이에 해당한다. 물론 눈으로 볼 수 있는 것만 명사라는 뜻은 아니다. 직접 보거나 만질 수 없어도 사람이 상상할 수 있는 개념은 당연히 명사가 될 수 있다. 사랑, 정의, 꿈 등이 바로 그런 것들이다. 명사는 고정되어 있어 주어나 목적어가 될 수 있지만 서술어는 될 수 없다.

형용사는 아마 명사가 만들어지고 난 후에 만들어졌을 것이다. 명사가 있어야 형용사가 제 기능을 발휘할 수 있기 때문이다. 형용사는 주로 사물의 성질이나 상태, 속성을 설명하는 데 사용된다. 형용사는 수식어로 명사를 꾸며주거나, 서술어로 명사(주어)를 설명하는 데 사용된다. 예를 들면 '푸른 하늘'로 수식어가 되기도 하고 '하늘이 푸르나'처럼 서술어가 되기도 한다. 형용사 '푸르다'는 하늘의 상태를 설명한다. 주어인 '하늘'이 어떤 상태나 모습인지 설명하는 것이다. 이처럼 형용사는 수식어든 서술어든 사물의 성질이나 상태를 설명해준다.

우리말에서 형용사의 중요한 기능 중 하나로 꼽는 것이 서술어 기능이다. 바로 이 점이 영어와 다르다. 우리말에서 형용사는 서술어 기능을 할 수 있지만 영어에서는 서술어 기능을 할 수가 없다. "She is pretty"나 "She is beautiful"이라는 문장에서 보듯 영어는 형용사 단독으로 서술어 기능을 하지 못한다. 영어 문장의 형용사는 반드시 Be 동사의 도움을 받아야만 주어의 상태를 설명할 수 있다. 이런 점에서 볼 때 한국어의 형용사는 기능이 다양하고 의미의 폭도 넓다.

동사의 주요 기능

우리가 이 장에서 중심적으로 살펴볼 것은 동사이다. 다시 강조하지만 우리 문장에서는 동사가 가장 중요하다. 동사에 따라 문장의 구조가 결정되거나 의미가 형성되기 때문이다. 동사의 구조는 잠시 후에 다루기로 하고 먼저 동사가 가진 기능을 한두 가지 살펴보자. 우리는 흔히 "한국말은 끝까지 들어봐야 안다"고 말한다. 문장의 끝에 나오는 동사가 어미변화를 일으켜 뜻이 달라지는 경우가 허다하기 때문이다.

가) 학교에 가기로 말하지 않았다.
나) 맛있는 자장면을 먹었니?
다) 비가 내리고 있다.
라) 어제 빵을 먹었다.

네 가지 모두 어미변화에 따라 다른 상황을 설명하고 있다. 가)는 부정을 나타낸다. 나)는 의문문을 나타낸다. 감탄문이나 명령문도 동사의 어미를 봐야 알 수 있다. 다)는 진행형을 나타낸다. 라)는 과거를 나타낸다. 이처럼 우리 문장은 동사의 어미에 따라 뜻과 상황이 달라진다. 이 책에서는 시제나 상(완료형, 진행형)에 관한 문법적 설명을 자세히 하지 않기로 한다. 자세히 안다고 해서 문장을 잘 쓰는 것은 아니기 때문이다. 통상 모국어를 사용하는 사람은 문법적 사항을 몰라도 좋은 문장을 쓰는 데 크게 지장을 받지 않는다. 다만 우리가 알아야 할 것은 우리 문장에서 동사(서술어)가 중요하다는 것, 그리고 동사가 여러 다양한 기능을 맡고 있다는 점이다. 그런 기능을 표시하면 다음과 같다.

‖ **먹다.**

먹 – 는다. (종결어미)

었다. (과거시제)

으시다. (존칭)

게 하다. (사동)

게 되다. (피동)

지 아니하다. (부정)

고 있다. (진행)

었다. (완료)

이보다 더 많은 예가 있지만, 동사의 어미 활용이란 측면에서 이 정도를 제시할 수 있다. 실제로 문장을 쓸 때 동사의 어미만 살짝 바꾸어도 전체 문장이 달라지곤 한다. 그만큼 한국어 문장에서는 동사가 중요하다. 그런데 동사의 중요성은 이런 문법적인 기능에만 한정되지 않는다. 동사는 문장을 움직이게 하고 현장의 감정과 실감을 만들어낸다. 앞에서 명사는 움직이지 못한다고 말했다. 어떤 사물의 이름이나 명칭에 불과하기 때문이다. 동사는 이런 사물을 살아 움직이게 하여 생생한 이야기를 만들어낸다.

앞에서 나는 동사(서술어)의 주요한 기능 중 하나가 문장의 구조를 결정짓는 것이라고 이야기했다. 여러분이 학교에서 문법을 조금이라도 배웠다면 두 자리 서술어, 세 자리 서술어라는 말을 기억할 것이다.

가) 철수는 영희에게 책을 주었다. (철수, 영희에게, 책을)

나) 철수는 빵을 먹었다. (철수, 빵)

다) 비행기가 난다. (비행기)

가)에서 '주었다'라는 동사는 '철수' '영희에게' '책을'이라는 세 자리를 요구한다. 다시 말해 '주었다'라는 동사를 사용하면 '누가' '누구에게' '무엇을'이라는 요소를 요구하게 된다는 것이다. 이런 동사(수여동사)는 주어는 물론 목적어와 부사어를 요구한다. 반면에 나)의 '먹었다'는 무엇을 먹었는지 요구하니 '철수'와 '빵'만 있으면 된다. 주어와 목적어, 두 자리를 요구한다. 다)의 '난다'는 자동사로 주어 '비행기'만을 요구하니 한 자리 서술어이다. 이런 현상에서 보듯이 어떤 동사(서술어)가 오느냐에 따라 문장의 성분이 달라지고 문장의 구조도 바뀌게 된다. 동사는 우리 문장에서 서술어로서의 역할뿐만 아니라 문장 구조에 중요한 역할을 담당한다.

가) 철수는 영희에게 책을 주었다. (세 자리 서술어)

나) 철수는 빵을 먹었다. (두 자리 서술어)

다) 비행기가 난다. (한 자리 서술어)

이 장에서 여러분이 기억해야 할 것은 동사가 서술어로서 굉장히 중요한 기능을 한다는 것, 그리고 동사를 중심에 두고 문장을 사용하면 좋다는 점이다. 문장의 마무리(서술어)를 동사 위주로 사용하면 전체 문장이 활기차게 되며 생동감도 얻을 수 있다.

앞에서 명사는 움직이지 못한다고 말했다. 어떤 사물의 이름이나 명칭에 불과하다고 이야기했다. 동사는 이런 사물이나 명칭이 살아 움직일 수 있도록 도와주고 이에 관한 이야기를 만든다. 예를 들어보자. 우리말에서는 동사만이 시제와 상(相, 진행형, 완료형 등)을 나타낼 수 있는데 이것은 동사가 직접 사건의 현장성과 진행성을 드러내기 때문이다. '(느)ㄴ'와 같은 어미는 현장성이나 진행성을 의미하는 것으로 형용사에는 붙을 수 없지만 동사에는 붙는다. '먹는다'(동사)는 가능하지만 '좋는다'(형용사)는 불가능하다. 이 역시 동사가 움직임을 드러내기에 가능한 일이다.

한국어는 동사를 사용해 현장성 있는 사건의 흐름을 서술해주는 것을 좋아한다. 한국어에서 명사나 형용사에 '~하다'를 붙여 동사형을 만드는 것이 이런 특성과 연관이 있다. 예를 들어 명사 '확대' '축소'에 '~하다'를 붙이면 '확대하다' '축소하다'처럼 동사의 형태가 되고, 형용사 '예쁘다' '좋다'에 '~하다'를 붙이면 '예뻐하다' '좋아하다'처럼 동사가 된다. 대상의 특성이나 상태를 묘사하는 데서 한발 더 나아가 단어에 움직임을 부여하면서 이야기를 만들어내게 된다.

지하도를 건너 그녀는 더 걷는다. 셔터가 내려진 상점들과, 막 불을 끄고 셔터를 내리는 상점들을 지나쳐 걷는다. 화장실 앞에서 가망 없는 싸움이 붙는 인사불성의 취객들을 지나쳐 걷는다. 길디긴 소화관 같은 지하도를 끝까지 통과한 뒤 어두운 거리로 뱉어져 나온다. 신호등이 작동되지 않는, 주황색 점멸등만 깜빡거리는 위험한 보도를 건넌다. 수십 대의 승용차들이 캄캄한 공용 주차장에 소리 없이 웅크리고 있는, 인적이 없어 마치 폐허 같은 거리를 지난다. 다시 나타나는 살풍경한 번화가를 지난다. 가난하고 시끄러운 선술집들을 지난다. 차도 중앙까지 걸어 나가 위태하게 택시를 잡는 취객들을 지난다. 그녀와 야비하게 시선을 맞추는 번들거리는 눈들, 동공이 풀린 무관심한 눈들을 지난다.

소설가 한강의 작품에 나오는 한 장면이다. 장면 전개가 빠르고, 급박한 호흡과 함께 인물의 불안한 심리가 잘 드러난다. 문장을 보면 유사한 단어를 반복하고 짧고 긴 문장을 리듬감 있게 사용해 문장 전개가 인물의 심리와 일치하도록 만들었다. 특히 '걷는다'와 '지난다'를 반복적으로 사용해 인물이 도로를 급박하게 걸어가는 장면과 불안한 내면 심리를 같이 보여주었다. 동사는 문장을 앞으로 나아가게 하고 이야기를 만든다. 그래서 어떤 품사보다 동사가 중요한 것이다. 아울러 동사는 인물의 심리 상태와 형태를 드러내기도 한다. 앞서 말한 대로 시제와 존칭, 긍정/부정, 완료 등 여러 어미를 통해 행위의 형태를 지정해준다.

우리의 상상력을 최대한 동원하여 라스코 동굴벽화가 그려졌다고 추정되는 1만 7300여 년 전으로 돌아가보자. 2000여 개의 동물과 인간과 추상적 상징으로 구성된 동굴벽화의 세계가 지금 우리가 사용하는 언어와 별 차이가 없다고 느껴지면, 언어가 처음 탄생되던 7만 년 전으로 타임머신의 방향을 돌려보자.

수많은 사물로 둘러싸여 있는 사피엔스 동물이 이들을 어떻게 불러야 할지 당황하는 모습을 떠올릴 수 있다면, 우리는 언어가 탄생하는 황홀한 순간을 느낄 수 있다. 네안데르탈인과 호모사피엔스를 연구한 어느 책에서 이 순간을 묘사한 문장이 여전히 선명하다. "어느 순간 갑자기 세계가 우리에게 말을 걸어오기 시작했다. 인간은 사물에 '이름'을 붙임으로써 이 요청에 응답하기 시작한 것이다." (중략) 물론, 유인원과 원숭이 같은 영장류도 목소리를 사용하는 언어를 갖고 있으며, 벌이나 개미 그리고 돌고래도 언어를 구사한다. 그러나 호모사피엔스의 언어는 그 어떤 동물의 언어보다 더 유연하다. 우리는 제한된 소리와 기호를 연결해 각각 다른 의미를 가진 무한한 문장을 만들 수 있다. 우리는 세계에 대한 막대한 정보를 얻고 저장하고 소통하면서 자신만의 이야기를 만들어낸다. 우리가 사물에 이름을 붙이기 시작하면서 세계는 이제 '단순히 쐐쐐 거리고 윙윙거리는 소리의 세계'와 '의미 있는 소리의 세계'로 분화된다.

위의 글은 이진우 교수의 철학책 속에 있는 한 구절이다. 비트겐슈타인을 다룬 항목의 세 단락을 예시로 들었다. 이 글에서 동사가 얼마나 많이 사용되었는지 살펴보기 바란다. 여러 동사가 형태를 바꿔 사용되었다. 한국어는 서술어가 중요하다고 말했는데 서술어 중에서도 가장 많이 사용되는 것이 바로 동사이다. 동사를 많이 사용하면 문장은 활기를 띤다. 동사는 문장을 진행시키고 이야기를 완성한다.

그런데 위의 글을 자세히 살펴보면 동사의 모양이 제각각 다르다. 서술어로 문장의 종결 형태를 사용하기도 했고, 동사 끝에 연결어미를 사용해 앞 문장과 뒤 문장을 이어서 사용하기도 했으며, 동사 끝에 전성어미(은/는)를 붙여 관형절을 이끌기도 했다. 이처럼 동사가 문장 끝에서 문장을 마무리하는 방식은 세 가지이다. 위의 첫 문장을 보자.

우리의 상상력을 최대한 동원하여 라스코 동굴벽화가 그려졌다고 추정되는 1만 7300여 년 전으로 돌아가보자.

여기에 동사는 4개가 있다. 각자 쓰임새가 다르니 우선 그것을 구분해보자.

동원하 + 여(연결어미)
그려졌다 + 고(인용조사)
　　　추정되 + 는(관형사형어미)
　　　돌아가 + 보자(종결어미)
　　　걸어오 + 기(명사형어미)

'동원하여'에는 앞 문장과 뒤 문장을 연결하는 연결어미(-여)가 붙어 있다. '그려졌다고'는 '그려졌다'라는 동사에 '고'라는 인용격 조사가 붙었다. '추정되는'은 동사에 관형사형 전성어미를 붙여 관형절을 만들었다. '돌아가보자'는 '돌아가다'라는 동사에 '보다'라는 보조동사와 청유형의 종결어미 '-자'가 붙은 것이다. '걸어오기'는 동사에 명사형 전성어미 '기'가 붙은 것이다.

이런 내용은 좀 어려우니 다 알 필요가 없다. 다만 동사는 서술어로 문장을 끝내거나 동사 끝에 연결어미를 붙여 두 문장을 이어주기도 하고, 관형사형이나 명사형 전성어미가 붙어 관형절, 명사절로 쓰인다는 것만 알아두자.

동사 + (-ㄴ다) : 종결어미

동사 + (고, 며, 어서/아서 등) : 연결어미

동사 + (ㄴ은/는, 기) : 관형사, 명사형 전성어미

우리가 주목할 것은 종결 형태와 연결 형태이다. 관형절은 안긴절이기 때문에 길게 쓰면 문장이 복잡해진다고 앞장에서 설명한 바 있다. 문장을 빠르게 전개하고 읽기 편하게 만들려면 동사를 서술어로 사용해 문장을 끝내거나 아니면 이어진 문장으로 두 문장을 연결하면 된다.

마지막 단락의 두 문장을 살펴보자.

물론, 유인원과 원숭이 같은 영장류도 목소리를 ① 사용하는 언어를 ② 갖고 있으며, 벌이나 개미 그리고 돌고래도 언어를 ③ 구사한다. 그러나 호모사피엔스의 언어는 그 어떤 동물의 언어보다 더 ④ 유연하다.

여기서 ①은 관형사형으로 사용되었고 ②는 연결형으로 ③, ④는 종결 형태로 사용되었다. 우리가 관심을 두는 것은 연결형과 종결 형태이다. ②는 연결어미를 사용해 두 문장을 연결했고, ③과 ④는 종결어미를 써서 문장을 마무리했다. 동사를 사용할 때는 이처럼 종결 형태와 연결형을 사용하는 것이 좋고, 안긴절로 관형절이나 인용절, 명사절로 사용하는 것은 가급적 지양하는 것이 좋다. 다음 장에서는 문장의 종결 형태와 연결어미를 사용하는 것에 관해 간단히 살펴보도록 하겠다.

‖ 좋은 문장을 쓰는 규칙

1. 기본 문형을 사용하되 짧게 쓴다.
2. 안긴절(내포절)을 쓰지 말고 이어진 문장을 사용한다.
3. 안긴절(내포절)을 사용할 때는 가급적 짧게 사용한다.
4. 가급적 서술어로 동사를 많이 사용한다.
5. 동사는 종결 형태나 연결형 위주로 사용한다.

핵심 체크

1. 우리는 사물을 명사적, 혹은 동사적으로 파악할 수 있다. 명사적으로 파악하는 것은 사건을 어떤 개념이나, 하나의 완성 단위로 해석하는 것이다. 사물을 명사적으로 파악하면 의미가 수렴되고 압축된다. 반면에 어떤 것이 이루어지기까지 절차나 과정은 생략되거나 약화하기 쉽다.

2. 학생들이 명사형의 문장을 많이 사용하는 이유는 어떤 사물이나 사건을 개념적으로, 또 규정적으로 파악하고자 하는 학습 습관 때문이라고 말할 수 있다. 아울러 명사형을 즐겨 사용하는 영어 문장의 영향도 있을 것으로 생각된다.

3. 영어는 명사구를 사용해 많은 의미를 만든다. 부정사나 관계절, 의문사, 동명사 등이 모두 명사구의 역할을 하면서 의미를 생성한다. 영어의 명사구나 명사절은 우리말로 옮길 때 명사절로 많이 바뀐다.

4. 한국어 명사형 문장으로는 '복합 명사구' '명사+이다' '분열문' '명사절'의 형태가 있다. 좋은 문장을 쓰기 위해서는 가능한 한 명사형의 문장은 서술어형으로 바꾸어 사용하는 것이 좋다.

5. 한국어는 서술어 중심의 언어이다. 가급적 명사형의 문장보다 서술어형의 문장을 사용하는 것이 좋다. 한국어 문장에서 명사구나 명사절로 된 문장은 이를 풀어서 서술어 중심의 문장, 특히 동사형의 문장으로 서술한다.

6. 동사의 주요한 기능 중 하나가 문장의 구조를 결정짓는 역할을 한다. 두 자리 서술어, 세 자리 서술어 등에서 보듯이 어떤 동사가 오느냐에 따라 문장의 성분이 달라지고 문장의 구조도 바뀌게 된다.

7. 한국어 문장에서 서술어는 '동사' '형용사' '명사+이다'이다. 이 중에서 동사를 문장의 서술어로 사용하면 문장이 활기차고 생동감이 느껴진다.

8. 동사를 사용할 때는 종결 형태나 연결 형태를 사용하는 것이 좋다. 관형절이나 부사절, 명사절을 길게 사용하면 문장이 복잡해질 가능성이 커진다.

9. 이 장에서 좋은 문장을 사용하는 규칙을 정리하면 다음과 같다. 첫째, 기본 문형을 사용하되 짧게 쓴다. 둘째, 안긴절(내포절)이 길게 들어간 것보다는 이어진 문장을 사용한다. 셋째, 안긴절(내포절)을 사용할 때는 가급적 짧게 사용한다. 넷째, 가능한 한 서술어로 동사를 많이 사용한다. 다섯째, 동사는 종결 형태나 연결 형태 위주로 사용한다.

실전 체크

1. 아래 문장은 명사형이 두드러지는 문장이다. 이를 풀어서 고쳐보자.

1) 철수는 우연히 서울시 9급 지방 공무원 채용 공고를 보게 되어 이에 응시했다.

2) D램 전 세계 공급률은 99년 94% 2000년 90%로 공급 부족 심화가 확대될 것이라고 예측했다.

3) 물 수급 불균형 과다 지역에 대해서는 중수도시설의 설치를 의무화하도록 했다.

4) 아파트 관리의 투명성과 신뢰성 확보를 위해 정부는 새로운 법안 설립 추진을 실행하기로 했다.

2. 다음 문장들 속에는 명사형의 문장이나 분열문의 문장이 들어가 있다. 이를 서술형으로 바꿔 고쳐 써보자.

1) 계약 취소는 사업 실패이다.

2) 우리나라에서 가장 오래되고 유명한 절은 불국사이다.

3) 철수가 대학 시험에 실패하고 방황하였던 것은 나약한 성품 때문이다.

4) 많은 청소년이 독서보다 게임과 영상매체를 더 선호하는 것이 지금 현실이다.

5) 도시 기반 시설의 낙후함이 어제오늘의 일이 아닌데 정부는 손을 놓고 있다.

6) 공장 설비 폐쇄로 인해 근로자 휴가 연장이 불가피하다.

7) 편지를 쓰는 것보다 마주하여 대화를 나누는 것이 더 좋지 않겠냐는 생각이다.

3. 다음 문장이 편하게 전달될 수 있도록 부드럽게 고쳐보자(전문성보다 전달성에 더 중점을 둘 것).

관념론은 현실세계 존재 사물보다 인간의 의식 내에 존재하는 관념을 중시하는 입장으로, 인간을 자율적인 이성의 소유자로 파악함으로써 인간의 주체로서 간주하지만 유물론은 사물이 인간의 의식 밖에 독립적으로 존재하여 인간 의식에 영향을 미치고 있으며, 인간 이성이 인간 의식 밖 사물에 의해 지배받게 된다고 주장한다.

4. 다음 문장을 보다 쉽게 이해할 수 있도록 고쳐보자.

소비가 타자를 향한 자기표현의 한 방식일 때, 소비는 온전히 자신의 욕망에 기반한 것인지 구분하기 힘들다. 상품의 이미지, 즉 상품구매자가 타자에게 표현하려는 메시지의 함의를 구매자 본인이 정한 것이 아니기에 강요된 것일 수도 있다는 이유 때문이다.

5. 다음은 어느 법조문의 한 부분이다. 이를 알기 쉬운 표현으로 바꾸어보자.

종원의 자격을 성년 남자로만 제한하고 여성에게는 종원의 자격을 부여하지 않는 종래 관습에 대하여 우리 사회 구성원들이 가지고 있던 법적 확신은 상당 부분 흔들리거나 약화되어 있고, 무엇보다도 헌법을 최상위 규범으로 하는 우리의 전체 법질서는 개인의 존엄과 양성의 평등을 기초로 한 가족생활을 보장하고, 가족 내의 실질적인 권리와 의무에 있어서 남녀의 차별을 두지 아니하며, 정치·경제·사회·문화 등 모든 영역에서 여성에 대한 차별을 철폐하고 남녀평등을 실현하는 방향으로 변화되어 왔으며, 앞으로도 이러한 남녀평등의 원칙은 더욱 강화될 것인바, 종중은 공동선조의 분묘수호와 봉제사 및 종원 상호간의 친목을 목적으로 형성되는 종족단체로서 공동선조의 사망과 동시에 그 후손에 의하여 자연발생적으로 성립하는 것임에도, 공동선조의 후손

중 성년 남자만을 종중의 구성원으로 하고 여성은 종중의 구성원이 될수 없다는 종래의 관습은, 공동선조의 분묘수호와 봉제사 등 종중의 활동에 참여할 기회를 출생에서 비롯되는 성별만에 의하여 생래적으로 부여하거나 원천적으로 박탈하는 것으로서, 위와 같이 변화된 우리의 전체 법질서에 부합하지 아니하여 정당성과 합리성이 있다고 할 수 없다. 따라서 종중 구성원의 자격을 성년 남자로만 제한하는 종래의 관습법은 이제 더 이상 법적 효력을 가질 수 없게 되었다고 할 것이다.

6. 다음은 "유토피아는 실현 가능한 것인가, 한낱 꿈일 뿐인가?"라는 주제로 학생이 쓴 글의 첫 문장이다. 이 첫 문장을 이어서 서두 한 단락을 완성해보자.

유토피아(Utopia)는 현실에는 존재하지 않는 이상적인 사회를 뜻하는 말이다. _____
_____
_____

7장

문장의 종결 형태와 연결어미

연결 문장의 조건들은
독서를 많이 해서 자연스럽게 익혀야 하는 문제이지
암기력의 문제가 아니다.

문장의 종결 형태

한문학자 정민 교수가 문장의 종결 형태에 관해서 흥미로운 말을
한 적이 있다. 그는 문장의 종결 형태로 세 가지를 들었는데, 하
나는 '~이다'이고, 다른 하나는 '~있다'이며, 마지막은 '~것이다'
이다. 정민 교수는 이 세 가지 종결 형태로 권투에 빗대 설명했
다. '~이다'는 기본형으로 툭툭 던지는 잽과 비슷하다고 한다. '~
있다'는 어퍼컷이나 훅에 가까운데 많이 쓰면 글이 늘어지고 긴
장감이 없어진다고 했다. '~것이다'는 결정타로 권투의 스트레이
트와 흡사하지만 자주 쓰면 짜증나는 글이 된다. 정민 교수는 자
기의 글에 동그라미를 쳐서 어떤 것을 많이 사용하는지 확인해보
라고 권했다.

　여러분은 어떤 것을 많이 쓰고 있을 것 같은가? 아마 사람마다
다르고, 글의 종류마다 다를 것이다. 먼저 말한 '~이다'는 명사에
붙어 서술형을 표현하는 서술격 조사이다. 수필이나 설명문에 흔
히 사용되는데 안정적이긴 하지만 밋밋하고 생동감이 적다. "언어

의 목적은 의사소통이다" "이것은 책이다"처럼 주로 대상의 종류나 속성을 알려주는 데 사용된다.

'~있다'는 대상이나 현상이 존재하는 상태를 의미하는 것으로 동사도 되고 형용사도 된다. 정민 교수는 '~있다'를 많이 사용하면 글이 늘어지고 긴장감이 없어진다고 했지만 꼭 그렇지는 않다. "집에 있어라" "깨어 있다"처럼 명령형이나 보조 동사로 사용되기도 해 글이 꼭 늘어지지는 않는다. '~것이다'는 의미를 끝맺거나 강조할 때 흔히 쓰는 표현이지만 많이 쓰는 것은 좋지 않다.

내가 강조하고 싶은 것은 가능하면 종결 형태로 동사를 많이 사용하라는 것이다. 동사는 사물의 동작이나 작용을 설명하는 것으로 형용사와 함께 우리말의 서술어에 해당한다. 앞서 말한 '~이다', '~있다', '~것이다'는 '무엇이 존재하는 것, 혹은 명명된 것'을 지시하는 것으로 사르트르가 말한 '사물의 언어'에 가깝다. 반면에 동사를 사용하면 사물로 고정된 '존재 의미'를 떠나 목적 지향적인 '활동성'을 가질 수가 있다. 예컨대 "우리가 원한 것은 평화이다"보다 "우리는 평화를 원한다" 또는 "우리는 평화를 추구한다"로 쓰면 훨씬 생동감이 있고 내용도 분명해진다. 심리학자 켈로그는 이야기 구조는 유아기부터 습득하는 것으로 모든 인간 심리의 근원적 구조라고 말했다. 동사를 사용하면 그런 이야기 구조를 만들 수가 있다.

_정희모(연세대 교수)

다양한 종결 형태

예문을 보면 문장의 종결 형태로 '것이다' '명사+이다' '있다' 등을 소개하는 것을 볼 수 있다. 정민 교수는 이 세 가지 형태를 '종결어미'라고 설명했는데 어미는 '~다'에 해당하기 때문에 종결 형태라고 말하는 것이 더 타당할 것 같다. 그의 분류는 문법적인 개념이 아니라 문체론적인 시각인데, 흥미로운 점은 정민 교수가 이 세 가지를 권투에 빗대어 표현했다는 것이다. "~이다"를 잽으로 보고, "~있다"를 어퍼컷이나 훅으로, 그리고 '~것이다'를 스트레이트로 보았다. '~것이다'는 확고하게 결론을 내리는 의미가 강하니 스트레이트가 맞을 것 같다. 그러나 나머지는 어떻게 해석해야 할지 좀 고민이 되는 것도 사실이다. "~이다"를 잽으로 본 것과 "~있다"를 어퍼컷으로 본 것은 다양한 사례를 보고 연구해봐야 할 것 같다.

우리가 수긍할 수 있는 것은 '~이다' '있다' '것이다'가 주로 설명문이나 학술적 담론에서 많이 사용된다는 점이다. 그래서 그런지 이런 종결 형태는 좀 무미건조하며 딱딱한 느낌이 든다. 정민 교수는 종결 형태를 세 가지로 나누어 설명했지만 사실 한국어 문장에는 이외에도 종결 형태가 더 있을 뿐만 아니라 여러 가지 형태가 뒤섞여 사용되기도 한다.

앞서 말했다시피 우리 문장에서 서술어로 쓰이는 대표적인 품사는 농사와 형용사이다. 이 밖에 '명사+이다'도 서술어 역할을 한다('~이다'는 서술격 조사로 명사 뒤에 붙어 서술어 역할을 한다). 우리 문법책에서는 서술어로 이 세 가지를 주로 언급하고 있다. 그런데 사실 서술어는 이외에도 몇 가지가 더 있다. 우리 문장에는 서술절이 있어 절 전체가 서술어가 되기도 한다. 예를 들어 "코끼리는 코가 길다"라는 문장에서 '코가 길다'가 서술절로 서술어 역할을 하고 있다. 또 명사에 '이다' 외에 '하다'가 붙어 서술어가 되기도 한다. '찬성하다'나 '도착하다'가 그런 경우이다.

‖ **서술어 : 동사, 형용사, 명사+이다,**
　　서술절, 명사+하다, 것이다, 있다

– 철수는 학교에 갔습니다. (동사)

– 오늘은 날씨가 좋다. (형용사)

– 저곳이 극장이다. (명사+이다)

– 영희는 키가 크다. (서술절)

– 오늘 업무를 마감하다. (명사+하다)

　이와 같은 서술어는 대부분 문장의 종결 형태(마무리)로 사용된다. 그런데 문법적인 측면을 떠나 문체론적 입장에서 보면 문장의 종결 형태는 상당히 다양한 모습을 띤다. 위에서 말한 서술어 유형이 섞여 여러 형태로 나타나거나 새로운 형태의 모습을 보이기도 한다. 그래서 종결 형태를 반드시 '이것이다'라고 말하기는 어렵다.

　그렇지만 특정한 장르에 많이 사용되는 유형은 있다. 앞에서도 말했다시피 학술적인 문장이나 논설문에서는 '명사+이다'나 '명사+하다' '것이다' '있다'와 같은 것들이 많이 사용된다. 반면에 수필이나 소설에서는 동사와 형용사가 더 많이 쓰인다.

학술적 담론의 문체

학술적인 담론에서는 정민 교수가 말한 대로 '~이다' '있다' '것이다'가 사용되는 경우가 많다. 그러나 한 가지 형태만 중점적으로 나오기보다 대체로 서로 섞이거나 여러 형태가 번갈아 사용되는 경우가 많다.

> 글쓰기 연구에서 독자 문제는 중요한 연구 항목 중 하나이다. 독자 문제는 고대 그리스 수사학의 중심적 개념이었고, 근대적인 글쓰기에서도 수사적 상황을 파악하기 위한 중점적 사항이었다. 독자 문제의 중요성은 글쓰기 교육에서도 그대로 나타난다. 한국과 미국의 글쓰기 교과서들은 서두에 독자의 문제를 글의 구상 단계에서 고려해야 할 가장 중요한 학습 항목으로 규정하고 있다.

위의 예문에서도 '이다'와 '있다'가 같이 사용되었다. '이다'는 명사 뒤에 붙어 대상의 속성이나 부류를 나타낼 때 쓰는 서술격 조사다. 아무래도 규정적인 성격이 많아서 동적인 개념보다 정적인 개념이 강한 느낌이 든다. 예를 들어 "이것은 사과이다"라는 문장에서 보듯이 사물을 규정하고 어떤 부류인지를 확실하게 전한다. "나는 미남이다(?)"처럼 단정을 내리기도 한다. 그래서 학술적 담화에 많이 쓰는 것일지도 모르겠다.

언어의 일차적 기능은 의사소통이다. 사람들은 말과 글을 통하여 서로의 생각을 주고받으며 과제를 해결하고 갈등을 풀어나간다. 한국어 역시 한국어를 사용하는 사람들 사이에서 말하기, 쓰기를 통해 생각을 표현하고 듣기, 읽기를 통해 다른 사람의 생각을 이해하는 도구가 된다.

한국어를 비롯한 언어의 주된 기능이 의사소통이지만 그렇게 볼 수 없는 경우가 있다. 한국인이 한국어를 모어로 학습하는 경우에는 한국어가 의사소통을 위한 수단으로서만 기능하는 것은 아니다. 말과 생각은 근본적으로 밀접한 관계가 있다. 말 없는 생각이란 상상할 수가 없다. 우리의 사고방식은 말에 반영되는 동시에, 말의 구조는 사고방식을 이끌어 나가는 힘이 된다. 그러므로 한국인의 사고방식의 특성은 어느 정도 한국어의 구조적 특성에 매여 있다고 할 수 있다.

이 예문을 보면 종결 형태가 좀 더 다양해졌다. 앞선 예문이 '~이다'가 중심이던 것과 달리 '있다' '없다' '아니다' '된다'로 좀 더 다양해졌고, '나간다'라는 동사도 사용되었다. '있다' '없다' '아니다'는 형용사이고 '된다'는 동사이다(좀 애매한 것은 반드시 국어사전을 찾아 확인해보아야 한다). 여기서 사용된 종결 형태는 학술 담론이나 설명적인 평서문에서 많이 사용되는 것들이다. 그래서 전체 글이 건조하게 보이고 정보 전달에만 치중했다는 느낌이 든다. 생동감이나 활기찬 느낌은 상대적으로 덜하다.

타고르는 서구의 문명을 '성벽의 문명'이라고 생각했다. 고대 그리스의 문명은 도시의 성벽 안에서 성장했고, 현대 문명 역시 벽돌과 석회로 되어 있는 요람 속에서 비롯했다고 말한다. 이 성벽은 인간에게 분리와 지배의 정신을 준 것이라고 그는 한탄한다. 나라와 나라를 가르고 지식과 지식을 가르며 또한 사람과 자연을 가르는 것이 성벽의 문명이기 때문이다.

위의 예문은 앞의 예문과는 좀 다르다. 학술적 에세이의 문장이라 그런지 문장의 종결 형태로 다양한 동사가 사용되었다. '생각했다' '성장했다' '말한다' '한탄한다'와 같은 동사가 눈에 띈다. 소리 내어 읽어보면 앞의 '~이다' 중심의 종결 형태보다 좀 더 다양해졌고, 역동적인 느낌도 난다. 우리 문장이 가지고 있는 기본 원칙 '사람 주어와 동사 서술어'에 충실했기 때문이다. 물론 학술 담론에서 '사람 주어와 동사 서술어'를 쓰는 일이 쉽지 않겠지만 가능하다면 그렇게 쓸 수 있도록 노력하면 좋을 것이다.

제러미 벤담이 이 질문에 어떤 반응을 보였을지는 자명하다. 그는 타고난 권리라는 말에 조롱을 퍼부으며, 그런 권리를 "죽마에 올라탄 헛소리"라고 불렀다. 그가 주장한 철학은 상당한 영향력을 행사했다. 실제 그의 철학은 오늘날에도 정책 입안자, 경제학자, 경영자, 일반 시민들에게 막강한 영향력을 행사한다.

이 예문에서도 동사가 많이 보인다. '자명하다' '퍼부으며' '불렀다' '행사했다' '행사한다' 등이 모두 동사에 해당한다. 동사가 들어간 문장은 '이다'나 '있다' '것이다'보다 활기차 보인다. 그 이유는 동사를 쓰면 주어를 사람으로 할 가능성이 크고, 설사 사람이 아니라 사물이라 하더라도 행위성이 강화되기 때문에 문장은 자연스럽게 생동감을 띠게 된다.

여기서 우리가 한 가지 생각해야 할 점이 있다. 모든 글은 필자의 생각을 전달하기 위한 톤(tone)을 가진다는 것이다. 국어사전을 이용해 '톤'을 풀이하면 '글에서 전체적으로 느껴지는 분위기나 어조'와 같은 것이다. 필자는 독자를 대상으로 자신의 뜻을 설득하기 위해 글의 높낮이, 속도 등을 알게 모르게 조절한다. 이런 것이 글에 옮겨져 필자만의 독특한 어조, 넓게는 '필자의 문체'가 된다. 이런 톤은 글을 소리 내어 읽을 때 잘 드러난다. 글을 읽을 때 소리의 높낮이와 함께 리듬을 타는지 느껴볼 수 있다. 문장의 종결 형태는 이렇게 글의 리듬감을 살리는 데 중요한 역할을 한다. 같은 종결 형태를 계속 반복하면 리듬감은 살아나지 않는다. 우리가 글을 쓸 때 문장의 끝에 조금씩 변화를 주면서 마무리해야 하는 배경이다.

김춘수는 서성거리고 있다. 그것이 그의 매력이다. 그는 끊임없이 여기저기를 기웃거린다. 이렇게 한곳에 정착하지 않고 서성거리고 있다는 점에서 그는 생성(生成)의 시인이다. 그는 굳어 응고하기를 거부하고 유동하고 있다. 응고한다는 것, 그리하여 어느 한 면 위에 정착해 버린다는 것- 이것은 김춘수에게는 일종의 배반이기 때문이다.

위의 예문을 소리 내어 읽어보면 어떤 리듬감을 느낄 수 있다. 짧은 문장을 몇 번 반복한 뒤 긴 문장을 보여준다. 그다음 제시하듯(~는 것) 말을 뱉고 이유를 단정하는 말로 마무리한다. 이런 리듬감은 반복된 어휘 사용, 짧은 문장과 긴 문장의 배치, 다양한 종결 형태의 사용을 통해 조성된다. 그래서 단조로움을 피하고자 한다면 종결 형태를 다양하게 배치하는 것이 좋다. 동사 종결 형태를 많이 사용하라는 말도 다양성의 원칙만 지켜진다면 그렇게 하라는 뜻으로 이해하면 좋겠다.

소설의 종결 형태

문장의 종결 형태로 동사가 많이 사용되는 장르는 소설일 것이다. 소설은 등장인물이 있고, 플롯이 있는 이야기 구조여서 동작을 나타내는 동사가 문장의 종결 형태로 사용될 가능성이 높다. 작가들은 독자들이 흥미를 느낄 수 있도록 캐릭터를 창조하고 사건을 구성하여 인물을 중심으로 이야기를 전개한다. 그러다 보니 자연스레 인물의 행동에 따른 표현이 많이 사용되고, 서술어로는 동사가 많이 쓰인다. 사건이 빠르게 진행되면 문장이 짧아지고, 전체적인 서술 진행도 빨라진다.

청년은 새벽 찬 공기를 해장술처럼 들이켰다. 답답했던 목구멍이 조금 시원했다. 숨쉬기가 편안해졌다. 청년은 망해산으로 가는 고샅길을 따라 걸었다. 산자락은 바람벽처럼 선두리 마을을 에워싸고 있었다. 산 정상에 오르면 바다와 섬들이 한눈에 들었다.

> 명량 바다 건너편에 진도가 보이고, 진도 해안을 따라 양도, 녹
> 도, 혈도가 동그란 연잎처럼 띄엄띄엄 자리 잡고 있었다.

예문은 법정의 일대기를 다룬 정찬주 작가의 소설『무소유』중의 한 장면이다. 작가는 청년을 주어로 삼아 문장을 짧게 끊어 쓰면서 서술어 중심의 문장을 만들었다. "들이켰다" "걸었다" "들었다"처럼 동사가 소설의 주요 장면에서 종결 형태로 사용되었다. 청년은 찬 공기를 들이켰고, 망해산으로 걸어갔다. 그다음에 이어지는 장면은 산 위에서 보는 바다 마을의 풍경인데 모두 묘사문으로 이루어졌다. 그런데 묘사문의 주어는 모두 무생물이지만 동사를 사용해 마치 사람이 그 광경을 보는 것처럼 묘사하여 글에 생동감을 불어넣었다. 바다와 섬들이 한눈에 들어왔고, 진도가 보이고 섬들이 띄엄띄엄 자리를 잡고 있다. 이렇게 서술어가 동사로 된 문장은 사람이 직접 무엇을 보고 행하는 듯 서술되기 때문에 이미지가 쉽게 떠오른다. 당연히 이해하기도 훨씬 쉬워진다.

> 하늘도 바다도 짙푸른 늦가을이었다. 남향받이에 자리한 토굴에
> 서는 바다가 잠자는 담수호처럼 얌전하게 보였다. 통통배가 검
> 은 연기를 뿜어내며 지나갈 때만 바다는 잠을 깼다. 술꾼이 토악
> 질하듯 바다는 흰 물거품을 길게 토해냈고, 갈매기들은 통통배
> 꽁무니를 따르며 너울너울 날았다.

예문에서 보이는 문장은 모두 묘사문이다. 늦은 가을 갈매기 나는 바

다의 풍경이 그대로 담겨 있는데 서술어는 주로 동사를 많이 사용했다. '보였다' '깼다' '토해냈다' '날았다' 모두 동사에 해당한다. 예문에 나오는 하늘, 바다, 갈매기는 사람이 아니지만 행위의 주체로 기능한다. 그리고 이런 주어에 동사를 주로 서술어로 사용하여 소설의 풍경을 생동감 있게 묘사했다.

한 달간의 여행 끝에 행렬은 안개 자욱한 산길로 접어들었다. 산길은 절벽 사이로 나 있었고, 저 아래 가릉강은 굴곡이 심한 바위들에 온몸을 부딪치며 으르렁거리고 있었다. 산 정상에는 요새들이 솟아 있었고, 우리가 지나갈 때마다 초소의 병사들이 방책을 열어주었다. 황제의 병사들은 이빨 빠진 사발로 술을 마셨고, 황소 넓적다리를 손으로 잡고 뜯어 먹었다. 그들은 밤이면 모닥불을 피워놓고 둘러앉아 북을 치며 노래를 불렀다. 웃통을 벗어젖히고 춤을 추거나 목검으로 대결을 벌였다. 달이 떴다. 나는 호랑이의 울음소리에 귀 기울이며 잠이 들었다. 새벽이 밝아왔다. 새들이 태양을 향해 날아올랐다. 원숭이들이 날카로운 소리를 지르며 이 넝쿨 저 넝쿨 태양을 피해 달아났다. 하늘은 왜 붉어지는 걸까? 왜 나무들은 꼼짝도 하지 않는 걸까? 왜 사공들은 자기 얼굴에 칼자국을 내는 걸까? 그들은 피투성이가 된 채 닻을 올리고 거센 물결 속으로 뛰어들었다.

위의 예문은 프랑스에서 미학적 언어 구사로 유명한 샨사(Shan Sa)의 소설이다. 중국계인 샨사는 탐미적인 언어와 시적 표현에 능한 작가인데 아름다운 문장을 만들기로 유명하다. 문장을 보면 '열다' '마시다' '먹다' '불렀다' '추다' '달아나다' 등 행위 동사를 많이 사용해 상황을 매우 역동적으로 묘사한다. 특히 청각적 이미지와 시각적 이미지를 사용해 독자가 상황을 감각적으로 받아들일 수 있도록 만들었다. "온몸을 부딪치며 으르렁거리고 있었다."나 "북을 치며 노래를 불렀다." "호랑이의 울음소리에 귀 기울이며" "날카로운 소리를 지르며" 등과 같이 마치 현장에서 소리를 듣는 듯한 느낌이 나도록 감각적으로 문장을 사용했다.

서술어를 쓸 때 행위 동사 위주로 다양한 이미지를 사용하면 생동감 있는 문장이 만들어진다. 관념적이거나 학술적인 내용을 다룰 때도 이런 문체를 활용할 필요가 있다. 동사나 관형사 위주의 서술어를 사용하고, 가급적 생동감 있는 어휘를 쓴다면 학술적인 문장에서도 생동감이 살아난다.

시인의 임무, 어쩌면 유일한 임무는 아마도 시를 준비하는 일일 것이다. 시인은 시를 창조하는 자이기보다는 시를 영접하는 자에 가깝다. 시인은 매순간 시의 영원회귀에 참여한다. 시인에게 주어진 모종의 소명이 있다면 이것 외엔 있을 수가 없다. 여러 평자가 지적한 대로 황동규에게 있어 여행은 시를 영접하는 가장 적극적인 자세이자 행위라고 할 수 있을 듯하다. 그는 여행을 통해 고정된 삶의 틀을 깨고 지각과 언어의 쇄신을 이룩한다. 당연한 이야기지만 여행은 일상 바깥으로 떠나는 행위이다.

위의 예문은 평론의 한 부분이다. 소설만큼 감각적인 언어를 사용하지는 않았지만 '영접하다' '참여하다'와 같은 동사를 사용하여 관념적인 내용을 생동감 있게 표현하였으며, 짧은 문장과 긴 문장을 사용하여 문장의 리듬감을 살렸다. 설명문이나 논설문에서 완전히 소설과 같은 문체를 사용할 수는 없겠지만 가급적 생동감 있는 문장을 사용하도록 노력해야 한다. 이를 위해 가장 필요한 장치는 서술어로 가급적 동사(아니면 형용사)를 쓰고 짧은 문장과 긴 문장을 반복적으로 사용해 리듬감을 살리는 것이다.

연결 문장의 전개

소설 문장을 보면 내용을 빠르게 전개하기 위해 연결 문장을 사용하는 경우가 많다. 우리 문장은 문장과 문장을 연결할 때 주로 연결어미를 사용하는데 소설에서 그럴 때가 많다. 앞서 말한 대로 서사 진행이 바탕이 되기 때문에 그러한 것 같다. 소설에서 유의 깊게 봐야 할 점은 긴 안긴절보다 종속절 혹은 대등절을 사용하여 문장을 이어간 사례가 많다는 점이다. 앞서 말한 대로 안긴절을 길게 사용하면 문장이 복잡해지고 의미 전달도 느려진다. 소설은 대체로 긴 안긴절을 잘 사용하지 않고 이어진 문장을 사용해 이야기를 만들어간다.

여자는 초저녁부터 목이 아픈 줄도 모르고 줄창 소리를 뽑아대고, 사내는 그 여인의 소리로 하여 끊임없이 어떤 예감 같은 것을 견디고 있는 표정으로 북장단을 잡고 있었다. 소리를 쉬지 않는 여자나, 묵묵히 장단 가락만 잡고 있는 사내나 양쪽 다 이마에 힘든 땀방울이 솟고 있었다.

이청준의 소설 「서편제」의 첫 문장을 보자. 여기서는 두 문장이 연결어미 '~고'로 연결되었다.

A. 여자는 ~ 모르고 ~ 소리를 뽑아대고,
B. 사내는 ~표정으로 ~ 잡고 있었다.

이 문장에서 두 문장을 진행시키는 것은 앞 문장(A)의 "~뽑아대고"와 뒤 문장(B)의 "~잡고 있었다"이다. 동사를 사용해 두 인물의 행동을 표현하면서 두 문장을 대등적 연결어미 '고'로 이어주었다. 그리고 문장 안에 부사절을 넣어 배경적 의미를 보충하고 있다.

A. 여자는 ~ 목이 아픈 줄 모르고 ~ 뽑아대고
B. 사내는 ~ 견디고 있는 표정으로 ~ 있었다.

이렇게 연결어미를 통해 문장을 이어주면서 앞으로 진행하는 것이 소설의 흔한 서술 방식이다. 다음 예도 살펴보자.

가) (안현은) 열두 살이 되자 개경으로 나와 친척집에 기거하면서

공부했는데, 착실한 성격에 글재주도 뛰어나서 장차 크게 되리라는 기대를 모았다.

나) 마을에서 면사무소로 올라가는 오르막길 들머리에 궁핍을 겪었던 시절의 집이 있었다. 닭 몇 마리를 놓아 기를 만한 협소한 뜰을 둘러친 울바자가 있었고, 그 울바자 너머로는 언제나 먼지와 허습스레기가 흩날리는 장텃거리가 있고, 거기선 닷새마다 한 번씩 저자가 섰다.

위의 두 예문 모두 소설이 상황 전개와 배경 묘사에 연결어미를 어떻게 사용하는지 잘 보여준다. 짧은 문장을 사용해 문장을 계속 이어가면 좋겠지만 그렇게 하기 힘들다면 연결어미를 사용해 문장을 이어가는 것도 좋은 방법이다.

연결어미를 사용해 내용을 전개하는 것은 일반적인 서술문에서도 자주 보이는 방법이다. 문장을 길게 써야 한다면 연결어미를 사용해 문장을 이어가면서 내용을 전달하는 것이 좋다. 평론이나 칼럼에서 이렇게 연결어미를 사용해 이어진 문장을 쓰는 것을 흔히 볼 수 있다.

움베르토 에코의 『장미의 이름』은 흥미로운 추리소설이다. 대부분의 추리소설이 그러하듯, 여기에도 하나의 밀폐된 공간에서 벌어지는 정체불명의 음모와 의혹에 찬 죽음들이 있으며, 그 음모와 의혹의 핵심을 향해 가는 명탐정이 있다. 그는 셜록 홈스나

> 엘러리 퀸이 보여주던 단호함과 절제력, 그리고 포와로의 여유만
> 만함과 명민함을 두루 갖추고 있는 최고의 탐정이다.

위의 예문에서 둘째 문장은 연결어미를 사용해 이어진 구성이다. '~듯(이)'과 '(으)며'는 연결어미인데 세 가지 절을 합해 하나의 문장으로 만들었다.

대부분의 추리소설이 그러하듯,
　　└, 여기에도 하나의 밀폐된 공간에서 벌어지는
　　　　정체불명의 음모와 의혹에 찬 죽음들이 있으며,
　　　　　└, 그 음모와 의혹의 핵심을 향해 가는 명탐정이 있다.

의미 구성상 긴 관형절 형태를 사용하지 않고 가급적 이렇게 연결어미를 사용해 이어진 문장을 만들어주는 것이 좋다.

닫힌 문장과 열린 문장

앞장(5장)에서 말했듯이 문장에 절을 넣어 의미를 확장하는 방법은 두 가지가 있다. 하나는 안긴절 형태로 만드는 것이고, 다른 하나는 연결어미를 사용해 이어진 문장으로 만드는 것이다.

어느 날 모피어스를 만난 네오는 빨간 약을 선택한 이후 자신이 살아

왔던 삶이 매트릭스라는 것을 깨닫고 주체적인 삶을 지향한다.

위의 예문은 학생들이 영화 〈매트릭스〉에 관해 쓴 감상문에서 한 문장을 뽑은 것이다. 위의 문장을 보면 조금 복잡해서 쉽게 내용을 이해하기는 힘들다. 문장 안에 정보량이 상당히 많다. 이 문장에 담긴 정보를 살펴보면 다음과 같다.

1. 네오는 어느 날 모피어스를 만났다.
2. 네오는 파란 약과 빨간 약 중에 빨간 약을 선택했다.
3. 네오는 자신이 살아왔던 삶이 매트릭스라는 것을 깨달았다.
4. 네오는 주체적인 삶을 지향한다.

이 문장에 포함된 정보는 4가지이다. 영화를 본 사람은 알겠지만 네오는 모피어스를 만나 빨간 약을 선택하고, 자신이 살아왔던 곳이 매트릭스라는 것을 깨닫게 된다. 그리고 자신이 허위의 삶을 살았다는 것을 깨닫고 이제부터라도 주체적인 삶을 살겠다고 마음먹는다. 위의 학생 문장에는 이 같은 정보가 모두 포함되어 있다.

한 문장 속에 이렇게 많은 정보량이 있는 것은 기본적으로 좋지 않다. 문장의 정보 하나는 절 하나라고 규정되는 경우가 많은데, 정보량이 많으면 자연스럽게 절이 많아진다는 뜻이다. 위에서 정보 1~4가 한 문장에 들어간다면 모두 절로 표현된다.

어느 날 모피어스를 만난 네오는 (관형절)
　　　빨간 약을 선택한 이후 (관형절)

자신이 살아왔던 삶이 매트릭스라는 것을 깨닫고
주체적인 삶을 지향한다. (관형절, 명사절)

위에서 보듯이 한 문장에 모든 정보를 넣으려면 관형절이나 명사절과 같은 안긴절을 사용해야 한다는 사실을 알 수 있다. 위의 예문은 관형절과 명사절을 사용했다. 앞장에서 여러 차례 말했지만 관형절이나 명사절과 같은 안긴절이 많이 들어가면 문장이 복잡해지고 의미 해석도 어려워진다. 이것을 어떻게 해결해야 할까? 해답은 '짧게 문장을 나누어 서술어 중심으로 연결 문장을 만드는 것'이다.

한국어에서 문장을 짧게 쓰라고 말하는 것은 서술어 중심으로 문장을 끊어서 쓰라는 뜻이다. 그렇게 하면 문장의 진행 속도가 빨라지고 의미 해석도 쉬워진다. 위의 예문은 관형사형 어미 형태(~만난, 선택한, 던, 라는)로 된 문장을 서술어로 바꾸어 여러 문장으로 쓸 수 있다.

모피어스를 만난 네오는 빨간 약을 선택했다. 그리고 자신이 살아왔던 삶이 매트릭스라는 것을 깨달았다. 이후 그는 주체적인 삶을 지향했다.

위의 예문을 보자. 관형사형 어미 형태인 '~만난' '선택한' '~던' '~라는'은 '선택했다' '깨달았다' '지향하다'와 같은 동사 형태로 바뀌었다. 이로써 주어와 서술어 관계가 분명해졌고 사태가 어떻게 진행된다는 것역시 분명하게 드러났다. 당연히 문장이 짧아지고 의미도 선명해졌다.

연결어미의 사용

앞서 말한 대로 복잡한 의미를 독자에게 잘 전달하려면 문장을 짧게 끊어 쓰거나 연결하는 문장을 만들어야 한다. 특히 안긴절을 쓰지 않고 열린 문장의 형태로 문장을 이어가야 한다. 이때 연결어미를 잘 사용하는 것이 무엇보다 중요하다. 그런데 연결어미는 매우 많고 복잡하다. 연결어미에 따라 사용해서 안 될 조건들이 붙어 있는 경우도 많다(아래 예문 참고). 이런 조건들을 모두 외울 수도 없고 외울 필요도 없다. 우리말 문장을 많이 읽은 사람이라면 무의식중에 이미 체득했을 가능성이 크다. 그렇기 때문에 연결 문장의 조건들은 독서를 많이 해서 자연스럽게 익혀야 하는 문제이지 암기력의 문제는 아니다.

영희는 차를 마시면서 음악을 들었어요.
영희는 차를 마시면서 철수는 음악을 들었어요. (×)

위의 문장에서 '~면서'는 동시간에 일어나는 일을 연결해주는 연결어미이다. 그런데 '~면서'는 앞 문장과 뒤 문장의 주어가 같아야 한다. 주어가 다르면 틀린 문장이 된다. 반면에 '~자'와 같은 연결어미는 앞 문장과 뒤 문장의 주어가 달라야 한다. 주어가 같으면 틀린 문장이 된다.

철수가 유학을 떠난다고 하자 친구들이 기뻐했다.
철수가 유학을 떠난다고 하자 철수가 기뻐했다. (×)

연결어미에는 이런 조건이 붙는 경우가 아주 많다. 그래서 모든 것을 외울 수 없다고 말했다. 그런데 틀린 문장을 읽어보면 모국어 독자라면 금방 어색하다는 것을 느낄 수 있다. 연결어미의 조건들이 모국어를 사용하는 사람이라면 대체로 쉽게 구별해낼 수 있는 것들이어서 그렇다. 이런 능력은 독서를 통해 길러지므로 결국 좋은 글을 쓰기 위해서라도 독서를 많이 할 수밖에 없다.

　연결어미의 종류는 아래와 같다. 연결어미는 절대 외울 필요가 없다. 이런 어미가 모두 연결어미에 해당한다는 점만 알면 된다. 그리고 안긴 절을 쓰기보다 이런 연결어미를 써서 문장을 연결하는 습관을 들이면 된다.

‖ 연결어미의 종류

- 나열 : −고, −며

  철수가 가**고** 영희가 옵니다.

- 동시 : −면서, −며, −자

  영희는 길을 가**면서** 신문을 보았다.

- 순서 : −고, −아서/어서

  나는 입장권을 보여주**고** 극장으로 들어갔다.

- 대조 : −나, −지만, −는데, 아도/어도

  철수는 극장에 가**고** 영희는 도서관에 갔다.

- 이유/원인 : 아서/어서, −니/니까, −므로

  나는 열심히 공부해**서** 좋은 성적을 받았다.

- 조건 : −면, −려면, −야

  네가 장학금을 받으**려면** 열심히 공부해야 한다.

- 목적 : −러, −려고, −도록, −게

  나는 장학금을 받으**려고** 열심히 공부했다.

집행 유예

롯데월드 아쿠아리움에서 손님을 맞던 벨루가가 '순직'했다. 이번에 죽은 벨루가는 열두 살짜리 수컷인데 2016년 4월에 폐사한 다섯 살배기 수컷에 이어 두 번째다. 이제 덩그러니 암컷 '벨라'만 남았다. 벨루가는 세계자연보전연맹(IUCN)이 지정한 멸종 위기 '관심 필요'종인데 우리의 삐뚤어진 '관심' 때문에 사라지고 있다.

고래는 수염고래와 이빨고래로 나뉘는데, 벨루가는 이빨고래 중에서도 돌고래, 범고래, 상괭이 그리고 왼쪽 앞니가 비틀어져 앞으로 길게 뻗은 일각고래와 더불어 참돌고래상과에 속한다. 주로 북극 근해에 살지만 철 따라 멀게는 6000킬로미터나 이동하며 산다. 우리 동해까지 다녀가는 벨루가도 있다. 이런 동물을 작은 수조에 몇 년씩 가둬두는 행위는 그 어떤 기준으로도 정당화할 수 없다.

이른 봄 아이들과 논에서 올챙이를 잡아 어항에 넣어 기르다 뒷다리가 나오면 풀어주는 일은 하셔도 좋다. 올챙이는 자기가 잡혔다는 사실을 인식하지 못한다. 하지만 고래는 안다. 지금 이 순간 시설에 갇혀 있는 고래는 거의 다 우울증을 앓고 있다. 게다가 롯데월드 아쿠아리움의 수조는 수심이 너무 얕다. 주로 해수면에서 수심 20미터 사이를 헤엄쳐 다니지만 종종 700~800미터 깊이까지 잠수하며 사는 고래를 수심 7.5미터 수조에 넣어 선보이는 것은 그야말로 접시에 담아내는 격이다.

　벨라도 그리 오래 버티지 못할 것이다. 영락없이 죽을 날만 기다리는 무기수 꼴이다. 롯데그룹에 호소한다. 벨라가 무슨 죽을죄를 지었는지 모르지만 제발 집행유예로라도 풀어달라. 그룹 회장님도 얼마 전 집행유예로 풀려나 업무를 보고 계시지 않는가? 우리는 제돌이와 그의 친구들을 제주 바다에 방류하는 데 성공해 국제사회에서 실력을 인정받았다. 롯데만 결심하면 벨라에게 자유를 되찾아줄 수 있다. 재미도 돈도 자유만큼 소중할 수는 없다.

　　　　　　　　　　　　　　　　　　　_최재천(이화여대 교수)

　예문의 첫 단락을 보면 짧은 문장과 좀 긴 문장을 번갈아 사용하면서 리듬을 타고 있는 것을 알 수 있다. 조금 긴 문장은 연결어미(-ㄴ데)를 사용해 이어진 문장을 만들었다. 문장은 짧게 쓰는 것이 바람직하지만 모두를 짧은 문장으로 할 수 없을 때 안긴절이 있는 문장보다는 이렇게 연결어미를 사용해 이어진 문장을 만들어주는 것이 좋다.

① 롯데월드 아쿠아리움에서 손님을 맞던 벨루가가 '순직'했다.
② 이번에 죽은 벨루가는 열두 살짜리 수컷인데 2016년 4월에 폐사한 다섯 살배기 수컷에 이어 두 번째다.
③ 이제 덩그러니 암컷 '벨라'만 남았다.
④ 벨루가는 세계자연보전연맹(IUCN)이 지정한 멸종 위기 '관심 필요'

종인데 ↶

⑤ 우리의 삐뚤어진 '관심' 때문에 사라지고 있다.

언어학자 피터 엘보나 할러데이는 복잡한 안긴절을 사용하지 않고 연결 문장을 통해 문장을 진행하는 것은 우리의 일상 담화와 닮아있다고 말한다. 사람들이 일상에서 사용하는 담화는 관형절이나 부사절, 명사절이 들어간 논리적 문장보다 짧은 홑문장이나 연결 문장을 사용한다. 빠르게 상대방에게 나의 의사를 전달하고 이야기를 진행하기 위해서이다. 이런 방식이 닫힌 문장이 아니라 열린 문장을 만드는 방법이다. 아래 예를 살펴보자.

1) 기업 내부에서 진행되는 자본의 기술투자로의 전환은 기업이 발전하고 성장할 수 있는 기본적인 동력이다.

⬇

2) 기업이 내부에서 자본을 기술투자로 전환할 때 기업이 발전하고 성장하는 데 필요한 동력을 얻는다.

⬇

3) 기업이 내부에서 자본을 기술투자로 전환하고, 이를 통해 기업은 발전하고 성장하는 데 필요한 동력을 얻는다.

⬇

4) 기업이 내부에서 적립금을 기술투자로 전환했다. 이를 통해 기업은

발전하고 성장하는 데 필요한 동력을 얻는다.

위에서 1)번은 명사구와 안긴절이 들어 있는 문장이다. 논리적이고 규정적이라는 느낌이 든다. 2)는 종속절을 사용한 문장이다. 1)번 문장보다는 진행이 빠르다. 그러나 종속절을 사용했기에 어떤 조건이 붙은 듯한 느낌이 든다. 3)번 문장은 이 장에서 논의하고 있듯이 연결어미를 사용해 두 문장을 연결한 것이다. 조건의 의미는 약화하고 문장의 진행 속도도 빨라진다. 4)번 문장은 동사를 서술어로 해서 짧게 두 문장으로 나눈 것이다. 조금 더 빨라져 급박한 느낌이 든다. 여러분은 어떤 문장이 좋다고 생각하는가? 장르나 상황에 따라 달라지겠지만 많은 학자가 3)번이나 4)번 같은 문장을 쓰라고 권유한다.

핵심 체크

1. 우리 문장에서 서술어가 될 수 있는 것은 일반적으로 동사, 형용사이다. 이 밖에 '명사+이다'가 서술어가 될 수 있다. 통상 서술어는 문장의 끝에 온다. 문체론적 시각에서 문장에 흔히 사용되는 종결 형태로 '~것이다' '명사+이다' '있다' '명사+하다' 등이 있다.

2. 통상 학술적인 문장이나 논설문에서는 종결 형태로 '명사+이다'나 '명사+하다' '것이다' '있다'와 같은 것들이 많이 사용된다. 반면에 수필이나 소설에서는 동사와 형용사가 많이 사용된다.

3. 문장의 리듬은 반복된 어휘 사용, 짧은 문장과 긴 문장의 배치, 다양한 종결형의 사용을 통해 나타난다. 문장의 단조로움을 피하고자 한다면 종결 형태를 다양하게 배치하는 것이 좋다. 종결 형태로 동사를 많이 사용하는 것이 좋다.

4. 소설은 대체로 안긴절보다 이어진 문장을 많이 사용한다. 안긴절(관형절, 부사절, 명사절, 인용절)을 많이 사용하면 문장이 복잡해지고 의미 전달도 느려진다.

실전 체크

1. 다음은 연결어미가 잘못 사용되었거나 어색하게 사용된 표현들이다. 이를 바르게 고쳐보자.

1) 전문가가 오거든 일이 잘 풀릴 것이다.

2) 미련한 사람은 돈을 쉽게 쓰지만 슬기로운 사람은 저축을 열심히 한다.

3) 오랜 사업으로 축척된 경영상의 노하우가 지속적으로 이어질 수 있도록 적극적인 기술투자를 지체하면 안 된다.

4) 사람들이 불경기로 6000원짜리 자장면 값도 아끼느라 음식점 매출이 급격히 줄었다.

5) 긴급할 때는 카운터에서 비상용 열쇠를 받아 사용하시고, 무단 사용 및 훼손 시 관련 법에 의하여 처벌을 받습니다.

6) 공공장소에서 노래를 부르고 음주를 하면 안 됩니다.

7) 여름에는 비가 내리며 겨울에는 눈이 내린다.

2. 다음은 학생의 문장이다. 부드럽고 바른 문장으로 고쳐보자.

1) 대체적으로 사람들의 의견을 반영할 수 있고, 독재 정치를 막을 수 있다는 것이 여론 형성의 중요성을 부각시킨다.

2) 결국 궁극적 진리란 존재할 수 없는 것이며, 지식이라는 것은 언제든지 새롭게 수정되어질 수 있다고 말할 수 있지 않을까 한다.

3) 너무 성급하게 제작을 하느라 초점을 어디에 맞춰야 할지 놓친 것처럼 보인 이 다큐멘터리는 우리에게 한 가지 시사점을 던져 주었다.

4) 사람들은 사랑을 함에 있어서도 이런 가치관을 무의식적으로 적용함으로써 상대방을 자신의 기준에 근거하여 판단한다.

5) 나는 영혼과 같은 특별한 실체는 없고, 결국 인간도 물질적인 존재라고 생각한다.

3. 다음 문장에서 종결 표현들이 조금 어색해 보인다. 종결 표현 중심으로 문장을 고쳐 부드럽게 이어지도록 다시 서술하시오.

지식인이란 무엇인가? 지식인이란 용어는 드레퓌스 사건에서 처음으로 등장한 바가 있다. 드레퓌스 사건은 19세기 말 프랑스에서 일어난 간첩 조작 사건을 말하고는 한다. 유태계인 알프레드 드레퓌스 대위가 독일군 간첩 혐의로 무고하게 유죄를 선고받았다고 알려진 것들이다. 그러나 에밀 졸라를 비롯한 드레퓌스 지지파들의 투쟁으로 드레퓌스는 결국 누명을 벗었다고 말할 수 있다. 일반적으로 지식인이란 자신들의 통상적 직업 활동 영역을 넘어 진리와 정의, 그리고 인권과 관련된 사안에 관심을 갖고 참여하는 자를 가리키는 것이 일반적이다. 그 이후로 지식인의 개념과 역할은 시대적 상황과 사상의 영향에 따라 많은 변천이 있었다고 한다. 그중에서도 실존주의 철학자 장 폴 사르트르는 20세기 서구 사회의 대표적 지식인으로서 마르크스주의적인 지식인론으로 주목을 받은 바 있다. 그의 지식인론이 현대에 와서 갖는 의의와 한계를 지적하고 새로운 지식인 상에 대해 논의해보도록 한다.

4. 다음 문장들은 연결어미를 지나치게 많이 사용하여 긴 문장이 되었다. 이를 적절하게 나누어 알기 쉽게 다시 써보자.

우리 회사는 세계적 수준의 글로벌산업단지의 건설과 신제품연구센터를 조성하여 연구와 생산에 있어서 동아시아와 세계의 중심으로 도약함으로써 이 지역을 동아시아의 중심으로 만든다는데 기여하는 동시에 21세기 선진한국의 새로운 성장 동력을 창출하는데 이바지하려는 저희 회사의 비전이 순조롭게 진행될 수 있도록 모든 사원 여러분의 마음과 정성을 모아주시길 부탁드립니다.

5. 다음 말들이 충분히 이해될 수 있도록 풀어서 서술해보자. (500자)

1) 언어란 우리들 인간의 신체 안에 사유가 잠재해 있다는 점을 유일하게 밝혀주는 산물이다._르네 데카르트

2) 과학은 인간을 안정시키고, 예술은 인간을 불안하게 만든다._조르주 브라크

8장

문장의 연결 1

대화나 문장을 잘 이어가려면
중심 화제나 토픽에서 벗어나지 않아야 한다.

글을 통한 발견

미국 시인 오든은 "언어는 생각의 시녀가 아니라 어머니이다."라는 말을 했다. 언어가 생각을 옮기는 도구가 아니라 오히려 언어가 생각을 창조해 낸다고 말한 것이다. 이와 비슷한 말을 한 사람은 또 있다. 영국 소설가 E. M. 포스터는 "내가 말한 것을 보기 전까지는 내가 가진 생각을 알 수가 없다."고 말했다. 언어로 직접 표현하지 않으면 내가 무엇을 생각하는지 알 수가 없다고 말한 것이다.

생각이 먼저인지, 언어가 먼저인지를 묻는 일은 닭이 먼저인지, 달걀이 먼저인지를 묻는 것과 같아 부질없는 일처럼 보인다. 그것보다 오든이나 포스터의 말에는 언어 표현 속에서 생각의 '발견'이 있다는 관점이 담겨 있는데 이를 주목하는 것이 더 중요하다. 글을 쓰는 일을 의사소통의 과정으로 보기보다 생각을 창조하는 '발견의 과정'으로 본 것이다. 이렇게 보면 글을 쓰는 일은 내 생각을 옮기는 일이 아니라 내 생각을 찾아가는 일이라고 말할 수 있겠다.

인터넷을 보니 자신을 발견하기 위해 하루에 세 줄 일기를 써볼 것을 권유하는 글이 있었다. 세 줄 일기는 짧은 글이지만 이런 글이 모이면 자신에 관한 자료들의 '창고'가 된다. 이 창고에는 좋았던 일, 힘들었던 일, 부끄러운 일들이 차곡차곡 쌓이고, 이는 추상적으로 알고 있던 '나'에 관해 구체적으로 알 수 있는 계기가 된다. 모든 글은 자신의 경험에서 나온다. 그런데 중요한 것은 그 경험을 표현하지 않으면 그 의미를 알아낼 수가 없다는 사실이다. 글을 써보면 자신의 삶에서 느끼지 못했던 내면의 의미가 슬금슬금 밖으로 나오는 것을 느낄 수가 있다. 작가로서의 출발은 그 지점을 포착해 내는 것이다.

캐나다 출신의 노벨상 작가 앨리스 먼로는 아무 내용이나 마구 써댄, 서툴기 짝이 없는 글들로 가득 찬 공책들이 자기 창작의 원천이라고 말했다. 그 공책의 내용은 너무 엉터리 같아서 이런 글들이 무슨 의미가 있을까 좌절하곤 했다고 한다. 그렇지만 그 공책의 경험들이 그녀로 하여금 뛰어난 단편소설의 작가가 되게 했다. 그녀는 자신이 글을 술술 써내려가는 엄청난 재능을 가진 작가가 아니라 자신이 쓰고자 하는 것을 찾지 못해 잘못된 길을 갔다가 매번 되돌아오는, 그런 작가라고 말했다. 이런 것을 보면 글을 통한 '발견'은 번갯불에 번쩍이는 영감을 얻는 일이 아니라 글 속에서 서서히 숙성하던 '내 모습'을 찾아가는 일이라 말할 수 있다.

_정희모(연세대 교수)

문장 연결이 중요한 이유

좋은 글을 쓰는 데 좋은 생각이 필요할까, 아니면 좋은 문장이 필요할까? 물론 둘 다 필요하다고 말하는 것이 정답이겠지만 만약 하나만 고르라고 한다면? 대답하기 어려운 문제이다. 위의 예문 역시 이런 이슈를 던지고 있다.

이 책의 서두에서 이야기했지만 글은 마음으로 쓰기보다 문장으로 쓴다. 최근에 창의력이나 사고력을 강조한 책들이 많이 나와 좋은 아이디어만 있으면 좋을 글을 쓸 수 있을 것처럼 강조하지만 문장이 내용을 잘 실어내지 못하면 아무런 소용이 없다.

독자는 필자의 생각을 알지 못하고, 종이 위에 인쇄된 문장만을 읽는다. 그리고 문장을 보면서 필자의 생각을 유추한다. 그래서 문장이 정확한 의미를 담지 못한다면 아무리 좋은 아이디어를 가지고 있더라도 그것이 독자에게 제대로 전달되기 어렵다.

바르고 정확한 문장을 쓰는 일은 두 단계로 요약할 수 있다. 첫째는 문장을 짧고 어법에 맞게 쓰는 일이다. 이런 점은 앞의 장(2장)에서 충분히 다루었다. 두 번째는 문장과 문장의 연결(7장)을 튼튼히 하여 의미가 잘 살아나올 수 있도록 하는 일이다. 문장과 문장이 잘 연결되어야 의미가 만들어지고 전체 텍스트의 주제가 살아날 수 있다.

좋은 글은 문장 하나를 잘 썼다고 되는 것은 아니다. 문장 하나는 단순한 하나의 명제에 불과하나. 문장과 문장이 연결되어 의미가 만들어질 때 비로소 전체 글이 완성된다.

영수는 학교에 갔다. 대한민국의 수도는 서울이다.

위의 예문처럼 이어진 두 문장이 있다고 하자. 과연 의미가 살아날 수 있을까? 영수가 학교에 간 것과 대한민국의 수도가 서울인 것은 서로 연결되지 않는다. 이렇게 의미가 연결되지 않는 문장을 나란히 서술하면 독자가 이해하기 힘들다. 메시지 전달에도 실패하게 된다. 실제로 학생들을 지도하다 보면 하나의 문장을 잘못 쓰는 것보다 문장 연결을 잘하지 못하는 경우가 더 많았다. 문장 연결은 생각보다 중요하고 어렵다.

영수는 학교에 갔다. 교수님을 만나 추천서를 받았다.

두 문장이 이렇게 연결되면 의미가 형성된다. 영수는 취업을 위해 추천서를 받으러 학교에 갔고 교수를 만나 추천서를 받은 것이다. 두 문장은 서로 겹치는 내용이 없지만 의미가 연결된다. 학교에 가서 교수를 만나 추천서를 받은 것을 독자가 이해할 수 있기 때문이다. 이렇게 두 문장, 혹은 세 문장이 모여 의미를 연결하면서 내용을 만들어가는 것이 글쓰기에서는 중요하다. 세부 내용이 모여서 전체 주제를 형성하는 것이다. 그래서 세부적인 문장 하나하나가 서로 연결되지 않고 의미가 끊긴다면 결코 좋은 글이 될 수 없다.

문장 연결의 실전 사례

아래 예문을 한번 살펴보자. 학생이 쓴 글에서 한 단락을 뽑았다. 그런데 문장이 매끄럽게 연결되지 않아 어색한 부분이 많다. 여러분도 어떤 부분에서 단절이 되는지 읽으면서 / 표를 한번 해보기 바란다.

프로메테우스는 불을 훔쳐 인간들에게 주었다는 이유로 코카서스 바위섬에 묶여 독수리에게 간을 쪼인다. 예술가는 프로메테우스와 같다. 인간에게 더 큰 무언가를 주기 위해 자신은 끊임없이 고통을 당한다는 점에서 프로메테우스에서 예술가를 읽을 수 있다. 프로메테우스는 인간에게 문명을 주었다. 문명은 사전에서 인류가 이룩한 물질적인 발전이라고 정의하고 있다. 프로메테우스가 인간에게 물질적인 발전을 주었다면 예술가는 인간에게 정신적인 발전을 준 것이다. 물질과 정신이 적절하게 조화를 이루었을 때에만 산다는 것, 참되게 산다는 것이 가능해진다. 토마스 만의 말처럼 예술가는 길 잃은 시민이다. 더 큰 도약을 위해서는 잠시 무릎을 굽혀야 하듯이 더 큰 길을 가기 위해서도 잠시 길을 잃고 헤매는 과정이 필요하다. 예술가로 산다는 것은 고통일 수밖에 없다.

이 예문은 문장 연결이 자연스럽지 못하고 끊기는 부분이 여러 군데 보인다. 학생들에게 이 문장을 보여주고 연결이 잘되지 않는 부분에 / 표시를 하라고 지시했다. 총 132명의 학생이 문장 연결에서 어색하다고 표시한 부분의 합계는 다음과 같다. 여러분도 자신이 / 표를 한 부분과 아래 결과를 비교해보기 바란다.

① 프로메테우스는 불을 훔쳐 인간들에게 주었다는 이유로 코카서스 바위섬에 묶여 독수리에게 간을 쪼인다./(32) ② 예술가는

프로메테우스와 같다. /(13) ③ 인간에게 더 큰 무언가를 주기 위해 자신은 끊임없이 고통을 당한다는 점에서 프로메테우스에서 예술가를 읽을 수 있다. /(54) ④ 프로메테우스는 인간에게 문명을 주었다. /(20) ⑤ 문명은 사전에서 인류가 이룩한 물질적인 발전이라고 정의하고 있다. /(34) ⑥ 프로메테우스가 인간에게 물질적인 발전을 주었다면 예술가는 인간에게 정신적인 발전을 준 것이다. /(59) ⑦물질과 정신이 적절하게 조화를 이루었을 때만 산다는 것, 참되게 산다는 것이 가능해진다. /(83) ⑧ 토마스 만의 말처럼 예술가는 길 잃은 시민이다. /(14) ⑨ 더 큰 도약을 위해서는 잠시 무릎을 굽혀야 하듯이 더 큰 길을 가기 위해서도 잠시 길을 잃고 헤매는 과정이 필요하다. /(42) ⑩ 예술가로 산다는 것은 고통일 수밖에 없다.

학생들이 문장이 단절된다고 표시한 부분을 보면 위와 같다. 조금씩 편차가 있지만 대체로 문장 연결이 되지 않고 단절되었다고 생각하는 부분에 많은 숫자가 몰려 있다. 숫자가 많을수록 학생들이 잘 연결되지 않는다고 생각한 곳이다. 각각의 부분을 보면 다음과 같다.

① 프로메테우스는 불을 훔쳐 인간들에게 주었다는 이유로 코카서스 바위섬에 묶여 독수리에게 간을 쪼인다. /(32)
② 예술가는 프로메테우스와 같다. /(13)
③ 인간에게 더 큰 무언가를 주기 위해 자신은 끊임없이 고통을 당한다는 점에서 프로메테우스에서 예술가를 읽을 수 있다. /(54)

④ 프로메테우스는 인간에게 문명을 주었다./(20)

⑤ 문명은 사전에서 인류가 이룩한 물질적인 발전이라고 정의하고 있다./(34)

⑥ 프로메테우스가 인간에게 물질적인 발전을 주었다면 예술가는 인간에게 정신적인 발전을 준 것이다./(59)

⑦ 물질과 정신이 적절하게 조화를 이루었을 때에만 산다는 것, 참되게 산다는 것이 가능해진다./(83)

⑧ 토마스 만의 말처럼 예술가는 길 잃은 시민이다./(14)

⑨ 더 큰 도약을 위해서는 잠시 무릎을 굽혀야 하듯이 더 큰 길을 가기 위해서도 잠시 길을 잃고 헤매는 과정이 필요하다./(42)

⑩ 예술가로 산다는 것은 고통일 수밖에 없다.

먼저 첫 문장 ①과 둘째 문장 ②를 살펴보자. 일단 ①과 ②의 문장은 누가 보아도 연결이 어색하다. 소리 내어 읽어보고 의미를 따져보면 이를 알 수 있다.

① 프로메테우스는 불을 훔쳐 인간들에게 주었다는 이유로 코카서스 바위섬에 묶여 독수리에게 간을 쪼인다./(32)

② 예술가는 프로메테우스와 같다.

이 예문은 지식인과 예술인에 관한 주제로 쓴 글에서 뽑은 것인데 위의 글은 첫 단락에 해당한다. 첫 문장에 프로메테우스에 관한 이야기가 나온다. 프로메테우스는 그리스 신화에 나오는 인물로, 제우스가 몰래 감춰둔 불을 훔쳐 인간에게 전해 주었다. 인간은 프로메테우스가 전해준 불을 통해 문명을 일으켰다. 그렇지만 정작 혜택을 준 장본인인 프로메테우스는 제우스의 노여움을 사는 바람에 낮에는 독수리에게 간을 쪼이고, 밤이 되면 간이 회복되어 고통을 겪게 된다.

이 단락의 첫 문장은 우화로 되어 있다. 보통 이런 우화가 오면 다음 문장에 이에 관한 간단한 설명을 한다. 예를 들어 다음 문장에는 "~이 이야기를 보면"이라든지, "~이처럼"과 같은 문장을 써서 앞 문장의 내용을 설명해준다. 프로메테우스의 우화가 어떤 의미를 가지는지, 왜 첫 문장에 이런 우화를 끄집어냈는지, 첫 문장에 이런 우화를 사용하게 된 배경이나 이유를 설명하면서 앞 문장과 연결하는 것이다.

> ① 아주 옛날, 대장장이 프로메테우스가 인간을 빚으면서, 각자의 목에 두 개의 보따리를 매달아 놓았다고 한다. 보따리 하나는 다른 사람들의 결점으로 가득 채워 앞쪽에, 또 다른 보따리는 자신들의 결점으로 가득 채워 등 뒤에 달아 놓았다고 한다. (예화)
> ② 그래서 사람들은 앞에 매달린 다른 사람의 결점들을 잘도 보고 시시콜콜 이리 뒤지고 저리 꼬투리를 잡지만, 뒤에 매달린 보따리 속의 자기 결점은 전혀 볼 수 없게 되었다고 한다. (논평)

일반적으로 예화나 우화, 인용문 다음에 위의 ②문장처럼 이에 관한 논평을 하는 경우가 많다. 그런데 학생이 쓴 앞의 예문에서는 첫 문장에 이어 둘째 문장에 갑자기 예술가에 관한 이야기가 나왔다. 프로메테우스의 우화가 왜 첫 문장에 사용되었는지도 궁금한데 갑자기 "프로메테우스가 예술가와 같다"라는 새로운 내용이 전개되다니…. 독자는 이 문장을 앞 문장과 연결하기가 쉽지 않다.

프로메테우스의 신화를 첫 문장에 사용한 것은 이와 관련하여 어떤 내용이 전개될 것이라는 점을 암시한 것이다. 독자는 당연히 이와 관련된 어떤 내용을 기대하게 된다. 그런데 그다음에 바로 나오는 "예술가는 프로메테우스와 같다"는 문장은 너무 성급하다. 필자는 프로메테우스의 신화를 첫 문장에 쓴 이유를 다음 문장에서 설명해주어야 한다. 이마저 생략한 채 프로메테우스가 예술가와 닮았다는 새로운 내용을 전개했으니 독자 입장에선 당황할 수밖에 없다.

이제 그다음 문장을 살펴보자. 프로메테우스의 신화가 첫 문장에 나오고 다음 문장에 바로 예술가가 프로메테우스와 같다고 말한다. ③문장은 ②문장을 보충 설명하는 것이다. 앞 문장을 보충하는 문장이어서 그런지 문장 단절에 관한 학생들의 평가도 이 부분에서 가장 좋다.

① 프로메테우스는 불을 훔쳐 인간들에게 주었다는 이유로 코카서스 바위섬에 묶여 독수리에게 간을 쪼인다./(32)

② 예술가는 프로메테우스와 같다./(13)

③ 인간에게 더 큰 무언가를 주기 위해 자신은 끊임없이 고통을 당한다는 점에서 프로메테우스에서 예술가를 읽을 수 있다.

그러나 문장 전체로 보면 ③과 같은 보충 문장은 사실 ①번과 ②번 문장 사이에 더 필요하다. 중간에 연결 문장(별색)을 넣으면 아래와 같다.

① 프로메테우스는 불을 훔쳐 인간들에게 주었다는 이유로 코카서스 바위섬에 묶여 독수리에게 간을 쪼인다. 프로메테우스는 자신이 고

통을 당하면서도 인간에게 불을 전해줘 문명이 가능하게 해준 것이다. ② 예술가는 프로메테우스와 같다. (자신은 고통을 당하면서도 남을 위해 헌신하는 측면에서 프로메테우스에게서 예술가를 읽을 수 있다.)

이렇게 내용을 보충하는 연결 문장을 넣으면 읽는 호흡도 부드럽고, 생각의 흐름도 자연스러워진다. 어쨌든 본문에서 ②번과 ③번 문장은 연결에 큰 문제가 없다.

② 예술가는 프로메테우스와 같다./(13)
③ 인간에게 더 큰 무언가를 주기 위해 자신은 끊임없이 고통을 당한다는 점에서 프로메테우스에게서 예술가를 읽을 수 있다.

학생들이 표시한 단절의 숫자도 '13'밖에 되지 않는다. 전체 문장에서 가장 적은 숫자이다. 앞서 말한 대로 ②번 문장을 뒷받침해주는 문장이기 때문이다.

③ 인간에게 더 큰 무언가를 주기 위해 자신은 끊임없이 고통을 당한다는 점에서 프로메테우스에서 예술가를 읽을 수 있다./(54)
④ 프로메테우스는 인간에게 문명을 주었다./(20)
⑤ 문명은 사전에서 인류가 이룩한 물질적인 발전이라고 정의하고 있다./(34)
⑥ 프로메테우스가 인간에게 물질적인 발전을 주었다면 예술가는 인간에게 정신적인 발전을 준 것이다.

다음으로 ③번과 ④번 문장을 읽어보기 바란다. 역시 앞의 문장처럼 연결이 잘되지 않는다. ②번 문장과 ③번 문장이 프로메테우스와 예술가에 관한 이슈를 다루고 있어 ④번 문장도 이와 연관되어야 하는데 갑자기 첫 문장의 관점, 즉 프로메테우스에 관한 내용으로 돌아갔다. 이것은 아마 ⑥번 문장을 설명하기 위한 사전 작업으로 보이지만 정작 중요한 점인 문장 연결에는 실패하고 만다.

이 글에서는 ④번과 ⑤번 문장을 삭제하는 것이 다음 문장과의 의미 연결을 위해 더 나아 보인다. 사실 ⑤번 문장과 같은 정보는 독자에게 필요 없는 것이다. 누구나 알고 있는 사전적 정의에 불과하다(아울러 ④번 문장을 보면 ③번 문장에 비해 너무 짧다. 이렇게 되면 문장의 리듬감이 흐트러진다. 문장을 쓸 때는 소리 내어 읽어보면서 문장의 리듬감을 찾아야 한다).

다시 예문의 문장으로 돌아가 보자.

① 프로메테우스는 불을 훔쳐 인간들에게 주었다는 이유로 코카서스 바위섬에 묶여 독수리에게 간을 쪼인다./(32)

② 예술가는 프로메테우스와 같다./(13)

③ 인간에게 더 큰 무언가를 주기 위해 자신은 끊임없이 고통을 당한다는 점에서 프로메테우스에서 예술가를 읽을 수 있다./(54)

④ ~~프로메테우스는 인간에게 문명을 주었다./(20)~~

⑤ ~~문명은 사전에서 인류가 이룩한 물질적인 발전이라고 정의하고 있다./(34)~~

⑥ 프로메테우스가 인간에게 물질적인 발전을 주었다면 예술가는 인간에게 정신적인 발전을 준 것이다./(59)

⑦ 물질과 정신이 적절하게 조화를 이루었을 때에만 산다는 것, 참되게 산다는 것이 가능해진다./(83)

⑧ 토마스 만의 말처럼 예술가는 길 잃은 시민이다./(14)

⑨ 더 큰 도약을 위해서는 잠시 무릎을 굽혀야 하듯이 더 큰 길을 가기 위해서도 잠시 길을 잃고 헤매는 과정이 필요하다./(42)

⑩ 예술가로 산다는 것은 고통일 수밖에 없다.

⑦번과 ⑧번의 문장도 이 글이 지닌 주된 관점에서 보면 논지에서 벗어났다. 위의 예문에서 다루는 논지의 중심은 모호하긴 해도 대체로 예술가의 헌신과 고통에 관한 것으로 보인다. 예술가가 프로메테우스처럼 인간에게 문명을 주기 위해 자신을 희생하고 고통을 겪는 존재라는 것이다. 이런 면에서 보면 ⑦번 ⑧번 문장은 쉽게 의미 연결이 되지 않는다. ⑦번 문장의 물질과 정신에 관한 내용은 중심 논지에서 벗어난 이야기이다. ⑧번 문장의 토마스 만 이야기도 갑자기 등장해서 앞 문장과 연결되지 않는다. 아마 예술가에 관한 사례를 들고자 한 것 같은데 앞 문장과 내용이 이어지지 않아서 단절 숫자도 가장 높게(83) 나왔다.

이에 반해 ⑧~⑨번 문장의 단절 숫자는 상당히 낮다. 그 이유는 ⑨번 문장이 ⑧번 문장을 뒷받침하면서 앞 문장의 내용을 보충 설명하는 문장이기 때문이다. ⑩번 문장은 단락의 마무리 문장으로 큰 문제는 없다. 이 단락의 전체 주제가 '예술가의 헌신'에 관한 것이기 때문에 마무리 문장으로 잘 서술되었다고 본다. 그런데 생각보다 단절 숫자가 높게 나왔다. 앞 문장과 연결보다는 전체 내용을 마무리 짓고자 했기 때문에 그렇게 된 것으로 보인다.

그런데 단절 숫자가 낮은 문장 연결에는 두드러진 특징이 있다. 아래 예시를 보자.

② 예술가는 프로메테우스와 같다.↘

③ 인간에게 더 큰 무언가를 주기 위해 자신은 끊임없이 고통을 당한
다는 점에서 프로메테우스에서 예술가를 읽을 수 있다.

⑧ 토마스 만의 말처럼 예술가는 길 잃은 시민이다.↘

⑨ 더 큰 도약을 위해서는 잠시 무릎을 굽혀야 하듯이 더 큰 길을 가기
위해서도 잠시 길을 잃고 헤매는 과정이 필요하다.

예문을 보면 ③번 문장과 ⑨문장이 단절 숫자가 낮다. 왜 그럴까? 두 문장은 모두 앞 문장을 보충해서 설명해주는 뒷받침 문장이기 때문이다. 그래서 문장 연결이 부드럽게 이루어졌고 단절 숫자가 낮아졌다.

담화주제와 초점

학생들의 글을 읽다 보면 의미가 부드럽게 연결되지 못하고, 중간중간 단절된다는 느낌이 들 때가 많다. 한 편의 글이 일관된 스토리로 지속되어 적절한 메시지를 만들어내야 하는데 그렇지 못한 글이 많다. 문장이 일관된 화제로 지속되지 못하고 단절되는 현상은 3장에서 설명한 대로 텍스트의 흐름에 따르지 않고 필자의 생각을 앞세웠기 때문이다. 그럴 경우 위에서 보듯이 문장이 연결성을 잃고 단절되는 현상이 발생한다.

앞의 예문에서 필자는 예술가가 프로메테우스처럼 고뇌하는 인간이란 점을 말하고 싶었던 것 같다. 그러나 문장 연결이 되지 않아 혼란스럽게 되면서 정작 독자들이 볼 때 무슨 말을 하는지 알 수 없게 되었다. 어떻게 해야 이런 혼란스러운 상황을 정리할 수 있을까? 가장 좋은 방법은 전체 주제를 설정하여 그 논리에 따라 문장을 서술해가는 것이다. 앞 문장의 말을 이어받아 다음 문장을 쓰면서 그 문장이 앞 문장의 의미와 논리적으로 이어지는지 검토하는 것이다. 특히 필자의 시각이 아니라 독자의 시각에서 논지의 흐름을 검토해보아야 한다.

그런데 글을 쓸 때마다 이렇게 하는 게 사실 쉬운 일이 아니다. 누구나 안다고 하지만 막상 글을 쓰다 보면 잘되지 않는다. 그만큼 논리적인 글쓰기가 어렵다는 뜻이다. 그래서 가능한 몇 가지 방법을 이야기하고자 한다. 하나는 문장 화제와 초점을 따라가면서 글을 쓰는 방법이고, 다른 하나는 결속성을 따져가면서 글을 쓰는 방법이다. 여기서는 먼저 문장 화제와 초점에 따라 글을 쓰는 방법을 다루어보자.

'문장 화제(話題)'는 문장에서 말하고자 대상을 지칭할 때 쓰는 말이다. "영희는 대학생이다"라는 문장이 있다면 이 문장은 영희에 대해 말하고 있으니 문장 화제는 '영희'이다. 영희가 누구인지를 설명해주고 있기 때문이다. 문장 화제는 보통 문장의 첫머리(주어)에 많이 나온다. 주어는 문장이 무엇에 대해 말하는지 대상(토픽)을 지칭해주는 역할을 한다. "영희는 대학생이다"라는 문장에서 보면 '영희'는 문법상 주어이지만 정보 전달 입장에서 문장 화제에 해당한다. 영희가 대학생이라는 정보를 전달하기 때문이다. 또 다른 예를 보면 "명왕성은 2006년부터 왜행성으로 분류되었다"라는 문장에서 '명왕성'은 문법적으로 주어이지만 정보 전달의 입장에서 문장 화제에 해당한다. 명왕성에 대하여 말하는 문장이기 때문이다.

'초점'은 문장에서 말하고자 하는 핵심 정보를 지칭한다. "영희는 대학생이다"라는 문장에서는 '대학생'이 초점이다. 필자가 전달하고자 하는 것은 영희가 아니라 영희가 '대학생'이라는 정보이기 때문이다. "명왕성은 2006년부터 왜행성으로 분류되었다"라는 문장에서는 '왜행성'이 초점이다. 필자가 전달하고자 하는 것은 명왕성 자체가 아니라 '명왕성이 왜행성'이라는 정보이기 때문이다.

여기서 주어로 나온 '영희'나 '명왕성'은 알려진 정보에 해당하고 '대학생' '왜항성'은 새로운 정보에 해당한다. 그래서 문장 화제는 통상 '구정보'라고 부르고, 전달하고자 하는 부분은 '신정보'라고 부른다. 일반적으로 대화나 문장은 이렇게 구정보와 신정보가 반복되면서 진행된다.

A. 어제 학교에서 영순이를 만났어.

B. 어, 그래, 영순이는 뭐 한데?

C. 공무원 시험 준비를 하고 있대.

D. 힘들겠네.

친구와 만나 대화를 나누는 장면이다. A는 대화를 시작하는 첫 내용이라 전체가 신정보로 이루어졌다(*영순이는 서로 알고 있을 가능성이 높아 구정보에 해당할 수도 있다). B에서 '영순'은 구성보이다. 이미 앞의 대화에서 나왔기 때문이다. C에서는 '영순이는'이란 주어를 생략했는데, "공무원 취업 준비를 한다"라는 내용은 신정보이다. D에서는 공무원 취업 준비가 '힘들다'는 정보가 신정보에 해당한다. 이처럼 대화나 문장은 구정보와 신정보를 반복하면서 진행된다.

구정보와 신정보를 반복하면서 대화를 이어갈 수 있는 것은 일정한 토픽이 화자와 청자, 필자와 독자를 연결해주기 때문이다. 위의 예문에서는 영순이가 대화의 중심 대상이다. 영순이를 만났고, 그가 공무원 시험 준비를 한다는 이야기가 주 내용이다. 이 문장에서 보듯이 대화나 문장을 잘 이어가려면 중심 화제나 토픽에서 벗어나지 않도록 해야 한다.

이 내용을 선뜻 이해하기 어렵다면 독자의 관점에서 문장을 한번 살펴보자. 독자는 글을 읽으면서 이 글이 무엇에 관한 것인지(토픽), 또 이 글에서 말하고자 하는 내용이 무엇인지(주제) 나름대로 판단한다. 그리고 그 판단을 근거로 이어지는 문장들을 해석해간다. 이렇게 글을 읽으면서 어떤 주제에 관해 생각하고 이에 관해 초점화하는 것을 '활성화'라고 말한다.

언어학자 체이프는 우리가 대화를 나눌 때나 글을 쓸 때 화제로 삼는 상황이 있으면 한동안 그와 관련된 내용이 뇌 속에서 활성화된다고 말했다. 만약 친구와 '소개팅'에 관해 이야기하는 중이라면 소개팅에 관한 다양한 정보가 뇌 속에서 활성화된다. 그리고 대화 중에 그런 소재들을 자연스럽게 사용한다.

프로메테우스는 = 문장 화제

불을 훔쳐 인간들에게 주었다는 이유로
　　　　　　　　　└ 초점1

코카서스 바위섬에 묶여 독수리에게 간을 쪼인다.
　　　　　　　　　└ 초점2

위의 문장에서 말하고자 하는 대상(문장 화제)은 '프로메테우스'이고, 말하고자 하는 내용은 초점1, 초점2이다. 문장에서 독자가 활성화하는 것은 '프로메테우스와 그 행동'이다. 그런데 그다음 문장에 갑자기 활성화되지 않은 문장 화제 '예술가'가 나온다. "예술가는 프로메테우스와 같다." 앞 문장의 문장 화제에 관해 정리도 하기 전에 새로운 문장 화제가 등장한 것이다. 이렇게 되니 문장이 연결되지 않고 단절되는 현상이 생긴다.

토픽으로 묶인 글쓰기

문장 화제나 초점이 어렵다고 생각되는 분은 활성화 개념을 이해하면 더 쉽게 글을 쓸 수 있다. 문장에서 말하고자 하는 화제나 토픽이 어떻게 활성화하는지에 아래 제시한 글을 집중해서 살펴보자. 앞에서 필자가 말하려고 하는 화제나 토픽이 독자의 머릿속에서 활성화한다고 말한 바 있다. 중요한 것은 활성화한 그 부분을 가급적 문장에서 쭉 이어가도록 해야 한다는 점이다.

두껍고 어려운 고전 책을 읽다 보면 이 책을 꼭 읽어야 하나라는 생각이 들 때가 많다. 그래도 책에서 손을 떼지 못하는 것이 고전 읽기이다. 도대체 무엇을 얻자고 이렇게 힘들게 고전을 읽을까? 고전의 유용성에 대해서는 다양한 해석이 있지만 나는 그중에서도 유종호 선생의 말이 가장 기억에 남는다. 유종호 선생은 고전을 통해 얻는 것은 '하늘 아래 새로운 것이 없다는 새삼스러운 깨우침'이라고 말했다. 고전을 통해서 새롭고 대단한 지식을 얻는 것이 아니라 우리와 비슷한 삶을 살아간 선인들의 삶의 지혜를 얻는다는 것이다. 고전은 이전 삶을 보면서 현재 삶을 깨우치기 위해서 읽는다.

이 글의 토픽은 무엇일까? '고전을 왜 읽을까?' '고전의 유용성' 이런 것들이다. 이런 내용이 글 전체에 활성화되어 있다. 첫 문장에서 활성화하는 것은 "고전을 꼭 읽어야 하나?"라는 질문이다. 그리고 이와 관련된 내용이 쭉 이어진다. '고전의 유용성에 관한 다양한 해석'이란 언급이 나오고, 그다음으로 유종호 선생이 말한 고전의 유용성에 관한 이야기가 나온다. 그리고 현재 삶을 깨우치기 위해서 읽는다는 결말로 이어진다. 활성화되는 주요 부분은 다음과 같다.

고전을 읽다 보면 이 책을 꼭 읽어야 하나라는 생각

↘

도대체 무엇을 얻자고 힘들게 고전을 읽을까?

↘

고전의 유용성에 관한 다양한 해석

↘

유종호 선생의 말

↘

하늘 아래 새로운 것이 없다는 새삼스러운 깨우침

선인들의 삶의 지혜를 얻는다는 것

고전은 이전 삶을 보면서 현재 삶을 깨우치기 위해서 읽음

결국 이 문장에서 활성화한 토픽은 '고전의 유용성'이다. 처음부터 끝까지 "힘들게 고전을 읽는데 그 유용성은 무엇이냐?"라는 질문에 답을 하기 위해 작성한 것이다. 이렇게 이 단락은 처음부터 마지막까지 하나의 토픽에 묶여 있기에 문장이 집약되어 의미가 연결될 수 있다.

문장의 논리적 결합

어떤 특별한 토픽이 잘 활성화해서 문장으로 이어지면 독자들은 내용을 쉽게 이해할 수 있다. 그러므로 문장 하나하나를 쓸 때 앞선 문장의 토픽이 잘 이어지고 있는지 검토해보아야 한다. 문장은 이런 특정한 토픽을 이어가면서 필자와 독자가 의미를 공유하기도 하지만, 문장의 기능적 특성을 통해 서로 연결하기도 한다. 학생이 쓴 다음 글을 보자.

"세상에 도덕적 현상이란 없다. 다만 현상의 도덕적 해석이 있을 뿐이다." 철학자 니체가 한 말이다. 니체는 도덕을 절대적이라고 생각하지 않았다. 나쁘다 혹은 좋다는 도덕적 판단은 개인의 주관적인 판단에 의해 결정되기 때문이다. 자신이 좋다고 생각하는

것도 남이 보면 나쁘다고 판단할 수 있다. 사람마다 가치관이 다르기 때문에 같은 현상을 두고 다른 판단을 하는 것이다. 그러나 이런 판단이 사회적 해악을 끼친다고 주장하는 사람도 있다. 사람마다 다른 도덕적 판단이 무한정 허용되면 사회적 질서가 무너질 수 있다고 보기 때문이다.

위의 예문은 니체가 한 말 "세상에 도덕적 현상이란 없다. 다만 현상의 도덕적 해석이 있을 뿐이다"에 관한 학생의 생각을 적은 글이다. 이 글의 주된 화제는 '니체가 말한 도덕적 현상에 관한 해석'이 될 것이다. 학생은 니체의 해석에 관한 자신의 생각을 서술했다. 그리고 이에 관한 생각이 글 전체에 활성화하여 나타났다.

이 글을 토픽의 활성화가 아니라 문장 간의 기능적 관계의 입장에서도 분석해볼 수 있다. 이를테면 니체의 주장에 관해 동의하는지, 아니면 반박하는지, 근거를 말하는지, 예시를 드는지 이런 기능적 측면에서 문장의 연결을 볼 수가 있다. 이런 측면에서 각 문장의 관계를 살펴보면 다음과 같다.

① "세상에 도덕적 현상이란 없다. 다만 현상의 도덕적 해석이 있을 뿐이다." ▶ 주장
② 철학자 니체가 한 말이다. ▶ 부연
③ 니체는 도덕을 절대적이라고 생각하지 않았다. ▶ 상술
④ 나쁘다 혹은 좋다는 도덕적 판단은 개인의 주관적인 판단에 의해 결정되기 때문이다. ▶ 근거

⑤ 자신이 좋다고 생각하는 것도 남이 보면 나쁘다고 판단할 수 있다.
▶ 부연

⑥ 사람마다 가치관이 다르기 때문에 같은 현상을 두고 다른 판단을 하는 것이다. ▶ 이유

⑦ 그러나 이런 판단이 사회적 해악을 끼친다고 주장하는 사람도 있다. ▶ 반론

⑧ 사람마다 다른 도덕적 판단이 무한정 허용되면 사회적 질서가 무너질 수 있다고 보기 때문이다. ▶ 근거

위에서 문장 간의 관계를 보면 처음 제기한 주장에 대해 각 문장은 각각의 논리적 기능을 가지고 진술되고 있음을 알 수 있다. 특정 토픽으로 활성화하여 필자와 독자가 정보를 공유하더라도 각 문장은 진술 내용에 관한 나름대로의 기능을 가지게 된다.

예컨대 앞의 말을 이해하기 쉽도록 설명을 덧붙이는 것은 '부연'이나 '상술'이며, 어떤 일이나 행동의 근원이 되는 것은 '근거', 어떤 결과에 이른 사유나 원인은 '이유', 앞의 진술에 대해 반대하는 입장의 서술은 '반론'이나 '반박', 앞의 말에 관한 구체적 사례를 나열할 때는 '예시', 어떤 사실을 직접 말하지 않고 다른 사실에 빗대어 말할 때는 '비유', 다른 대상의 같고 다름을 검토하는 것을 '대조'라 이른다.

글에서 어떤 주장이 있을 때 다음에 이어질 문장의 기능을 살펴보면 대상 다음과 같은 기능의 문장이 올 수 있다.

진술(주장)

└ 뒷받침 문장(부연/상술)

　　예시/실증

　　근거/이유

　　반론/반박

　　비교/대조

만약 다음과 같은 문장이 있다고 할 때, 그다음에 올 수 있는 기능적 문장을 서술해보면 다음과 같다. "한국 대학생들의 독서량은 많지 않다"라는 명제 다음에 나올 수 있는 기능적 문장을 찾으면 다음과 같다.

1. 부연/상술

한국 대학생들의 독서량은 많지 않다. 지방대의 학생들 뿐 아니라 소위 명문대의 학생들도 논문과 서적 및 기타 간행물들을 자주 읽지 않는 것으로 밝혀졌다. 그나마 읽는다고 하는 자료들도 대부분 수업 교과서 혹은 보고서 참고자료이다. 학생들의 실질적 독서율이 얼마나 낮은지를 알 수 있는 대목이다.

2. 예시/실증

한국 대학생들의 독서량은 많지 않다. 학생들의 연간독서율은 1994년 이래 줄곧 떨어져 지난해 89%를 기록했다. 독서량 역시 연평균 11.8권으로 한 달에 한 권도 채 읽지 않는다. 공부하는 학생이 교과서 이외에 한 달에 한 권도 책을 안 읽는다는 사실은 교육과 독서의 이

율배반 관계를 증명한다. 대학생들은 입시지옥보다 더 어려운 취업 지옥을 벗어나고자 토플책과 고시 책에 몰두하는 것이 현실이다.

3. 근거/이유

한국 대학생들의 독서량은 많지 않다. 이러한 현상은 어려서부터 체계적인 독서 습관을 기르지 못했기 때문에 나타난 것이다. 실제로 한 기관의 조사 결과 책을 읽지 않는 이유로는 25.1퍼센트로 가장 많은 수의 대학생들이 "책 읽는 것이 싫고, 습관이 되지 않아서" 독서를 하지 않는다고 응답했다. 외국의 경우와는 달리 책과 함께할 수 있는 환경조성과 독서에 대한 적극적인 사회적 관심이 부족했기 때문에 이러한 결과가 나타난 것이 아닐까?

4. 비교/대조

한국 대학생들의 독서량은 많지 않다. 인근 일본과 비교할 때 월평균 3권 이상 읽는 대학생의 비율은 일본이 17.7퍼센트, 한국이 14.5퍼센트로 3.2퍼센트 포인트 떨어지며, 연평균 대학 도서관 이용률(24.7퍼센트)도 유럽 평균(29.8퍼센트)에 비해 낮다. 독서 선진국인 핀란드(67.8퍼센트)나 스웨덴(65.3퍼센트)에 비해서는 상당히 낮다. 고급 인재를 양성해야 하는 측면에서 본다면 바람직한 일은 아니다.

핵심 체크

1. 글은 두 문장, 혹은 세 문장이 연결되면서 의미를 만들어 전체 주제를 형성하는 것이 중요하다. 세부 내용들은 하나씩 모여서 전체 주제가 만들어지는 것이다. 만약 세부적인 문장 하나하나가 연결되지 않고 의미가 끊긴다면 전체 주제를 형성하기가 힘들어진다.

2. 한 편의 글은 일관된 스토리로 지속되어 적절한 메시지를 형성해야 한다. 문장이 일관된 화제로 지속되지 못하고 단절되는 현상은 문장의 연결 흐름을 따르지 않고 필자의 생각을 앞세우기 때문이다. 문장의 흐름이 단절될 때는 문장을 수정하고 이를 고쳐야 한다.

3. 문장의 의미 연결을 위한 한 방법은 문장 화제와 초점을 따라가면서 글을 쓰는 방법이다. 문장 화제와 초점에 따라 글을 쓰기 위해서는 글의 진행을 특정한 토픽으로 활성화시켜야 한다. 독자는 글을 읽으면서 이 글이 무엇에 관한 것인지(토픽), 또 이 글에서 말하고자 하는 내용이 무엇인지(주제)에 관해 나름대로의 판단을 한다. 그리고 그 판단을 가지고 문장들을 해석해간다. 이렇게 필자가 특정한 토픽과 주제로 초점화하는 것을 활성화라고 말한다. 심리학자 체이프(Chafe)는 대화나 글을 쓸 때 중심되는 대상으로 뇌가 활성화한다고 말한다.

4. 글에서 서술되는 각각의 문장은 각자 논리적 기능을 가지고 진술된다. 예컨대 앞의 말을 이해하기 쉽도록 설명을 덧붙이는 것은 '부연'이나 '상술'이며, 어떤 일이나 행동의 근원이 되는 것은 '근거', 어떤 결과에 이른 원인이나 근거는 '이유', 앞의 진술에 대해 반대하는 입장의 서술은 '반론'이나 '반박', 앞의 말에 관한 구체적 사례를 나열할 때는 '예시', 어떤 사실을 직접 말하지 않고 다른 사실에 빗대어 말할 때는 '비유', 다른 대상의 같고 다름을 검토하는 것을 '대조'라고 말한다. 문장은 이런 논리적 기능을 통해서도 연결될 수 있다.

실전 체크

1. 다음 제시한 문장을 앞 문장으로 하여 의미가 연결되도록 다음 문장을 작성해보자.

1) 새해부터 취업난으로 대학가가 술렁이고 있다.

2) 지구온난화(Global Warming)는 인간 활동으로 인해 지구의 평균기온이 상승하는 현상을 말한다.

3) 청소년 문화가 기성세대의 상업문화와 어떻게 다른지, 어떤 특성을 가지고 있는지 규명할 필요가 있다.

4) 진리란 언제든지 새롭게 수정되어질 수 있다. 그래서 궁극적 진리란 존재할 수가 없다.

2. 아래 문장을 논리에 맞게 연결하여 의미가 이어지도록 만들어보자.

① 학교에 갔다. ② 오늘은 공휴일이다. ③ 내일 시험이 있다. ④ 몸이 피곤했다.

3. 아래에서 제시하는 조건에 따라 첫 문장을 이어서 한 단락을 작성해보자.

1) 한국 사회의 경제적 불평등은 매우 심각한 편이다. (부연, 상술)

2) 한국 사회의 경제적 불평등은 매우 심각한 편이다. (예시, 실증)

3) 한국 사회의 경제적 불평등은 매우 심각한 편이다. (근거, 이유)

4) 한국 사회의 경제적 불평등은 매우 심각한 편이다. (비교, 대조)

5) 한국 사회의 경제적 불평등은 매우 심각한 편이다. (원인, 해결책)

4. 다음은 '미국의 자조정신'에 관한 학생의 글이다. 문장의 흐름에 맞게 밑줄 친 문장 부분을 완성해보자.

성공의 절대 요소는 무엇일까. 다양한 답이 있겠지만, 누구도 개인의 실력과 노력을 빼놓을 순 없다. 무수한 격언들이 입을 모아 말하듯, 정말 노력하지 않고서 무언가를 이루지는 못한다. 미국 〈포춘〉 지의 편집 장인 제프리 콜빈은 좀 더 강력하게 노력의 중요성을 주장한다. 그의 글 「무엇이 위대함을 만드는가?」에서 그는 다음과 같이 말한다. "재능은 위대함과 거의, 혹은 전혀 관련이 없다. 오직 수년에 걸친 엄청난 노력만이 위대함을 성취할 수 있게끔 한다." 그의 이런 생각은 성공에 대한 미국인들의 일반적인 견해와 흡사하다. 물질적·사회적 성공에 있어 개인의 노력을 지나치리만치 강조하는 이 태도는 미국의 전통적 자조정신(Self-reliance)에 기초한다. 이런 자조정신은 초기 개척시대의 산물이다. _____

5. 다음 단락은 문장의 연결이 잘되지 않을 뿐만 아니라 단락의 주제도 불분명하다. 이를 맥락에 맞고 주제가 살아나게 다시 작성해보자.

흔히 사람들은 자유를 '구속이나 억압이 없는 상태', 혹은 '부당한 강제나 간섭을 받지 않는 상태'라 정의한다. 자유를 이러한 관점에서 해석한다면 현대 사회를 살아가는 인간은 자유로운 존재라고 말할 수 있다. 물론 일부 예외적인 사람도 있다. 아직까지도 독재 사회에서 부당한 억압을 받는 사람이 있기 때문이다. 진정한 자유를 위해 모든 사람이 노력해야 하는 이유이다. 사람들은 권력자들의 억압과 구속에서 벗어나기 위해 끊임없는 투쟁을 벌였다. 그로 인해 사회 체제와 정치 체제가 바뀌면서 지금의 우리는 충분한 '자유'를 누리며 살고 있다. 그러나 자유를 이러한 의미로만 해석해서는 안 된다. 이는 단지 외면적 자유에 불과하다. 인간이 진정으로 자유로운 존재인지 고찰하려면 '내면적 자유'의 관점에서 자유를 바라볼 필요가 있다.

6. '소리 없는 아우성, 성공적인 실패, 공공연한 비밀, 침묵의 웅변'과 같은 표현은 의미상 양립될 수 없는 말이다. 이처럼 양립할 수 없는 표현을 새롭게 만들어 이를 주제로 간략한 글을 써보자. (500~1,000자)

9장

문장의 연결 2

연결 표현을 쓰더라도 아이디어를 정교화하여
새로운 정보를 제공하지 않으면 좋은 글이 될 수 없다.

A.　　프로메테우스는 불을 훔쳐 인간들에게 주었다는 이유로 코카서스 바위섬에 묶여 독수리에게 간을 쪼인다. 예술가는 프로메테우스와 같다. 인간에게 더 큰 무언가를 주기 위해 자신은 끊임없이 고통을 당한다는 점에서 프로메테우스에서 예술가를 읽을 수 있다. 프로메테우스는 인간에게 문명을 주었다. 문명은 사전에서 인류가 이룩한 물질적인 발전이라고 정의하고 있다. 프로메테우스가 인간에게 물질적인 발전을 주었다면 예술가는 인간에게 정신적인 발전을 준 것이다. 물질과 정신이 적절하게 조화를 이루었을 때에만 산다는 것, 참되게 산다는 것이 가능해진다. 토마스 만의 말처럼 예술가는 길 잃은 시민이다. 더 큰 도약을 위해서는 잠시 무릎을 굽혀야 하듯이 더 큰 길을 가기 위해서도 잠시 길을 잃고 헤매는 과정이 필요하다. 예술가로 산다는 것은 고통일 수밖에 없다.

B.　　고수레 : ① 단군 시대에 고시(高矢)라는 사람이 있었는데 그리스 신화에 나오는 프로메테우스처럼 그 당시 사람들에게 불

을 얻는 방법과 농사짓는 법을 가르쳤다고 한다. ② 이 때문에 후대 사람들이 농사를 지어서 음식을 해 먹을 때마다 그를 생각하고 '고시네'를 부르며 그에게 음식을 바쳤다고 한다. ③ 그것이 '고시레' '고수레' 등으로 널리 쓰이다가 '고수레'가 표준어로 굳어졌다.

C.　　　토요일 이른 오후의 고속도로는 차들로 붐빈다. 길 양옆으로는 흙먼지를 뒤집어쓴 채 다닥다닥 붙어 있는 집들이 빠르게 지나간다. 난 운전대의 좌우를 양손으로 붙잡고, 타이어가 차선을 넘어가지 않도록 신경을 쓴다.

연결 기능

앞장(8장)에서 화제나 토픽이 활성화하여 문장을 연결하는 과정을 살펴보았다. 이 장은 문장 연결과 관련해 결속성과 그 밖의 다른 규칙을 살펴볼 것이다. 문장을 연결할 수 있는 다른 방법이 있는지 찾아보기 위해서이다. 체이프가 말했듯이 일반적으로 문장은 활성화한 토픽이나 화제를 근거로 논지가 전개된다. 이럴 때 앞 문장의 어휘를 이어받아 뒤 문장에서 사용되는 현상이 생기는데 이를 결속성(cohesion)이라고 부른다. 그럼, 결속성과 관련하여 문장 연결을 위한 연결 표현들을 살펴보고 이를 논의해보자.

먼저 위의 예문을 살펴보자. A 예문은 앞장에서 살펴본 것으로, 문장 연결이 매끄럽게 되지 않은 글이다. B 예문은 '고시레'라는 우리말을 설명한 것인데 문장이 잘 연결되었다. 옛날 '고시'라는 사람이 농사법과 불(火)을 전해주었으며, 사람들이 음식을 먹기 전에 감사의 뜻으로 '고시네'라고 불렀고, 그것이 '고시레'가 되었다고 한다.

이 예문에서 첫 문장의 '고시'를 다음 문장에서 대명사 '그'로 받아 문장을 이어간다. 그리고 셋째 문장의 '그것'도 앞 문장의 내용을 이어받은 대명사이다. 둘째 문장의 '이 때문에'는 원인과 결과의 관계를 나타내는 연결어로 앞 문장을 이어받아 연결하는 기능을 한다. 이처럼 이 예문은 다양한 연결 표현을 통해 문장을 연결해주고 있다.

> 고수레 : 옛날 단군 시대에 ① 고시(高矢)라는 사람이 있었는데 그리스 신화에 나오는 프로메테우스처럼 그 당시 사람들에게 불을 얻는 방법과 농사짓는 법을 가르쳤다고 한다. 이 때문에 후대 사람들이 농사를 지어서 음식을 해 먹을 때마다 ② 그를 생각하고 '고시네'를 부르며 ③ 그에게 음식을 바쳤다고 한다. 그것이 '고시레' '고수레' 등으로 널리 쓰이다가 '고수레'가 표준어로 굳어졌다.

○ 고시(高矢) ▶ 그 ▶ 그

○ 이 때문에

○ 고시네 ▶ 그것

C 예문은 어느 소설에서 따온 문장이다. 이 문장을 보면 각각의 문장들은 전혀 연관이 없는 것처럼 보인다. 그러나 우리가 고속도로에서 차

를 타거나 운전해본 사람이라면 이 문장들이 어떤 뜻으로 연결되는지 쉽게 그 의미를 해석할 수 있다. C 예문은 각 문장을 이어주는 연결 어휘가 없이 맥락이나 경험 혹은 지식을 통해 문장의 의미가 연결된다.

이런 내용을 정리하면 문장은 특정한 연결 어휘를 통해, 또는 맥락이나 경험 혹은 지식을 통해 연결된다는 사실을 알 수 있다.

문장 연결 : 연결 어휘

　　　　　맥락, 경험, 지식

이에 따라 여기서 연결 어휘로 연결되는 경우와 맥락이나 경험에 의해 연결되는 경우를 각각 살펴보고 그에 관한 간단한 원리를 알아본다.

문장의 연결 표현

문장이 잘 연결되는 글을 쓰고 싶을 때 먼저 고려해야 할 것은 연결 표현을 잘 활용하는 것이다. 연결 표현은 영어로는 'Cohesion'이라고 하는데 한국어에서는 학술적 용어로 흔히 '결속성' 혹은 '결속 표현'이라고 말한다. 보통 결속 표현은 앞뒤 문장을 연결하는 언어적 연결 장치를 일컫는 말이다. 예를 들면 "철수는 장학금을 받았다. 그는 공부를 잘하기 때문이다"라는 문장이 있다면 앞뒤 문장의 '철수'와 '그'가 동일 인물이기 때문에 뒤의 대명사 '그'는 앞의 문장을 이어주는 역할을 한다. 여기서는 결속 표현이라는 말이 어렵기 때문에 간단히 '연결 표현'

이라는 말을 사용하도록 한다.

　문장 연결 표현의 종류로 다음과 같은 것들이 있다.

1) 여기 있던 공기구를 보았니?

　예, 이웃집에 하나 빌려주었지요. (대체)

2) 소녀시대 콘서트에 가고 싶니?

　그래, 가고 싶어. (삭제)

3) 지배인은 멋있게 생겼어.

　맞아 그가 가는 곳마다 손님들이 모인대. (지시)

4) 어느 조가 우승이지? 나에게 알려줘. 그리고 조장 이름도 알려줘. (접
속사)

5) 너는 거짓말을 했어.

　아냐, 나는 거짓말을 하지 않았어. (어휘 반복)

　1)은 앞 문장의 '공기구'라는 말을 뒤 문장에서 다른 말 '하나'로 대체한 것이다. 일상생활에서 대체를 사용하는 표현은 상당히 많다. 별명 같은 것도 대체에 해당한다. 2)는 뒤 문장에서 '소녀시대 콘서트'를 생략한 것이다. 이렇게 생략된 말은 해석할 때 복원해야 하는데 이것도 연결 표현에 해당한다. 3)은 대명사 사용을 말한다. '이' '그' '저' '그' '그녀' 등 문장에서 흔히 사용하는 대명사는 연결 어휘에 속한다. 4)는 접속사를 말하는데 순접, 역접, 인과 등 모든 접속사가 여기에 해당한다. 접속사를 통해 앞 문장과 뒤 문장을 연결하고 있다. 5)는 문어체에서 가장 흔한 연결 표현으로 동일한 어휘를 반복해서 쓰는 것이다. 동일한 어휘나 유사한 어휘를 써서 앞 문장과 뒤 문장을 연결한다.

문장을 학습하는 사람이라면 이런 규범들을 기억해두는 게 좋다. 이를테면 앞 문장과 뒤 문장을 연결할 때 연결고리가 되는 어휘를 앞의 예처럼 사용할 수가 있다. 문장 연결 표현은 문장을 연결하기 위해 문장의 표면에 사용하는 언어 형식으로, 필자들이 조금만 신경을 쓰면 쉽게 사용할 수 있다. 앞의 문장과 연결할 수 있는 연결 표현을 찾아 하나씩 사용하면서 의미를 이어가는 것이다.

언어는 진화해야 한다

만주어가 곧 사라질 운명을 맞았다는 신문 보도가 나왔다. 지금 중국 만주에 남은 얼마 되지 않는 원어민 세대가 사라지면 만주 땅에서도 만주어를 쓰는 사람들이 사라지리라는 얘기다. 만주어는 퉁구스어의 한 갈래로 여진이라 불린 민족이 써온 언어다. 만주어는 만주문자로 표기되는데, 만주문자는 청 초기 17세기에 몽골 문자를 약간 개량한 음소문자다. 만주문자는 청의 공식 언어로 300년 동안 널리 쓰였다. 그처럼 번창했던 언어가 이제 사라지는 것이다.

만주어의 쇠멸에서 특이한 것은 정작 당사자들인 중국 사람들이 무심하다는 점이다. 만주어의 쇠멸을 보도한 것도 〈뉴욕 타임스〉였다. 이 일은 사람들이 언어를 생각보다 훨씬 가볍게 바꾼다는 것을 말해준다. 청조의 멸망으로 만주어가 중국의 공식 언어의 자리에서 물러난 것은 1912년인데 한 세기가 채 안 된 지금 그것을 쓰는 만주족 젊은이는 없다.

사람들이 언어를 가볍게 바꾸는 까닭은 간단하다. 언어는 효용에서 매우 큰 차이를 보이고, 사람들은 효용이 큰 언어를 쓰게 된다. 그런 합리적 선택을 마다하는 사람들은 경쟁에 지게 마련이다. 누구도 경쟁에서 지는 길을 고르지 않으므로 언어 사이의 경쟁은 단 몇 세대 안에 결판이 난다.

이 점을 잘 보여주는 예는 유대인의 역사다. 팔레스타인에 살던 유대인들은 기원전 6세기 이후 바빌로니아와 페르시아의 지배를 받았다. 그러자 유대인들은 자신들의 민족어인 히브리어 대신 바빌로니아 제국 상인들의 국제어였고 페르시아 제국의 공용어였던 아람어(Aramaic)를 썼다. 이어 프톨레마이오스(Ptolemaios) 왕조의 이집트에 복속되자, 유대인들은 아람어를 버리고 그리스어를 쓰기 시작했다. 로마의 박해를 받아 세계 곳곳으로 흩어진 뒤엔 정착한 곳의 언어를 쓰거나 그런 언어들을 바탕으로 한 혼성어를 썼다. 그동안 히브리어는 사제들과 학자들이 연구하고 보존한 '박물관 언어'였다. 1948년 이스라엘이 세워지자 히브리어는 이스라엘의 공식 언어로 되살아났다.

혹독한 환경 속에서도 유대인들은 자신들의 동질성과 정체성을 지켜왔다. 그러나 그들은 언어를 사회 환경에 맞도록 계속 바꾸었다. 여기서 우리는 두 가지 교훈을 엿본다. 하나는 전통적 언어의 고수는 민족적 동질성이나 정체성의 필수적 요소가 아니라는 것이다. 다른 하나는 사회 환경에 맞는 언어를 쓰는 것이 분명히 생존에 도움이 된다는 것이다.

우리 민족은 오랫동안 동질성과 정체성을 유지해왔다. 특히 우리만의 민족어와 민족문자를 지녀왔다. 찬찬히 살펴보면, 그러나 우리가 실제로 써온 언어는 내용이 빠르게 바뀌었음이 드러난다. 조선조의 공식 언어는 한문이었다. 조선조가 망한 뒤 우리 민족 전체의 이름으로 나온 '독립선언서'도 실질적으로 한문으로 쓰였다.

20세기 전반에 살았던 우리 선조는 지금 젊은이들과 의사소통이 실질적으로 불가능할 것이다. 지적 논의에 쓰이는 개념들 가운데 양자에 공통되는 것들은 드물다. '독립선언서'가 나온 지 채 네 세대가 지나지 않았다는 사실은 우리가 써온 '조선어'라는 민족어가 얼마나 빠르게 바뀌었나 일깨워준다.

앞으로 사회 환경의 가속되는 변화는 우리말의 빠른 진화를 강요할 것이다. 만일 우리말이 그렇게 진화하지 못한다면 우리말은 만주어의 운명을 맞을 것이다. 중요한 것은 우리 후손들이 효율적인 언어를 써서 살아남는 것이다. 사회 환경에 맞지 않는 전통적 민족어를 껴안고 사라지는 것이 아니다. 당연히 우리 언어 정책의 본질은 우리말이 효율적 언어로 끊임없이 진화하도록 돕는 것이어야 한다.

_복거일(소설가)

위의 글은 '언어의 진화'에 관한 복거일의 글이다. 언어적인 연결 표현이 문장 연결에 얼마나 많은 영향을 끼치는지 첫 단락만 검토해보기로 하자. 첫 단락에는 총 6개의 문장이 있다. 전체 글자 수가 191개이고, 한 문장당 31자 정도이니 평균적으로 그렇게 긴 문장은 아니다. 첫 문장과 둘째 문장을 보면 다음과 같다.

① 만주어가 곧 사라질 운명을 맞았다는 신문 보도가 나왔다.
② 지금 중국 만주에 남은 얼마 되지 않는 원어민 세대가 사라지면 만
　주 땅에서도 만주어를 쓰는 사람들이 사라지리라는 얘기다.

우선 ①번 문장과 ②번 문장의 관계를 보자. ①번 문장은 도입 문장
이다. 이 글의 전체 주제와 관련하여 배경이 되는 화두를 던졌다. "만주
어가 사라지고 있다"라고 선언한 문장은 이 글의 전체 주제 "언어는 진
화해야 한다"를 끌어오기 위한 화제에 해당한다.

첫 문장("만주어가 사라지고 있다")은 후속 문장을 이용해 부가적인
설명을 해주어야 한다. 이 문장만으로 독자가 선뜻 이해하기 힘들기 때
문이다. 이에 따라 다음 문장으로 첫 문장을 설명하는 뒷받침 문장이
들어간 것이다. 첫 문장에서 활성화한 토픽은 "만주어가 사라진다"라
는 내용이다. 둘째 문장은 이를 설명하는 뒷받침 문장이다. 이 두 문장
은 '만주어'라는 어휘를 반복하여 서로를 연결하고 있다.

① 만주어가 곧 사라질 운명을 맞았다는 신문 보도가 나왔다.
② 지금 중국 만주에 남은 얼마 되지 않는 원어민 세대가 사라지면 만
　주 땅에서도 만주어를 쓰는 사람들이 사라지리라는 얘기다. (①에
　대한 보충)
③ 만주어는 퉁구스어의 한 갈래로 여진이라 불린 민족이 써온 언어
　다. (개념설명)
④ 만주어는 만주문자로 표기되는데, 만주문자는 청 초기 17세기에 몽

골 문자를 약간 개량한 음소문자다. (개념설명−보충)

⑤ 만주문자는 청의 공식 언어로 300년 동안 널리 쓰였다. (상황−보충)

⑥ 그처럼 번창했던 언어가 이제 사라지는 것이다. (마무리)

전체 첫 단락의 경우를 보면 반복되는 어휘가 많다. ①번 문장의 '만주어'는 ②번 문장에서 '만주어를 쓰는 사람들'로 바뀌어 사용되었다. 다음 문장들도 '만주어'와 관련된 유사 어휘를 반복하면서 문장을 이어간다. 이 단락에서 유사한 연결 어휘들은 다음과 같다.

만주어 ▶ 만주어를 쓰는 사람들 ▶ 만주어 ▶ 만주어 ▶ 만주문자 ▶ 만주문자 ▶ 그처럼 번창했던 언어

위에서 보듯 '만주어'라는 연결 표현이 다양하게 변화하면서 문장을 이어준다. 첫 단락이 '만주어의 소멸'을 주제로 사용하고 있는 만큼 단락 안에 포함된 여섯 개의 문장이 모두 '만주어'를 중심으로 집약된다. 이렇게 단락 내의 문장 전체가 유사한 연결 표현으로 묶어질 때 문장 연결이 탄탄해지고 의미 결속성도 강해진다.

문장을 쓸 때 우리는 항상 앞 문장에 이어 다음 문장을 어떻게 쓸까 고민한다. 이럴 때 앞 문장의 어휘나 표현을 뒤 문장에 반복해서 쓰면서 문장을 이어가면 된다. 물론 항상 같은 용어를 사용할 필요는 없다. 대명사나 접속사도 중간에 쓰면서 같은 토픽(화제)의 주제가 이어질 수 있도록 한다. 이렇게 하면 하나의 토픽으로 집약되어 좀 더 분명하게 의미를 전달할 수 있다. 필자와 독자가 같은 화제와 주제로 활성화하는 상태란 바로 이것을 말한다.

다음으로 학생이 쓴 글을 한번 살펴보자.

유토피아는 실현 가능한 것인가, 한낱 꿈일 뿐인가?

유토피아(Utopia)는 현실에는 존재하지 않는 이상적인 사회이다. '유토피아'라는 말은 계몽주의 시대의 작가 토머스 모어가 처음 사용했지만, 이상향으로서 유토피아적 관념은 지역이나 시대를 불문하고 항상 있어왔다. 우리에게 친숙한 유토피아의 예만 보더라도, 과거 중국의 이상 국가 모델인 요순시대(堯舜時代), 플라톤의 『국가』에서 그렸던 이상적 국가상(國家象), 그리고 마르크스의 공산 국가에 이르기까지 그 모습은 매우 다양하다. 그러나 이러한 유토피아는 인간의 역사에서 한 번도 실현된 적이 없다. 단적으로 말해 유토피아는 현실에서 실현이 불가능한 개념인 것이다. 그러나 그럼에도 불구하고 인간은 늘 유토피아를 꿈꾸고 그리워한다.

_학생의 글

학생이 쓴 이 글은 '유토피아'는 과연 현실에서 실현 가능한가를 주제로 다루었다. 글이 계속 진행되는 동안 필자는 유토피아가 실현 가능한 것인지 혹은 불가능한 것인지를 설명해야 한다. 위의 예문은 이 글의 첫 단락이다. 첫 단락이니 당연히 유토피아에 관한 의미나 소개의 말이 와야 한다. 위의 예문에서도 유토피아의 정의, 유래, 역사적 과정 등을 다루었다. 그런데 이 글을 보면 단락 전체가 '유토피아'라는 어휘를 중심으로 강하게 결합되어 있는 것을 알 수 있다. 모든 문장이 '유토피아'를 중심으로 초점화하고 활성화한다. 이 단락이 단단하게 연결된 듯 보이는 것도 이런 연결 표현을 잘 썼기 때문이다.

그런데 연결 표현을 사용할 때 주의해야 할 점이 있다. 연결 표현은 동일한 단어를 반복해야 할 때가 많아 자칫 잘못하면 글이 앞으로 나아가지 못하고 한곳에 머물기 쉽다. 어떤 때는 하나 마나 한 이야기만 반복할 수도 있다. 연결 표현을 쓰더라도 아이디어를 정교화하여 새로운 정보를 제공해주지 않으면 좋은 글이 될 수 없다. 그래서 연결 표현을 쓰더라도 다양한 글감을 통해 새로운 내용이 전개되도록 해야 한다. 또 가능한 한 같은 어휘보다 유사한 어휘나 다른 어휘를 통해 의미가 계속 발전할 수 있도록 노력해야 한다.

> A.   청소년들은 부모와 캠핑을 가게 되면, 집에서는 하지 않던 허드렛일까지 기꺼이 하게 된다. 그들은 땔감을 찾고, 텐트를 치며, 계곡으로 내려가 물을 길어 오기도 한다.

> B.   테니스 선수들은 관중들을 즐겁게 하기 위해 **과장된 동작**을 한다. 축구 선수가 골을 넣고 세리머니를 하는 것처럼, 많은 운동선수가 **유사한 행위**를 한다. (상위어)

위의 예문 A를 보면 첫 문장에 '허드렛일'이라는 단어가 있다. 그다음 문장에 이 단어에 관한 연결 표현으로 '땔감을 찾고' '텐트를 치며' '물을 길어 오기'라는 세 부분이 있다. 각 부분은 캠핑에서 하게 되는 허드렛일의 구체적 사례에 해당하는데 이는 앞 문장의 의미를 이어주는 연결 표현에 해당한다.

허드렛일 – 땔감을 찾고
텐트를 치며
물을 길어 오기 (상위어 : 하위어)

이 외에도 A에는 연결 표현이 더 있다. '청소년들은'과 '그들은'도 같은 사람을 지칭하는 연결 표현에 해당한다. 이처럼 연결 표현은 앞 문장과 뒤 문장을 이어주는 표면상의 언어 형식이 된다.

청소년들은 – 그들은 (지시어)

예문 B에도 다양한 연결 표현이 있다. 앞 문장의 '과장된 동작'은 다음 문장에서 '세리머니' '유사한 행위'로 이어진다. 표현은 다르지만 같은 의미를 지닌 연결 표현에 해당한다.

과장된 동작 – 세리머니
유사한 행위 (상위어 : 하위어)

여기서도 주어에 해딩하는 '테니스 선수들' '축구 선수들' '많은 운동 선수'는 인물을 지칭하는 연결 표현이라 할 수 있다. 이렇게 다양한 어휘를 사용해 같은 문장을 쓰는 단조로움을 피하고 다양하게 앞뒤 문장을 이어줄 수 있다.

테니스 선수들 – 많은 운동선수

축구 선수들 (하위어 : 상위어)

활성화한 토픽

자, 그럼 다음과 같은 예문은 어떠한가? "미래는 예측될 수 있는가?"
라는 주제로 학생이 쓴 글의 마지막 단락이다.

옛날부터 인간은 미래를 인식의 대상으로 삼기 위해 부단히 노력
해 왔다. 미래의 날씨를 예측하기 위해서 천문학을 발달시켰고,
자신의 미래를 알기 위해 무당이나 점술가를 찾아가 점을 치기
도 하였다. 그리고 오늘날에 이르러서 미래를 인식하기 위한 인
간의 부단한 노력은 컴퓨터를 비롯한 각종 전자적인 기기들의 발
달로 인해 매우 많은 발전을 이룩하였다. 하지만 아무리 기술이
발달하고 미래를 예측하는 정보들이 많아도 돌발적으로 일어나
는 상황은 예측할 수가 없다. 또한 사람이 만들어가고 사람이 예
측하는 미래이기에, 그것을 인식하는 행위에도 결국 사람의 주관
이 포함되기 마련이다. 이러한 점들을 해결하지 않고서는 결코
'미래를 인식했다'라고 말할 수 없다고 생각한다. 앞으로도 미래
를 인식하겠다는 인간들의 꿈은 계속되겠지만 미래는 결코 인간
에게 정복당하지는 않을 것이다.

_학생의 글

위의 예문을 보자. '미래에 관한 인식'을 여러 표현으로 바꿔 문장을 연결했다. 다양한 표현을 통해 필자가 의도하는 생각을 잘 드러냈다. 본문을 보면 옛날부터 사람들이 미래를 인식하기 위해 노력해 왔다는 것을 알 수 있다. 지금은 과학의 발전으로 인해 미래를 예측하는 기술들이 이전보다 좋아졌지만 미래를 완전히 예측할 수는 없다고 말한다. 예측하는 기술 역시 사람의 주관을 피할 수 없기 때문에 미래를 완전히 예측할 수는 없을 것이다. 위의 글을 보면 '미래에 관한 예측'이란 표현은 아래처럼 다양하게 바뀌면서 필자의 주장을 만들어간다는 것을 알 수 있다.

○ 미래를 인식의 대상으로 삼기 위해
○ 미래의 날씨를 예측하기 위해서
○ 자신의 미래를 알기 위해
○ 미래를 인식하기 위한 인간의 부단한 노력
○ 미래를 예측하는 정보들
○ 사람이 예측하는 미래
○ 상황은 예측할 수 없다.
○ 그것을 인식하는 행위
○ 이러한 점
○ 미래를 인식했다.
○ 미래를 인식히겠다는 인간들의 꿈
○ 미래는 결코 인간에게 정복되지 않을 것이다.

위에서 제시한 표현들을 보면, '미래에 관한 예측'이라는 화제를 다양하게 변주했다는 것을 알 수 있다. 중요한 것은 이런 각각의 표현들이 필자가 의도한 주제 아래 서로 잘 연결되어 있다는 점이다. 유사한 표현을 쓰면서 독자들이 주제에서 벗어나지 않도록 유도한다. 모든 문장은 '미래에 관한 예측은 불가능하다'란 주제 아래 일관되게 흐르고 있으며, 여기에서 벗어난 문장은 없다.

그런데 진행된 연결 표현을 살펴보면 앞장에서 설명한 토픽(화제)의 활성화와 크게 다르지 않다. 유사한 연결 표현이 반복되어 나온 것은 같은 주제의 토픽(화제)이 연이어 나온다는 증거이다. 이를 보면 문장의 연결을 위해서는 같은 토픽(화제)을 지속적으로 이어가는 것이 중요하다는 것을 알 수 있다. 유사한 어휘가 반복되더라도 같은 토픽(화제)으로 이어지지 않는다면 의미 연결은 되지 않을 수 있다.

이와 관련해 핀란드 언어학자 엥크비스트가 예로 든 문장이 있다. 바로 아래 문장인데 이를 보면 연결 표현이 여럿 있다.

① 수지는 울부짖는 얼음조각을 쓰라린 자전거에 남겨두었다. ② 그것은 곧 그녀의 마티니(martini)에서 즐겁게 쨍그랑하고 소리를 나게 만들었다. ③ 술을 마시면서 그녀는 지난밤 수학 교과서에 끓인 그랜드피아노를 부었다.

위의 예문을 보면 문장을 이어주는 연결 표현들이 잘 형성되어 있다.

①번 ▶ ②번 문장 : 수지 ▶ 그녀, 얼음조각 ▶ 그것
②번 ▶ ③번 문장 : 그녀 ▶ 그녀, 마티니 ▶ 술

그런데 앞서 말했듯 연결 표현이 있더라도 같은 토픽(화제)으로 결합되지 않으면 아무런 소용이 없다. 위의 예문을 보면 문장에 연결 표현이 잘 구현되어 있음에도 불구하고 의미가 만들어지지 않는다. 문장이 만들어내는 현실적인 이미지가 없기 때문에 독자가 이 문장을 이해하기 어렵다. 문장은 있지만 의미가 형성되지 않고 현실 세계와 부합하지 않기 때문이다. 언어학자 엥크비스트는 문장의 의미는 필자와 독자가 용납할 수 있는 "인간 상호작용 시스템" 안에 있어야 한다고 말했다. 말하자면 연결 표현도 중요하지만 필자와 독자가 같은 토픽(화제)으로 이해할 수 있는 가능한 소통적 시스템 내에 있어야 한다는 뜻이다.

어색한 연결 문장 고쳐보기

① 우리는 현실 속에서 미래를 경험한다. ② 영화는 하나같이 인류의 미래를 디스토피아로 그려내고 있다. ③ 1999년에 내가 만난 영화 〈매트릭스〉는 디스토피아의 전형이다. ④ 영화 속에서 인간의 능력은 실로 무한하다. ⑤ 자신을 능가하는 인공지능 에이전트를 만들 수 있고, 그것을 파멸시키기 위해 태양도 파괴할 수 있다. ⑥ 암울한 미래는 두려움을 일으킨다. ⑦ 그러나 한편으로, 인간의 가공할 만한 지적 능력은 감탄 그 자체다. ⑧ 우리는 이렇게 기대 반, 두려움 반으로 영화 속 디스토피아가 곧 눈앞의 '현실'이 될 것임을 믿는다. ⑨ 하지만, 그것은 지나친 자신감이다.

위의 글은 학생이 쓴 글이다. 문장은 짧고 비교적 정확하지만 문장 연결이 되지 않아 어색하게 보인다. 어떻게 하면 이 글을 고칠 수 있을까? 독자 여러분과 함께 한 문장 한 문장씩 고쳐보자.

우선 ①번과 ②번 문장 연결부터 어색하다. '우리는 현실 속에서 미래를 경험한다'와 '영화는 하나같이 인류의 미래를 디스토피아로 그려내고 있다'란 문장은 쉽게 연결이 되지 않는다. 무엇보다 첫 문장("우리는 현실 속에서 미래를 경험한다")이 모호하고 어색하다. 앞 문장이 어색하면 뒤 문장이 이를 보완해주어야 하는데 그것도 잘되지 않았다. 앞 문장과 뒤 문장은 문장 화제가 다르고 초점도 달라 연결이 쉽지 않다.

① 우리는 현실 속에서 미래를 경험한다.
    문장 화제   초점

② 영화는 하나같이 인류의 미래를 디스토피아로 그려내고 있다.
    문장 화제   초점

우선 문장을 하나씩 검토해보자. ①번 문장은 의미가 모호한데, 이런 문장은 보충 설명을 해주어야 한다. 여기서 이를 불완전 의미 문장이라고 부르기로 한다. 반면에 ②번 문장은 주어인 '영화'를 'SF영화'라고 고치면 의미는 분명해지므로 보충 설명이 필요 없다. 예를 들어 "미국의 수도는 워싱턴이다" "사람은 반드시 죽는다"와 같은 문장은 특별한 경우가 아니라면 보충 설명을 하지 않아도 된다.

① 우리는 현실 속에서 미래를 경험한다.

= 보충 설명이 필요한 문장 (불완전 의미 문장)

② SF영화는 하나같이 인류의 미래를 디스토피아로 그려내고 있다.
= 보충 설명이 필요 없는 문장

그렇다면 ①, ②번 문장을 연결하기 위해서는 ①번 문장 다음에 보충 설명이 들어가는 문장을 넣어주면 된다.

① 우리는 현실 속에서 미래를 경험한다. SF영화를 보는 순간 현실은 미래가 된다. ② SF영화는 하나같이 인류의 미래를 디스토피아로 그려내고 있다.

①, ②번 문장 사이에 둘을 연결하는 문장이 들어갔다. 첫 문장의 내용에다 SF영화를 볼 때 그렇다는 뜻으로 보충 문장을 달았다. 이렇게 되면 위의 세 문장은 의미가 연결된다. ①번 문장에 나오는 "미래를 경험한다"는 구절도 독자는 자연스럽게 SF영화를 경험하는 것으로 인식하게 된다.

그런데 사실 ①, ②번 문장을 바꾸면 더 자연스럽게 의미 연결이 된다. 그것은 ①, ②번 문장이 'SF영화'라는 하나의 토픽 속에 자연스럽게 의미 결속 관계를 맺기 때문이다.

A. 영화는 하나같이 인류의 미래를 디스토피아로 그려내고 있다. 우리는 현실 속에서 미래를 경험한다.

A'. SF영화는 하나같이 인류의 미래를 디스토피아로 그려내고 있다.

우리는 현실 속에서 인류의 불안한 미래를 경험할 수 있다.

A의 문장은 ①, ②번 문장을 수정하여 제시한 것이다. 이렇게 쓰면 의미 연결은 된다. 앞서 말한 대로 영화 속에서의 이야기라는 것을 독자가 인식할 수 있어 둘째 문장도 자연스럽게 연결이 된다. A' 문장은 의미를 좀 더 분명하게 하기 위해 몇몇 내용을 문장에 추가했다. 이렇게 되면 의미는 보다 분명해진다.

이쯤에서 ①, ②번 문장을 다시 한번 생각해보자. 필자는 왜 이렇게 모호한 첫 문장을 썼을까? "우리는 현실 속에서 미래를 경험한다."의 미가 불완전하지만 필자는 불완전하다고 느끼지는 않았을 것이다. 그러니까 자신 있게 이렇게 첫 문장을 쓴 것이다.

필자의 머릿속에는 분명히 두 문장을 메워주는 어떤 의미가 자리 잡고 있다. 현실 속에서 미래를 경험한다는 말은 필자가 SF영화를 염두에 두고 썼기 때문에 나왔다. 글을 쓰기 전 이미 SF영화를 보고 쓴다는 함의가 필자의 머릿속에 들어 있는 것이다. 그래서 영화 〈매트릭스〉를 생각하면서 "우리는 현실 속에서 미래를 경험한다"란 표현을 자연스럽게 썼다. 실제 우리는 SF영화를 보면서 200~300년 후의 미래 사회를 손쉽게 경험할 수 있다. 지금도 나는 영화 〈토탈리콜〉을 보면서 화성 세계를 경험했던 그 순간을 뚜렷이 기억한다.

그런데 알아야 할 사실이 있다. 독자는 이런 사실을 모른다는 점이다. "현실 속에서 미래를 경험한다"란 첫 문장을 읽을 때 이것이 SF영화에 관한 것이란 것을 바로 인식할 독자가 몇이나 될까? 게다가 다음 문장에 SF영화라고 분명히 규정하지 않고 그냥 영화라고 했으니 바로 알기가 어렵다. 그래서 글을 쓸 때 필자는 독자가 어떻게 생각할지를 염두에 두어야 하는 것이다. 문장의 논리를 따라 글을 써야지 자기 생각만 가지고 글을 써서는 안 된다.

다음 문장을 보자.

① 우리는 현실 속에서 *미래*를 경험한다. ② 영화는 하나같이 *인류의 미래*를 디스토피아로 그려내고 있다. ③ 1999년에 내가 만난 영화 〈매트릭스〉는 디스토피아의 전형이다. ④ 영화 속에서 인간의 능력은 실로 무한하다. ⑤ 자신을 능가하는 인공지능 에이전트를 만들 수 있고, 그것을 파멸시키기 위해 태양도 파괴할 수 있다.

②와 ③의 문장은 의미적인 측면에서 서로 연결되나 문장적인 측면에서 몇 가지 수정이 필요하다. 이를 다음과 같이 고쳤다.

③ 1999년에 내가 만난 영화 〈매트릭스〉도 이런 디스토피아 영화의 전형적 모습이었다.

여기서 '도'라는 조사나 '이런'이라는 관형사는 연결 표현이다. '도'는 표준국어대사전에 '이미 어떤 것이 포함되고 그 위에 더함의 뜻을 나타내는 보조사'로 규정되어 있다. SF영화가 그러한데 〈매트릭스〉도 그렇다는 것이다. '이런'이란 관형사는 앞의 말을 이어받는 역할을 한다. '디스토피아 영화의 전형적 모습'이란 표현은 '디스토피아의 전형'이란 말을 좀 더 구체적이고 정확하게 표현한 것이다. 그리고 '디스토피아 영화'라고 규정한 것은 앞의 문장들과 의미적으로 연결하기 위해서이다.

문제는 그다음 문장이다. ④문장은 앞의 문장과 연결되지 않는다.

"영화 속에서 인간의 능력은 실로 무한하다"란 표현은 아마 〈매트릭스〉 영화 속에 나오는 장면 때문에 이렇게 썼을 것이다. 이 문장을 앞의 문장과 연결하기 위해 결속 표현을 넣어서 앞 문장을 받아서 이야기가 이어진다는 느낌을 주어야 한다. 그래서 '이 영화를 보면'이란 표현을 넣어주었다. 이를 가지고 문장을 연결하면 다음과 같다.

③ 1999년에 내가 만난 영화 〈매트릭스〉도 이런 디스토피아 영화의 전형적 모습이었다. ④ 이 영화를 보면 영화 속의 인간 능력은 실로 무한하다. ⑤ 자신을 능가하는 인공지능 에이전트를 만들 수 있고, 그것을 파멸시키기 위해 태양도 파괴할 수 있다. ⑥ 암울한 미래는 두려움을 일으킨다. ⑦ 그러나 한편으로, 인간의 가공할 만한 지적 능력은 감탄 그 자체다.

이렇게 하면 ④, ⑤번의 문장은 무난하게 연결된다. 문제는 그다음 문장인 ⑥번 문장이다. ⑥번 문장은 문장 화제가 '암울한 미래'이고 초점은 '두려움을 일으킨다'이다. 모두 앞의 문장과는 관계가 없다. 앞 문장과 연결된 토픽으로 이어지지 않는 것이다.

'토픽의 활성화'란 측면에서 본다면 ⑤번 문장은 오히려 ⑦번 문장과 이어진다. 영화가 인간의 엄청난 능력을 보여준다는 말과 이어지기 때문이다. 그래서 ⑥번 문장은 삭제하는 것이 더 낫다.

③ 1999년에 내가 만난 영화 〈매트릭스〉도 이런 디스토피아 영화의 전형적 모습이었다. ④ 이 영화를 보면 영화 속의 인간 능력은 실로 무한하다. ⑤ 자신을 능가하는 인공지능 에이전트를 만들 수 있고, 그것을

파멸시키기 위해 태양도 파괴할 수 있다. ⑥ 암울한 미래는 두려움을 일으킨다. ⑦ 그러나 한편으로, 인간의 가공할 만한 지적 능력은 감탄 그 자체다. ⑧ 우리는 이렇게 기대 반, 두려움 반으로 영화 속 디스토피아가 곧 눈앞의 '현실'이 될 것임을 믿는다. ⑨ 하지만, 그것은 지나친 자신감이다.

⑦번 문장을 이어서 ⑧, ⑨번 문장은 앞 문장과의 연결을 위해 하나로 줄이고 의미를 바꿔주어야 한다. "디스토피아가 눈앞의 현실로 나타난다"는 것과 그것이 '지나친 자신감'이라는 것은 서로 의미가 맞지 않는다. 그래서 앞의 문장을 "영화 〈매트릭스〉는 미래에 대한 인간의 절망감을 표현한다"로 바꾸고, 뒤의 문장을 '과학기술에 관한 인간의 자만심'을 표현하는 것으로 문장을 바꾸었다.

⑧ 우리는 이렇게 기대 반, 두려움 반으로 영화 속 디스토피아가 곧 눈앞의 '현실'이 될 것임을 믿는다. ⑨ 하지만, 그것은 지나친 자신감이다.

⬇

⑧ 우리는 이렇게 기대 반, 두려움 반으로 영화 속 디스토피아가 곧 눈앞의 '현실'이 될 것이라고 믿지만, 그것은 지나친 자신감이다.

⬇

⑧ 영화 〈매트릭스〉는 미래에 대한 인간의 불안감을 표현하지만, 다른 한편으로는 과학 기술에 대한 인간의 자만심도 함께 드러내고 있다.

이제 전체 예문을 부드럽게 문장이 연결되도록 고친 것을 제시하면 다음과 같다.

> ① SF영화는 하나같이 인류의 미래를 디스토피아로 그려내고 있다. ② 영화를 보는 내내 우리는 인류의 불안한 미래를 경험할 수 있다. ③ 1999년에 내가 만난 영화 〈매트릭스〉도 이런 디스토피아 영화의 전형적 모습이었다. ④ 이 영화를 보면 영화 속의 인간 능력은 실로 무한하다. ⑤ 자신을 능가하는 인공지능 에이전트를 만들 수 있고, 그것을 파멸시키기 위해 태양도 파괴할 수 있다. ⑥ 인간의 가공할 만한 지적 능력은 감탄 그 자체다. ⑦ 영화 〈매트릭스〉는 미래에 대한 인간의 불안감을 표현하지만, 다른 한편으로는 과학 기술에 대한 인간의 자만심도 함께 드러내고 있다.

이렇게 수정된 예문에서 활성화된 토픽(화제)들을 제시하면 다음과 같다.

SF영화 – 디스토피아

▶ 인류의 불안한 미래

▶ 디스토피아 영화의 전형적 모습

▶ 인간 능력은 무한하다.

▶ 인공지능 에이전트, 태양도 파괴

▶ 가공할 만한 지적 능력

▶ 인간의 불안감, 인간의 자만심

지금까지 논의를 정리해보자. 좋은 문장 연결은 좋은 글을 쓰기 위한 필수적인 과정이다. 문장을 잘 연결하기 위해서 전체 내용을 포괄하는 토픽(화제)을 가져야 하고 이를 중심으로 전체 글을 활성화하여야 한다. 그리고 앞뒤 문장이 잘 연결되도록 대명사나 어휘 반복과 같은 연결 표현을 만들어야 한다. 마지막으로 그래도 문장 연결이 안 되면 연결되도록 전체 표현을 바꾸거나 불필요한 문장을 삭제하도록 한다.

‖ 문장을 잘 연결하려면

1. 활성화된 토픽으로 문장을 이어나간다.
2. 가능한 연결 표현을 써서 문장을 이어나간다.
3. 전체 표현을 바꾸거나 불필요한 문장을 삭제한다.

핵심 체크

1. 문장은 언어의 연결 표현을 통해, 또는 맥락이나 경험 혹은 지식을 통해 연결된다. 연결 표현은 앞뒤 문장을 이어주는 유사하거나 반복된 언어 표현을 뜻한다. 예를 들면 "철수는 장학금을 받았다. 그는 공부를 잘하기 때문이다"라는 문장이 있다면 앞뒤 문장의 '철수'와 '그'가 연결 표현인데, 동일 인물이기 때문에 앞뒤 문장을 이어주는 역할을 한다.

2. 연결 표현으로는 '대체' '삭제' '지시' '접속사' '반복'이 있다. 그 예는 다음과 같다.

1) 여기 있던 공기구를 보았니? 예, 이웃집에 하나 빌려주었지요. (대체)

2) BTS 콘서트에 가고 싶니? 그래, 가고 싶어. (삭제)

3) 지배인은 멋있게 생겼어. 맞아 그가 가는 곳마다 손님들이 모인대. (지시)

4) 어느 조가 우승이지? 나에게 알려줘. 그리고 조장 이름도 알려줘. (접속사)

5) 너는 거짓말을 했어 아냐, 나는 거짓말을 하지 않았어. (반복)

3. 문장을 연결시키는 요소로 '연결 표현' 외에 '토픽의 활성화'가 있다. 연결 표현이 이어지면 대체로 같은 주제의 토픽(화제)이 활성화된다. 문장의 연결을 위해서 같은 토픽(화제)의 이야기가 지속적으로 이어지는 것이 중요하다.

4. 문장이 의미를 전달하기 위해서 읽은 문장이 필자와 독자가 이해할 수 있는 '현실적 이미지'를 만들어내야 한다. 언어학자 엔크비스트는 문장이 의미를 가지기 위해서는 필자와 독자가 서로 용납할 수 있는 "인간 상호작용 시스템" 속에 있어야 한다고 말했다. 연결 표현도 중요하지만 필자와 독자가 같은 토픽(화제)으로 이해할 수 있는 소통 시스템 내에 있어야 하는 것이 더 중요하다.

실전 체크

1. 아래 문장을 읽고 다음에 이어질 문장을 1~2개만 작성해보자.

1) 한국의 성인 문해력은 OECD국가 중 하위권에 해당한다. _____

_____

2) 소설가 귄터 그라스는 글쓰기가 조각과 닮았다고 언급한 적이 있다. ____

_____

3) 낭독은 고대부터 중세까지 독서의 기본적인 형식이었다. _____

_____

4) 소설에서 문체는 작가 특유의 방식으로 사물을 보게 하는 특별한 기능
을 한다. _____

_____

**2. 다음 문장은 "자연에는 비약이 없다"라는 주제로 한 단락을 작성한 글이다.
문맥 흐름에 맞게 밑줄 친 부분을 채워보도록 하자.**

자연에는 비약이 없다. 자연에서 일어나는 모든 일은 순서를 바꾸거나
건너뛰는 일이 없다. 나무는 열매를 맺기 위해 꽃을 피운다. 또한, 애벌
레는 한 마리의 나비가 되기 위해서 번데기의 과정을 거친다. 이렇듯
_____. 자연은 '스스로 그러함' 이라는 본
뜻에 충실하여 예외 없이 순리에 따르는 모습으로 우리에게 교훈을 주
는 것이다.

3. 다음은 학생이 작성한 글의 앞 단락이다. 중간에 있는 빈 공간에 문장을 넣어 의미가 연결되도록 문장을 작성해보자.

1) 과학 기술의 급속한 발전으로 현대인은 편리한 생활을 누리고 있다. 그러나 사람들은 이러한 편리한 생활 이면에 많은 것을 잃고 있다는 것을 인식하지 못하고 있다. 예를 들어 _____ _____ 이처럼 과학은 사람들에게 편리함을 주었지만 그에 못지않게 많은 부작용도 동반하고 있다. (예시 문장 2개를 넣을 것)

2) 국가 간의 교류가 활발해지면서 외국어 소통 문제가 중요하게 대두되고 있다. 과거에는 소수의 사람들만이 외국인과 소통하였다. 하지만 _____ _____ 이에 따라 언어의 차이에서 발생하는 여러 가지 문제점들을 해결할 필요가 생겼다. 그래서 특정한 언어를 국제어로 지정하고 세계의 언어를 하나로 단일화하자는 움직임이 있었다. 하나의 언어로 단일화하게 되면 _____ 때문이다. 하지만 특정한 언어를 세계어로 지정하여 단일화하는 것에 대해 여러 나라들이 반발하고 있다. 언어 단일화로 인해 _____ _____. 그래서 이에 관한 다양한 논의가 필요하다.

4. 다음은 어느 학생이 '미국 문화'에 관해 쓴 글의 서두 단락이다. 문장의 흐름에 어색한 곳이 보인다. 이 단락을 문장 연결이 잘 되게 고쳐 써보자.

프랑스의 지식인 기 소로망은 미국의 문화를 '용광로'문화라고 했다. 온갖 인종과 문화들이 서로 융합해 만들어진 문화라고 본 것이다. 미국은 두 차례에 걸친 세계 대전을 통해 전 세계의 주도권을 잡게 되었다. 프랑스는 미국과 다른 문화권의 유럽 국가이다. 문화적으로 우수하고 자부심이 강한 국가이다. 미국의 영향력은 정치, 군사력, 경제력뿐만이 아니다. 짧은 역사를 통해 만들어진 미국의 강력한 경제적, 문화적 요소는 전 세계에 침투했다. 최근에는 중국이 미국을 견제할 수 있는 세력으로 자라고 있지만 여전히 미국의 문화적 영향력은 그 어떤 나라보다도 크다고 할 수 있다. 이렇게 미국의 문화적 영향력이 왜 그렇게 큰지, 그 주된 요소는 무엇인지 그 이유를 하나씩 분석해보고자 한다.

5. 아래 문장을 첫 문장으로 하여 주제가 있고 의미 연결이 되게 한 단락을 작성해보자. * 주의할 점 : 문장의 의미 연결이 끊이지 않도록 연결 표현을 사용하고, 전체 분량은 300~500자로 할 것

1) 역사는 변증법적으로 발전한다.

2) 운동은 육체적 건강뿐만 아니라 정신적 건강 증진에도 탁월한 효과가 있다.

3) 인터넷 활용자 수가 기하급수적으로 증가하고 있다.

6. 다음 두 예문을 보고 이를 바탕으로 한 편의 글을 작성해보자. (1000매)

언어학자이자 신경학자인 매리언 울프는 자신의 책에 이런 이야기를 했다. 매리언 울프의 어머니는 상황에 딱 맞는 릴케의 3연시나 괴테의 글귀, 유머러스한 풍자시를 읊어서 손자들을 즐겁게 해주는 재주가 있었다. 부러운 마음에 그녀는 어머니에게 어떻게 그렇게 많은 시와 글귀를 외우고 있냐고 물었다. 나이가 많은 유대인인 어머니는 이렇게 대답했다고 한다. "혹시 강제수용소에 끌려가더라도 남이 빼앗을 수 없는 무언가를 가지고 싶었지."

미국의 기술 전문작가 돈 탭스콧은 구글(google)이 있는데 암기는 시간 낭비라고 말했다. 마우스만 누르면 원하는 정보가 쏟아지는데 왜 암기를 왜 해야 하는지 알 수가 없다고 말했다.

10장

사람 주어의 중요성

능동태와 수동태

동사에는 능동태와 수동태 두 종류가 있다. 능동태는 문장의 주어가 어떤 행동을 하는 것이다. 반면에 수동태는 문장의 주어가 어떤 행동의 대상이 되는 것이다. 주어는 그저 당하고 있을 뿐이다. '수동태는 한사코 피해야 한다.' 이것은 나 혼자만의 주장이 아니다. 『문체 요강』에도 똑같은 충고가 나온다.

(중략)

그렇다고 수동태를 절대로 쓰지 말라는 것은 아니다. 가령 어떤 사람이 부엌에서 죽었는데 어딘가 다른 곳에서 나타났다고 치자. 이럴 때는 '시체가 부엌에서 옮겨져 거실 소파 위에 놓였다'라고 써도 괜찮다. 그러나 나에게는 이 '옮겨져'와 '놓였다'도 여전히 눈에 거슬린다. 인정해 줄 수는 있지만 마음에 들지는 않는다. 내 마음에 드는 문장은 '프레디와 마이라는 부엌에서 시체를 들어다가 거실 소파 위에 내려놓았다'이다. 도대체 무엇 때문에 시체를 문장의 주어로 삼는단 말인가? 시체는 어차피 죽은 게 아닌가! 집어치워라!

수동태로 쓴 문장을 두 페이지쯤 읽고 나면—이를테면 형편없는 소설이나 사무적인 서류 따위— 나는 비명을 지르고 싶은 충동까지 느낀다. 수동태는 나약하고 우회적일 뿐 아니라 종종 괴롭기까지 하다. 다음 문장을 보라. '나의 첫 키스는 셰이나와 나의 사랑이 시작된 계기로서 나에게 길이길이 기억될 것이다(My first kiss will always be recalled by me as how my romance with Shayna was begun).' 맙소사, 무슨 개방귀 같은 소리인가? 이 말을 좀 더 간단하게—그리고 더욱 감미롭고 힘차게—표현하는 방법은 다음과 같다. '셰이나와 나의 사랑은 첫 키스로 시작했다. 나는 그 일을 잊을 수 없다(My romance with Shayna began with our first kiss. I'll never forget it).' 낱말 두 개를 사이에 두고 'with'가 두 번이나 들어갔으니 이 표현도 썩 흡족하지는 않지만, 그 끔찍한 수동태를 떨쳐버린 것만 해도 다행이 아닐 수 없다.

소심한 주체

위의 인용문은 스티븐 킹의 책 『유혹하는 글쓰기』에서 따온 것이다. 영어는 한국어보다 쉽게 수동형을 허용하는 편이라 영어권 필자들은 수동형에 대해 우리보다 관대할 것으로 기대했다. 그렇지만 이 글을 읽어보면 전혀 그렇지 않고, 오히려 비판이 더 강한 것 같아 깜짝 놀랐다. 한국어 문장 책에서도 이렇게 강하게 비판하는 것을 보지는 못했다. 사실 영어는 한국어보다 수동형에 대해 관대하다. 여러분도 기억하겠지만 학창 시절에 영어 공부를 할 때 수동태에 대해 정말 많이 배우지 않았던가? 영어에는 우리말보다 수동형이 훨씬 많기 때문이다.

어떤 경우에는 아주 명시적으로 수동형을 쓰라고 언급한 것도 본 적이 있다. 이전에 과학 글쓰기에 관한 영어책을 번역한 적이 있는데 그 책에서는 주어를 명료하게 하기 위해 수동형을 사용하라고 적극적으로 권장했다. "연필은 공책에 무언가를 쓰기 위해 사용된다"의 경우처럼 수동형으로 쓴 것은 주어 '연필'이라는 대상을 분명히 규정하기 위한 뜻이 있다. 연필이 어떤 기능을 하는지를 설명하겠다는 의미이다. 과학에 관한 글쓰기이기 때문에 그런 면을 강조한 것은 어느 정도 이해되기도 한다. 과학 분야는 사물의 성격을 규명하고 그 원리를 설명하기 위해 설명 대상을 주어에 놓을 수 있기 때문이다. 연필을 설명하려면 연필, 자동차를 설명하려면 자동차를 주어로 삼고 수동태로 그 기능과 사용을 설명할 수 있다. 그러나 영어는 이런 과학 표현 이외에도 수동태가 빈번하다. 영어는 사물을 주어로 사용하여 설명하는 것이 한국어보다 훨씬 용이하다.

위의 예문에서 스티븐 킹은 수동태에 대해 격렬히 반발했다. "수동태는 한사코 피해야 한다"라는 말이나 "집어치워라" "무슨 개방귀 같은 소리인가"라는 표현처럼 너무 심하게 반발해 깜짝 놀랄 정도이다. 우리가 무의식적으로 용인했던 영어의 수동태 문장이 무색하게 여겨질 정도이다. 사실 그가 제시하고 있는 문장을 보면 어느 정도 납득이 간다. "시체가 부엌에서 옮겨져 거실 소파 위에 놓였다"나 "나의 첫 키스는 셰이나와 나의 사랑이 시작된 계기로서 나에게 길이길이 기억될 것이다"와 같은 문장은 스티븐 킹 말 그대로 '집어치우고' 싶을 정도이다.

스티븐 킹은 왜 그렇게 수동형에 대해 비판적일까? 그 대답은 예문에 그대로 있는데, "나약하고 우회적일 뿐 아니라 종종 괴롭기까지 하다"란 표현에 그대로 나온다. 나약하다고 말하는 것은 소심한 작가라는 표현과 맞물려 작가가 당당하게 책임지고 싶어 하지 않는 것과 연관이 있다. 스티븐 킹은 소심한 작가는 직접 이야기하지 않고 '우회적'으로 문장을 쓰고 그 책임에서 벗어나려고 한다고 말한다. 일리 있는 지적이라고 생각한다. 심리적인 관점에서 보자면 수동형의 단점이라고 말할 수 있다. 수동형은 흔히 주어를 감춰 책임으로부터 벗어나려고 사용하는 경우가 많기 때문이다. 무엇보다 중요한 것은 행위의 주체이고, 책임 소재의 여부이다.

노먼 페어클럽이 지은 『언어와 권력』에도 이와 유사한 이야기가 나온다. 이 책에서 페어클럽은 언론의 보도 자료를 인용하면서 영국 마을 버로우 채석장에서 일어난 일을 언급한다. 덮개를 씌우지 않은 트럭들이 지나가면서 인근의 마을에 큰 피해를 주었다. 마을 주민들은 트럭들이 통과하면서 길바닥에 흘린 돌조각 때문에 소음과 먼지가 발생하여 심한 고통을 겪었다. 지역 의회는 이 문제를 제기했지만 결과는 신통찮았다. 의회는 채석장 관리자에게 주의를 요구하는 문서만 발송하였다. 페어클럽은 언론이 이 문제를 다루는 방법이 흥미롭다고 말한다. "지나가는 트럭에서 채석장의 돌조각들이 떨어져 와튼 마을이 큰 피해를 입었다"고 표현할 수 있고, "트럭들이 돌조각을 길바닥에 흘려서 와튼 마을에 큰 피해를 주었다"고 적을 수도 있다. 그러나 이 두 문장의 주어인 '와튼 마을'이나 '트럭'은 마을에 피해를 입힌 행위 주체라고 볼 수가 없다. 실제 피해를 입힌 진정한 행위 주체는 채석장 소유자라고 할 수 있기 때문이다. 실제 의회가 주의하라고 소견서를 보낸 채석장 관리인도 채석장 소유자의 대리인이나 하수인에 불과하다.

이처럼 언어는 행위나 대상을 어떻게 표현하느냐에 따라 진정한 의미를 감추기도 하고 우회하기도 한다. 스티븐 킹이 "소심한 작가들이 수동태를 좋아하는 까닭은 소심한 사람들이 수동적인 애인을 좋아하는 까닭과 마찬가지라는 것이 내 생각이다. 수동태는 안전하다. 골치 아픈 행동을 스스로 감당할 필요가 없다"라고 말한 것은 바로 이런 무책임성을 지적한 것이다.

피동형의 의미

피동형은 주어가 자신의 힘으로 행동하는 것이 아니라 남의 도움을 받는 것을 말한다. "영희는 엄마 품에 안겼다"라고 말하면 영희가 주체가 아니고, 엄마에 의해 안김을 당한 것이다. 이처럼 행동을 한 주체가 아니라 행동을 당한 주체가 주어로 오면 문장은 피동형이 된다. 영어에서는 수동형이라고 말하고, 한국어에서는 피동형이라고 말한다. 어떤 글을 보니 영어는 수동형이라고 말하지만 한국어에서는 반드시 피동형이라고 써야 한다고 주장했다. 국어대사전에 두 용어는 같은 것이라고 하니 구분하지 않고 써도 무방하지 않을까 한다.

‖ **피동형을 만드는 방법 : 아래의 방법 중 하나를 택한다.**

1. 타동사에 피동접미사 '이, 히, 기, 리'를 붙여 피동사를 만든다.

   놓다 ▶ 놓이다, 먹다 ▶ 먹히다, 끊다 ▶ 끊기다, 듣다 ▶ 들리다

2. 타동사에 '아/어지다'를 붙인다.

이루다 ▶ 이루어지다, 만들다 ▶ 만들어지다, 끊다 ▶ 끊어지다

3. '~하다'가 붙는 타동사에는 '~되다, ~당하다, ~받다' 등을 붙인다.

전망하다 ▶ 전망되다, 감금하다 ▶ 감금당하다, 존경하다 ▶ 존경(을) 받는다

한국어의 피동형은 기본적으로 타동사를 가지고 만든다. "나는 문을 닫았다"는 "문이 나에 의해 닫혔다"로 쓰일 수 있다. 그런데 앞의 문장 "영희는 엄마 품에 안겼다"처럼 자연스러운 피동문은 상대적으로 많지 않다. 우리가 흔히 사용하는 타동사 문장을 피동문으로 만들었을 때 자연스럽게 보이는 것은 별로 없기 때문이다. '철수는 책을 보았다 ▶ 책이 철수에게 보였다' '나는 자장면을 먹었다 ▶ 자장면이 나에게 먹혔다'처럼 영어와 달리 우리말은 타동사에 피동접미사를 붙여 피동문을 만들 수는 있지만 매우 어색한 문장이 나온다.

게다가 타동사 중 상당수는 피동접미사를 붙여 피동사를 만들 수도 없다. '얻었다 ▶ 얻히었다' '닮다 ▶ 닮이다' '던지다 ▶ 던지히다'처럼 피동문이 나오지 않는 것도 많다. 여러분도 '이기다, 입히다, 지키다'와 같은 단어에 피동접미사를 붙여 피동사를 한번 만들어보기 바란다. 쉽지가 않다. "나는 영수에게 책을 받았다"라는 문장을 피동접미사를 사용해 피동형으로 만들어보자. "책이 영수로부터 나에게 받히었다." 정말 이상하지 않은가? "책이 영수로부터 나에 의해 받게 됨을 당했다"고 쓸 수도 없으니, 피동형의 문장이 나오지 않는다. 이렇듯 우리 문장은 영어와 달리 피동형이 빈번하게 또 규칙적으로 사용되는 것은 아니

다. 우리 문장은 필요한 상황이나 특별히 피동형이 필요한 경우가 아니면 피동형을 잘 사용하지 않는다. 영어만큼 피동형을 자유롭게 쓸 수 있는 언어가 아니라는 뜻이다.

그러나 피동형이 문맥의 흐름상 꼭 필요한 경우도 있다.

> 많은 작가들은 필사의 경험을 가지고 있다. 필사는 동서양을 막론하고 문학 수업과 문장 연습의 가장 좋은 방법으로 알려져 왔다.『모비딕』을 쓴 허먼 멜빌은 셰익스피어의 작품을 수없이 필사했고,『달과 6펜스』의 저자 서머싯 몸은 좋은 글을 쓰기 위해 다른 작가의 아름다운 문장을 베꼈다.

위의 예문을 보자. 첫 문장에 여러 작가가 필사를 한다는 사실을 말하고 바로 다음 문장에 필사에 대해 설명하는 부분이 나온다. 두 번째 문장은 필사의 의미를 설명하기 위해 필사를 주어로 삼았다. 필사가 무생물 주어이기 때문에 당연히 피동형이 올 수밖에 없다. 그래서 서술어는 '알려져 왔다'가 되었다. 이처럼 대부분의 문장 책에서는 '피동형은 상황의 요구가 있어야 한다.'고 말한다. 그렇지 않다면 굳이 피동형을 써야 할 필요가 없다.

신문 기사에 피동형이 많은 이유

우리 문장에서 피동형을 흔히 볼 수 있는 곳이 바로 신문기사이다.

신문기사에는 피동형 문장이 자주 나온다. 특히 주체가 분명하지 않은 피동형 문장을 많이 쓴다.

○ 향후 금리 인상을 한층 강화한 것으로 해석된다.
○ 당사자도 협상 타결을 적극 권유했다고 전해졌다.
○ 방만한 경영을 막으려는 시도로 이해된다.
○ 조사 과정에서 어떤 발언을 할지 주목된다.

신문에서 볼 수 있는 이런 피동형의 문장엔 몇 가지 특징이 있다. 우선 주어가 생략된 피동형을 많이 쓰고, 주어가 있더라도 익명의 주체가 자주 등장한다는 점이다. '관련자에 의하면' '전문가에 의하면' '소식통은' '핵심 측근은'과 같은 것이 바로 익명의 주체들이다. "관련자들에 따르면 그런 조치는 ~ 해치는 것으로 우려된다고 한다." 이런 문장은 피동형이 가지고 있는 심리적인 특징, 즉 행위의 주체를 밝히고 싶지 않거나 행동에 관한 책임을 지고 싶지 않을 때 잘 나타나는 표현들이다. 신문 기사에 유독 이런 피동형이 많은 것은 그만큼 복잡한 정치·경제·사회적 기사들이 많아 확정적인 표현을 하기 힘든 이유도 있을 것이다.

신문 기사와 피동형

신문 기사에는 피동형 문장이 많다. 흔히 마무리 문장으로 "~평가된다" "~예측된다" "~ 전망된다" 등 피동형을 쓰는 경우가 많다. 이와 관련하여 얼마 전 신문 기사의 피동형 문장에 관한 흥미로운 책(『피동형 기자들』)을 읽은 적이 있다. 이 책에서는 국내 신문에 피동형이 많이 사용하게 된 것은 10·26 이후 정치 상황과 밀접한 관련이 있다는 사실을 밝히고 있다. 1980년 5·18민주화운동 이후 언론검열이 극심해서 신문·방송의 편집권은 군부 정부의 권한 속에 있었다. 이 책이 밝히듯 모든 신문은 서울시청 1층 대회의실에서 검열관의 검토를 거친 후 발간할 수 있었다.

언론인의 대량 해고와 구속 감금은 기자들의 기사 스타일에 변화를 가져왔다. 기사 속의 문장은 통제와 억압의 기간 동안 많은 부분에서 변화를 겪었다. 정치에 관한 사설이나 해설 기사에 피동형 문장이 빈번하게 등장했다. 신문의 사설은 "정부의 조치는 ~ 해석되며, ~ 전해졌고, ~전망된다"로 끝나 신문사의 의견이 아니라 누군가로부터 들은 풍문처럼 여기게 만들었다. 기자들은 글 쓰는 주체가 누구인지, 정보의 근원이 어디인지를 밝히기 꺼려했다. 기자들은 권력에 저항할 수도, 순응할 수도 없는 복잡한 심리상태를 문장에 고스란히 담았다.

신문에서 객관 보도를 피해 가는 상습적인 표현으로는 피동형 이외에도 익명 표현, 간접인용과 같은 것이 있다. 익명 표현은 "정부 당국자에 따르면" "전문가에 따르면"이라고 주어를 익명으로 쓰는 경우를 말한다. 간접인용은 "~라고 전해졌다"나 "~라고 분석했다" 등으로 주로 익명 주어와 함께 사용한다. "전문가는 ~하다고 분석했다" "시민들은 ~하다고 비판한다"처럼 편집자의 '의견'을 마치 '사실'처럼 쓰는 것이다. 이런 표현들은 은연중에 독자들에게 잘못된 사실 판단을 강요할 가능성이 높다.

> 1987년 6월 항쟁 이후 언론기본법이 폐지되고 언론환경은 자유
> 로워졌지만 피동형의 표현은 언론에서 예나 지금이나 여전하다.
> 자신의 의견을 솔직하게 표현하는 것은 필자의 정체성에 관한 문
> 제이다. 자신이 신뢰하고 책임질 수 있는 말을 하는 것이 중요하
> 다. 신속보도도 중요하지만 정확성과 공정성이 중요하며, 보편성
> 과 진실성은 더욱 중요하다. 맹자는 말을 쉽게 하는 것은 결국 그
> 말에 관한 책임을 생각하지 않기 때문이라고 말했다. 언어를 다루
> 는 것은 쉽지 않지만 표현 하나에 고민하고, 그것에 책임지는 태
> 도가 필요한 것이 요즘 세상이다.
>
> _정희모(연세대 교수)

위의 예문에도 있다시피 신문 기사에 피동형이 많은 이유는 1980년 비상계엄 이후 있었던 언론 통제에 영향을 입은 바 크다. 1980년에 있었던 언론인 강제 해직, 언론인 구속기소, 언론사 통폐합은 언론 자유를 억압하는 대외적 요소로 크게 영향을 끼쳤다. 1980년 비상계엄하에서 모든 언론은 서울시청 1층에 있는 대회의실에서 언론검열을 받아야 했다. 당시 언론사나 기자의 입장에서 검열은 치욕스러운 일이었겠지만 언론사가 문을 닫지 않으려면 받아들일 수밖에 없는 일이었다. 그래서 언론 기사에는 주어의 목소리가 사라지고 누구의 말인지 모를 피동형의 문장이 많이 등장하기 시작했다고 한다.

> 정부의 5·17조치는 심상찮은 북괴의 동태와 전국적으로 확대된

> 소요사태를 감안한 것으로 풀이되며, 나아가서 이를 계기로 국가
> 안보적 차원에서 부정부패와 사회불안을 다스리려고 결심한 것
> 으로 관측된다.

위의 신문 기사는 당시 군사정부의 5·17 비상계엄 조치에 관해 한 신문에서 사설로 실은 내용이다. 정부의 조치에 관해 신문사의 입장은 '풀이되며' '관측된다'로 설명된다. 사설은 신문사의 입장을 드러내는 글인데 이런 피동형의 표현을 쓴 것을 보면 자신의 입장이 없다는 뜻도 된다. 아마 비판도 긍정도 할 수 없는 당시의 답답한 입장이 그대로 표명된 것일 터이다.

그런데 1987년 6월항쟁 이후 언론기본법은 폐지되었고 언론검열도 사라졌지만 피동형의 기사는 여전하다. 앞에서도 말했지만 신문에서 가장 많이 보이는 것이 무주체형의 문장에다 '~되다' 표현과 이중피동형의 표현이 많다는 점이다.

○ 휴직 수당이 지급됩니다. ▶ 휴직 수당을 지급합니다.
○ 금리가 오를 것으로 판단됩니다. ▶ 금리가 오를 것으로 판단합니다.
○ 감사원을 통해 국회에 제출된 ▶ 감사원을 통해 국회에 제출한
○ 상반기부터 감소되는 세금은 ▶ 상반기부터 감소하는 세금은

위의 경우처럼 신문 기사는 취재원의 정보를 받아서 적는 경우가 많아 피동형을 많이 사용한다. 위에서 보듯이 피동형 중에서 '~되다' 형과 '되어진다'의 이중피동형이 많이 나온다. 그런데 이런 문장들도 앞

에서 보듯이 능동형으로 얼마든지 바꿀 수 있다. '~되다' 형의 경우 대체로 '~하다'로 바꾸어도 큰 문제는 없다. 많은 경우 '~되다' 피동형은 바로 '하다'로 쓸 수 있다.

이중 피동의 문제

앞에서 신문 기사의 경우를 살펴봤지만, 피동형의 주된 유형은 피동접미사에 의한 것보다 '~되다'나 '~지다'의 피동형에서 많이 나온다. 실제 글을 쓰면서 피동형의 오류라고 지적할 수 있는 것도 주로 이 두 유형에 해당한다.

'~지다' 피동형도 피동접미사를 붙일 수 없는 타동사에 주로 붙는다. "나는 책상을 만들었다"를 피동형으로 만들어보라. 실제 '만들다'는 '이, 히, 기, 리'의 피동접미사를 붙여 피동형을 만들 수 없다. '만드리다? 만들히다?'와 같은 단어는 없다. '만들다'는 '지다'를 붙일 수밖에 없다. "책상은 나에 의해 만들어졌다"라고 피동형을 만들 수 있다. 자연스러운 문장은 "책상이 만들어졌다"가 될 것이다.

그런데 문제는 '~지다'의 피동형에서 이중 피동이 자주 나온다는 점이다. 오래된 노래 중에 〈잊혀진 계절〉이란 노래가 있다. 나이든 분이라면 이 노래가 얼마나 유명했는지 잘 알고 있을 것이다. 라디오에서 하루종일 이 노래만 틀어주던 때도 있었다. 여기서 우리가 살펴볼 것은 '잊혀진'이란 표현이다. 이 표현은 이중 피동이다. '잊다'의 피동형인 '잊히다'에 '~지다'가 붙어서 '잊혀진'이 된 것이다. 흔히 피동이 두 번 이어져 된 표현을 이중 피동이라고 말한다.

잊다 ▶ 잊히다(+히) ▶ 잊혀지다(+지다)

위에서 본 것처럼 이중 피동은 주로 피동형에 '~지다'가 붙어 피동형이 두 번 반복해 나오는 것을 말한다. 우리말에서 흔히 많이 사용하는 유형 중 하나이다. 예를 들어 아래와 같은 것이 모두 이중 피동인데 가급적 단일 피동형으로 바꾸어 써야 한다.

보여진▶보인, 키워진▶키운, 모아지고▶모이고, 밝혀져야▶밝혀야, 섞여진▶섞인, 다뤄지고▶다루고, 닫혀진▶닫힌, 지어진▶지은, 고쳐져야▶고쳐야, 세워지고▶세우고, 주어져야▶주어야, 묻혀지고▶묻힌, 두어지는▶두어야, 말해지던▶말하던, 일컬어지는▶일컫는, 사용되어지는▶사용되는

국립국어원에서는 이중 피동을 잘못된 어법으로 보고 고쳐야 한다고 지적했다. 보통 피동접미사 '이, 히, 기, 리'를 넣어 피동형을 만드는데, 여기에 다시 '~지다'를 붙여 피동을 중복하는 것을 잘못이라고 본 것이다. "멧돼지가 포수에게 잡혀졌다"나 "편지를 보니 나를 비난하는 글이 쓰여졌다"는 모두 이중 피동이다. 이런 경우 분명히 고쳐야 한다.

그런데 국어학자 중에 이중 피동에 대해 다른 견해를 표현하는 학자도 있다. '~지다'의 의미를 찬찬히 살펴보면 모두를 다 이중 피동으로만 볼 수 없다는 것이다. 예를 들어 "원기가 차츰 회복되어진다"란 표현을 과연 이중 피동으로 봐야 할지 의문을 제시한다. '회복되어진다'의 '~진다'는 어떤 상태가 시작되거나 진행되는 것을 표현하는 것으로

볼 수가 있다. '~지다'가 형용사에 붙으면 피동의 뜻을 나타내기보다 상태의 변화나 지속을 의미할 때가 많다. 예를 들어 "길이 넓어졌다"란 표현은 피동이 아니라 상태의 변화를 표현한다. "얼굴이 몰라보게 예뻐졌다"라는 표현도 피동형이 아니라 상태의 변화를 의미한다. 이를 보면 '~지다'가 붙었다고 모두 피동으로 볼 수는 없을 것 같다. 아울러 이런 문제도 생각해봐야 한다. '잊혀진 계절' '묻혀진 진실'과 같은 말은 이미 대중들에게 익숙해진 표현이다. 어감으로 보면 '잊힌 계절' '묻힌 진실' 보다 오히려 더 자연스럽게 보인다. "결코 그 사람은 잊혀지지 않을 거야"도 '잊히지'나 '잊어지지'보다 자연스럽다. 이를 어떻게 해야 할지 난감하기만 하다. 다만 국립국어원에서는 '피동+지다'는 모두 이중 피동으로 보고 있어 공식적으로는 고쳐야 한다는 점을 염두에 두어야 한다.

한국어 문장과 생명성

한국어 문장은 피동형보다 능동형이 자연스럽고, 특히 사람이 주어로 올 때가 가장 부드럽게 읽힌다. 앞서 말한 대로 영어는 주어를 생략하기가 어렵고, 무생물을 주어로 쓸 수 있는 다양한 동사들이 있기에 수동태가 자연스럽지만 우리 문장은 그렇지 않다. 우리말은 타동사를 수반하는 경우 행위의 주체를 주어에 놓기를 즐기고 특히 사람 주어를 선호한다. 아래 문장을 한번 살펴보자.

이 작품에서 여주인공의 삶은 세 가지 인물의 시각에서 이해된다. 1부는 여주인공의 시각으로 보여주고, 2부는 형부의 시각에서 보여주고,

3부는 언니의 시각으로 보여준다. 소설은 우리한테 가부장제 사회에서 여성의 실어증이 어떻게 초래되는지를 보여준다.

이 단락에서 문장은 3개이다. 각 문장의 주어는 모두 무생물이다. 그리고 서술어를 보면 전체가 피동형으로 전개되고 있다. 무생물 주어에 피동문이라 하더라도 비문은 아니기 때문에 뜻을 이해하는 데는 큰 문제가 없다. 다만 피동형이 반복되어 문장이 어색하고 자연스럽지 않다. 이 단락을 사람 주어로 바꾸고 몇 부분을 고쳐보았다.

우리는 이 작품에서 여주인공의 삶을 세 가지 시각에서 살펴볼 수 있다. 소설은 1부는 여주인공의 시각으로, 2부는 형부의 시각으로, 3부는 언니의 시각으로 전개한다. 이렇게 전개되는 각 시각을 통해 우리는 가부장제 사회 속에서 여성에 대한 억압이 어떻게 실어증을 초래하게 하는지를 살펴볼 수가 있다.

첫 문장과 마지막 문장의 주어를 사람 주어로 바꾸었다. 이렇게 바뀐 주어로 문장을 읽어보면 나름대로 편하고 이해하기도 쉽다. 우리 문장을 쓸 때는 사람 주어가 가능하다면 가급적 사람을 주어로 사용하여 능동형으로 표현하는 것이 좋다.

우리 문장이 사람 주어를 사용해 능동형으로 쓰는 것이 좋다는 것은 수동형을 즐겨 사용하는 영어와 비교해보면 뚜렷이 드러난다. 영어는 우리 문장에 비해 무생물이 주어로 올 수 있는 경우가 빈번하다. 무생물뿐만 아니라 명사화된 사실(fact)이나 사건(event)도 주어로 올 수 있다. 예를 들어 다음과 같은 문장을 보자.

1) The boy broke the window with a hammer.

　(소년이 창문을 망치로 깼다.)

2) The hammer broke the window.

　(망치가 창문을 깼다.)

　1)번 문장은 소년이 주어이고 창문은 목적어이다. 소년은 행동을 한 사람이고, 행위는 망치로 유리창을 깬 것이다. 보통 주어는 행위를 하는 주체가 되는 것이 일반적이고 동사는 서술어로 행위를 의미한다. 그런데 보통 행위의 주체는 사람이나 생물이 되어야 하는 것이 일반적이다. 망치가 창문을 깼다고 하는 것은 자연스러운 것이 아니다. 어떤 행위를 한다는 것은 주체의 의지가 있어야 하고 물리적 힘을 가할 수 있어야 하기 때문이다. 그런데 영어 문장 2번은 그렇지 않다. 망치(hammer)가 주체가 되어 창문을 깬 것으로 표현되어 있다. 한국어 문장으로는 이상하지만 영어에서는 크게 문제시되지 않는다. 영어는 타동사 구문에서 무생물 주어를 쉽게 받아들인다.

　영어에서는 주어가 생물이거나 무생물이거나 동일한 타동사를 받아들일 수 있다. 그뿐만 아니라 명사구 형태로 된 추상적인 사건이나 사실도 쉽게 주어의 자리에 올 수 있다.

3) Turning 70 doesn't bother me.

　70세로 바뀐 것은 나를 성가시게 하지 않는다. (×)

　⇨ (내가) 70세가 된다고 해도, (나는) 별로 신경 쓰지는 않아.

4) Her overspending led her piling on debt.

그 여자의 과소비는 그녀를 빚더미로 이끌었다. (×)

⇨ 그 여자는 과소비로 인해 빚더미에 앉고 말았다.

5) Prisoners' escape from jail has left the whole city in disorder.

죄수들의 감옥에의 탈출은 온 도시를 무질서하게 만들었다. (×)

죄수들이 감옥에서 탈출하는 바람에 온 도시가 엉망이 되었다.

6) The 10th century saw the end of the Tang dynasty in the East.

10세기는 동양에서 당 왕조의 끝을 보여주었다. (×)

⇨ 10세기에 동양에서 당 왕조가 멸망하였다.

3)~5)번 문장은 명사구로 된 사실(fact)이나 사건(event)이다. '70세가 된다는 것' '그 여자의 과소비'는 하나의 사실을 지적한 것이다. 반면에 '죄수들이 감옥에서 탈출한 것'은 하나의 사건이다. 한국어 문장은 이처럼 사실이나 사건이 주어로 오는 것은 좋아하지 않는다. 영어처럼 이렇게 어떤 사실이나 사건을 명사구로 처리해서 주어로 삼는다면 이상한 문장이 된다.

그 여자의 과소비가 그녀를 빚더미에 앉게 했다.

한국어로 이런 문장을 썼다면 십중팔구 좋지 않은 문장이라 평가받

313

을 것이다. 우리 문장은 사람(혹은 생명체)을 주어로 삼아서 문장을 만드는 것을 선호해서 그렇다. 그래서 위 문장은 "그 여자는 과소비로 인해 빚더미에 앉고 말았다"라고 쓰는 것이 좋을 것이다. 어떤 사실보다 사람을 직접 주어로 써서 문장을 써야 한다.

죄수들의 감옥에의 탈출은 온 도시를 무질서하게 만들었다.

5)번 문장은 하나의 사건 전체를 주어로 삼았다. '죄수들이 감옥에서 탈출한 것'은 도시에서 일어난 한 사건인데 영어는 이를 명사구로 만들어 주어로 삼았다. 우리 문장에서는 생명체인 '죄수들'을 주어로 삼아야 한다. 우리 문장에서는 "죄수들이 감옥에서 탈출하는 바람에 온 도시가 엉망이 되었다"고 써야 바른 문장이 된다. 명사절을 주어로 삼지 않고 생명체인 '죄수들'을 주어로 삼아 문장을 시작한 것이다. 그리고 종속절을 사용해 다음과 같이 바꾸었다.

죄수들이 감옥에서 탈출하는 바람에 온 도시가 엉망이 되었다.

영어를 번역할 때 생기는 피동형의 문제는 피동형 자체의 문제라기보다 행위 주체 관계가 모호한 긴 명사구나 명사절을 사용해 어색한 피동형을 만드는 데 있다. 사실 '죄수들이 감옥에서 탈출한 것'이 온 도시를 엉망으로 만든 이유는 되지만 행위 주체는 될 수 없지 않은가? 행위 주체를 강조하는 우리 문장의 입장에서 보면 사건과 관련된 긴 명사구를 문장 전체의 주어로 삼기는 어렵다. 한국어 문장은 가능하다면 사람이나 생명체를 주어로 내세우고 서술어를 능동형으로 만들어주는 것이 좋다. 가령 다음과 같은 문장을 보자.

① 교육의 목적은 기계를 만드는 것이 아니라 인간을 만드는 데 있다. ② 오늘날 우리 사회에서는 획일화된 교육으로 인해 주체적인 인간을 만들기 위한 교육의 본질이 왜곡되고 있다. ③ 주입식 교육으로 기계와 같이 수동적이고 정형화되는 것이 학생들에게 만연되어 있다. ④ 주체적 인간을 만들기 위한 교육자의 다짐과 각오가 어느 때보다 중요하게 되었다.

①번 문장은 이상이 없다. 갑자기 "기계를 만드는 것"이란 표현이 이상하지만, 앞에 이에 관한 설명 문장이 있었다고 보면 큰 문제가 없다. ②번 문장은 피동형 서술어 "왜곡되고 있다"를 썼지만 의미상 큰 문제는 없다.

③번 문장은 사람을 주어로 사용해 문장을 고쳤다. "많은 학생들이 주입식 교육으로 기계 같이 수동적으로 정형화되고 있다." ④번 문장도 사람 주어를 사용할 수 있다면 그렇게 바꾸어주는 것이 좋다. "이런 사실을 깨달아 교육자들은 학생들을 주체적 인간을 만들기 위해 최선을 다해 노력해야 한다." 피동형의 문장을 새롭게 고쳐 문장을 정리하면 다음과 같다.

① 교육의 목적은 기계를 만드는 것이 아니라 인간을 만드는 데 있다. ② 오늘날 우리 사회는 획일화된 교육으로 인해 주체적인 인간을 만들고자 하는 교육의 본질이 왜곡되고 있다. ③ 많은 학생들이 주입식 교육으로 기계 같이 수동적으로 정형화되고 있다. ④ 이런 사실을 깨

달아 교육자들은 학생들을 주체적 인간으로 만들기 위해 최선을 다해 노력해야 한다.

앞서 잠깐 말했듯이 우리 문장이 주어로 생명체를 선호하는 이유는 '행위의 주체성'과 어느 정도 연관성을 가진다. '구름에 달 가듯이 가는 나그네'라는 구절에 보듯이 달은 무생명체이지만 주어로 사용되었다. 사람들은 "달이 산을 넘어간다"라는 말도 한다. 이럴 때 '달'은 행위의 주체로 사용된 것이다. '가듯이' '넘어간다'의 주체는 '달'이다. 그래서 무생물을 주어로 쓰더라도 어색함이 없는 것이다. 그러나 피동형을 보면 행위 주체의 면에서 논리적으로 맞지 않는 문장이 많다. "The hammer broke the window(망치가 창문을 깼다)"에서 보듯이 영어 문장은 가능하지만 한국어 문장에서는 어색하게 보인다. 이는 행위 주체라 하더라도 망치가 스스로 창문을 깰 수가 없기 때문이다. 달이 산을 넘어갈 수 없다고? 그것은 우리 눈에 실제로 보이기 때문에 가능하다. 그래서 행위의 주체라면 무생물도 가능할 수 있다는 생각이 든다(물론 개념적인 글에서 보듯 행위 주체를 따지기 어려운 개념어 주어도 많이 있다). 언어적인 측면에서 보자면 우리가 영어보다 현실적인 논리를 더 많이 따지는 것 같다. 지금까지의 논의는 피동형에 관한 것이었다. 글을 쓰다 보면 문맥상 피동형을 사용해야 할 때도 있다. 그러나 문맥을 보고 어색하지 않다면 능동형으로 쓰는 것이 더 좋다는 사실을 명심하자.

핵심 체크

1. 피동형은 주어가 자신의 힘으로 행위하는 것이 아니라 다른 어떤 힘에 의해 행위하게 되는 것을 의미한다. "영희는 엄마 품에 안겼다"처럼 영희가 주체적으로 안은 것이 아니고, 엄마에 의해 안김을 당한 것을 의미한다. 이처럼 행동을 한 주체가 아니라 행동을 당한 주체가 주어로 오면 문장은 피동형이 된다.

2. 한국어에서 피동형은 기본적으로 타동사를 대상으로 만들어지지만 모든 타동사가 피동형이 될 수 있는 것은 아니다. '나는 책을 읽었다 → 책이 나에게 읽혔다' '나는 자장면을 먹었다 → 자장면이 나에게 먹혔다'처럼 우리말에서는 타동사에 피동접미사를 붙여 피동문을 만들 수 없는 것도 있다.

3. 피동문은 첫째, 타동사에 피동접미사 '이, 히, 기, 리'를 붙여 피동사를 만들 수 있다(놓다 → 놓이다, 먹다 → 먹히다, 끊다 → 끊기다, 듣다 → 들리다). 둘째, 타동사에 '아/어지다'를 붙여 만들 수 있다(이루다 → 이루어지다, 만들다 → 만들어지다, 끊다 → 끊어지다). 셋째, '~하다'가 붙는 타동사에는 '~되다, ~당하다, ~받다' 등을 붙여 만든다(전망하다 → 전망되다, 감금하다 → 감금당하다, 존경하다 → 존경받다).

4. 영어는 수동형을 자주 사용한다. 영어는 우리 문장에 비해 무생물이 주어로 올 수 있는 경우가 빈번하다. 아울러 무생물뿐만 아니라 명사화된 사건이나 사실이 주어로 올 수 있다. 반면에 한국어 문장은 가능하다면 무생물보다 생명체가 있는 주어를 사용해 능동형으로 쓰는 것이 좋다.

5. 영어에서는 주어가 생물이거나 무생물이거나 동일한 타동사를 받아들일 수 있다. 아울러 명사구 형태로 된 추상적인 사건이나 사실도 쉽게 주어의 자리에 올 수 있다. 반면에 한국어 문장에서는 행위 주체가 주어 자리에 많이 오며, 특히 무생물보다 생물 주어, 그중에서도 사람 주어를 사용하는 것이 읽기에 편하다.

실전 체크

1. 다음 피동형의 문장을 능동형으로 바꾸어보자.

1) 투자에 관한 기대가 갑자기 변해졌다.

2) 역사서는 도서관에서 많이 읽혀지는 책이다.

3) 콜럼버스에 의해 발견된 신대륙이 바로 오늘의 미국이다.

4) 오늘 아침 조회에는 태극기가 계양됩니다.

5) 국내 기업의 성장률이 올해부터 더 감소될 것으로 예상되고 있습니다.

6) 내일은 눈이 올 것으로 예상되어지니 운전 조심하기 바랍니다.

2. 다음은 학생의 글이다. 피동형의 문장을 능동형으로 고쳐보자. 문장 연결이 되지 않을 경우 문장을 고쳐도 무방하다.

광고들에 그토록 많은 시간이 투자되는 이유에 대해 생각해보았는가? 오늘 스타벅스 커피숍에서 코코아를 먹다가 눈을 돌리자 안내문 광고들이 갑자기 보여졌다. 몇 초 후, 길거리에서 들려오는 가요와 함께 벽에 붙어진 포스터 광고들이 보였다. 몇 분 후, 학교 식당에서 TV 스크린에는 TV 광고들이 사람들을 유혹했다. 이처럼 다양한 광고들이 주변에 많아졌다. 그러므로 이런 광고들이 만들어지는 데 많은 시간을 투자되는 이유에 대해 짧게 써보려고 한다. 그리고 이런 광고들이 소비자들에게 어떻게 읽히는지 검토해보려고 한다. 왜냐하면 이를 알아야 소비자들의 간접적 피해들이 줄어들 수 있기 때문이다.

3. 다음 주제로 한 단락의 문장을 작성하되 가급적 피동형을 사용하지 않도록
   하자. (300∼400자)

1) 내가 좋아하는 동물

2) 내가 여행하고 싶은 곳

3) 자신이 살고 있는 방 묘사하기

4) 최근 자신이 경험한 가장 기뻤던 일

5) 좋아하는 TV 프로그램

4. 아래 주제 중 하나를 골라 완결된 글을 작성해보자. (1000자 내외)

1) 인간은 물질적 존재인가, 정신적 존재인가?

2) 행복은 인간에게 도달 불가능한 것인가?

3) 예술이 인간과 현실을 변화시킬 수 있는가?

4) 인간은 미래를 예측할 수 있는가?

인용 자료 및 참고 자료

1장 디테일과 균형

전문 인용

김상득, 「아내는 '타짜'였다」, 〈중앙선데이〉 199호, 2011.1.1.

정희모, 「헤밍웨이의 빙산 이론」, 〈세계일보〉, 2020.10.29.

참고 자료

스티븐 킹, 김진준 옮김, 『유혹하는 글쓰기』, 김영사, 2002.

이태준, 『문장강화』, 창비, 2005.

Ronald T. Kellogg, *The Psychology of Writing*, New York: Oxford University Press, 1994.

Enkvist, *Seven Problems in the Study of Coherence and interpretability*. In Connor & Johns Eds., Coherence in writing, TESOL, 1990.

Van Dijk, 서종훈 역, 『거시구조』, 경진출판, 2017.

Noguchi, *Grammar and the Teaching of Writing*, NCTE, 1991.

정희모, 「글쓰기 평가에서 객관−주관주의 대립과 그 함의」, 『우리어문연구』, 2010.

윌리엄 케인, 『거장처럼 써라』, 이론과 실천, 273쪽.

레비스트로스, 『슬픈 열대』, 번역본 중에서

2장 짧은 문장은 언제나 좋다

전문 인용

정희모, 「문장의 묘미」, 〈세계일보〉, 2020.3.12.

정민, 「빈 산 잎 지고」, 『스승의 옥편』, 마음산책, 2007.

참고 자료

스티븐 킹, 김진준 옮김, 『유혹하는 글쓰기』, 김영사, 2002.

윌리엄 스트렁크 2세, 김지양·조서양 옮김, 『영어 글쓰기의 기본』, 인간희극, 2008.

이영옥, 「한국어와 영어 간 언어구조의 차이에 따른 번역의 문제 − 인용문의 번역을 중심으로」, 『번역학연구』 제3권 1호, 2002.

이창수, 「한국어-영어 간 정보배열의 구조적 차이가 동시통역에 미치는 영향」, 『통번역학연구』 1호, 1997.

3장 생각의 논리, 글의 논리

전문 인용

정희모, 「스키마와 문장해석」, 〈세계일보〉, 2020.9.3.

박민규, 「도스여, 잘 있거라」, 〈한겨레 21〉 571호, 2005.8.3

참고 자료

비고츠키, 윤초희 옮김, 『사고와 언어』, 교육과학사, 2011.

월리스 체이프, 김병원·성기철 옮김, 『담화와 의식과 시간』, 한국문화사, 2006.

김승희 수필집, 『벼랑의 노래』, 동문선.

김종배, 「재벌 2세들은 왜 흉기를 휘두를까?」, 〈프레시안〉, 2010.12.20.

4장 기본 문형을 기억하자

전문 인용

정희모, 「필사」, 〈세계일보〉, 2020.7.3.

조용헌, 「우포늪에서」, 『조선일보』, 2018.4.16.

참고 자료

정찬주, 『무소유』, 열림원, 2010.

국립국어원, 『외국인을 위한 한국어 문법』, 커뮤니케이션북스, 2007.

유현경 외, 『한국어 표준 문법』, 집문당, 2019.

서은아, 「구어와 문어의 문형연구」, 『한국어학』 24호, 2004.

5장 복잡한 겹문장 처리법

전문 인용

이윤정, 「어둠이 빛을 이겼을 때」, 〈중앙선데이〉, 2017.5.21.

참고 자료

국립국어원, 『외국인을 위한 한국어 문법』, 커뮤니케이션북스, 2007.

「가짜 미 원격대학 총장 등 실형」, 〈조선일보〉, 2008.12.30.

김소정 기자, 「우표 못 사서 1000원 동봉…일용직 노동자 울린 우체국 답장」, 〈조선일보〉, 2022.4.21.

헤르만 헤세, 『데미안』, 삼성출판사. 2006. 99쪽.

6장 명사형 문장과 동사형 문장

전문 인용

이석현, 「생각하는 '명사형' 인간, 행동하는 '동사형' 인간」, 『단어를 디자인하라』, 도서출판 다반, 2018.

정희모, 「동사의 힘」, 〈세계일보〉, 2020.12.25.

참고 자료

한효석, 『이렇게 해야 바로 쓴다』, 한겨레신문사, 2011.

서지문, 「영어 문장의 이해와 번역의 문제점」, 『국어문화학교』, 국립국어연구원, 3호 2000.

김종록, 『표준 한국어 문법』, 도서출판 박이정, 2008.

한강, 『희랍어 시간』, 문학동네, 2011, 97쪽.

이진우, 『의심의 철학』, ('비트겐슈타인' 편), 휴머니스트, 2017.

7장 문장의 종결 형태와 연결어미

전문 인용

정희모, 「문장의 종결 형태」, 〈세계일보〉, 2021.6.17.

최재천, 「집행유예」, 〈조선일보〉, 2019.10.22.

참고 자료

구본준, 『한국의 글쟁이들』, 한겨레 출판, 2008.

정희모, 『글쓰기 교육의 이론적 탐색』, 경진출판, 2010.

국립국어원, 『외국인을 위한 한국어 문법』, 커뮤니케이션북스, 2007.

이어령, 『흙 속에 저 바람 속에』, 문학사상사, 2018.

마이클 샌델, 이창신 옮김, 『정의란 무엇인가』, 와이즈베리, 2014.

김현, 『전체에 대한 통찰』, 나남출판, 1995.

정찬주, 『무소유』, 열림원, 2010.

샨사, 이상해 옮김, 『측천무후(상)』, 현대문학, 2006.

남진우, 『숲으로 된 성벽』, 문학동네, 1999.

이청준, 『서편제』, 열림원, 1998.

이인화, 「시인의 별」, 제24회 이상문학상 수상작품집, 문학사상, 2000.

김주영, 『고기잡이는 갈대를 꺾지 않는다』, 문학동네, 2013.

서영채, 『소설의 운명』, 문학동네, 1995.

피터 엘보, 민병곤 외 옮김, 『일상어 문식성』, 사회평론, 2021.

8장 문장의 연결 1

전문 인용

정희모, 「글을 통한 발견」, 〈세계일보〉, 2021.11.18.

참고 자료

장영희, 「나와 남」, 『내 생애 단 한 번』, 샘터, 2021.

정희모, 「오이디푸스의 파멸은 운명이었을까?」, 〈조선일보〉, 2006.2.19.

박철우, 『한국어 정보구조에서의 화제와 초점』, 역락, 2003.

정희모, 「글쓰기교육과 문장 단절의 문제」, 『리터러시연구』 50호, 2022.12.

정희모·이재성, 『글쓰기의 전략』, 들녘, 2005.

9장 문장의 연결 2

전문 인용

「고수레」, 이재운 편저, 『뜻도 모르고 자주 쓰는 우리말 사전』, 책이있는마을, 2003.

복거일, 「언어는 진화해야 한다」, 〈세계일보〉, 2007.3.25.

참고 자료

Stephen P. Witte; Lester Faigley, *Coherence, Cohesion, and Writing Quality*, College Composition and Communication, Vol. 32, No. 2, 1981.

Enkvist, *Seven Problems in the Study of Coherence and interpretability*. In Connor & Johns Eds., Coherence in writing, TESOL, 1990.

정희모, 「글쓰기교육과 문장 단절의 문제」, 『리터러시연구』 50호, 2022.12.

매리언 울프, 『다시 책으로』, 어크로스, 2019.

니콜라스 카, 『생각하지 않는 사람들』, 청림출판, 2015.

10장 사람 주어의 중요성

전문 인용

스티븐 킹, 『유혹하는 글쓰기』, 김영사, 2002.

정희모, 「신문 기사와 피동형」, 〈세계일보〉, 2020.1.7.

참고 자료

이영옥, 「한국어와 영어간 언어구조의 차이에 따른 번역의 문제 – 수동구문을 중심으로」, 『번역학연구』 제1권 2호, 2000.

김지영, 『피동형 기자들』, 효형출판, 2011.

이병갑, 『우리말 문장 바로쓰기 노트』, 민음사, 2014.

김지혜, 「글쓰기 수업에서의 피동 표현 교육 내용 분석 및 개선 방안」, 『리터러시연구』 10호, 2019.

김은일·김명애·정연창, 「유생성이 영한번역에 미치는 영향」, 『언어과학』 16권 1호, 2009.

장영준, 「영·한 번역에서 주어 선택과 행위자성」, 『번역학연구』 10권 2호, 2009.